KB261785

행복은 별자리에서 떨어지지 않는다

지은이 송백헌

1935년 충북 영동에서 출생하여 대전에서 성장하였다. 경북대학교 사범대학 국어과를 졸업하였고, 중앙대학교 대학원에서 백철 교수의 지도로 문학석사, 단국대학교 대학원에서 서울대 전광용 교수의 지도로 문학박사 학위를 받았다. 1968년『현대문학』에 조연현 선생의 추천을 받아 비평가로 문단 활동을 시작하였다. 저서로는 평론집『진실과 허구』『한국근대역사소설연구』『서포가문행장』등 10여 권과 논문 80여 편이 있다. 현재 충남대학교 문과대학 국어국문학과 교수로 재직중이다.

행복은 별자리에서 떨어지지 않는다

1999년 8월 9일 1판 1쇄 인쇄 | 1999년 8월 14일 1판 1쇄 발행

지은이 송백헌 | 펴낸이 임은주 | 펴낸곳 도서출판 청동거울 | 출판등록 1998년 5월 14일 제13-532호 | 주소 (135-080) 서울 강남구 역삼동 832-52 상봉빌딩 301호 | 전화 (02)564-1091~2 | 팩스 (02)569-9889 | 하이텔 I.D. 청동 | 전자우편 cheong21@netsgo.com

편집장 조태림 | 편집 성기준 박경호 | 북디자인 배영옥 최훈 | 사진 강성복 양해남 외

값 7,000원

지은이와의 협의에 의해 인지를 붙이지 않습니다.
잘못된 책은 바꾸어 드립니다.
무단 전재 및 무단 복제를 금합니다.

송백헌 산문집

행복은 별자리에서 떨어지지 않는다

청동거울

사람은 누구나 일생에 아름다운 글을 한두 편 쓰고 싶은 것이 공통적인 바램일 것이다. 그러나 그것은 아무에게나 주어지는 것이 아니고 세상을 살아가는 동안 테니슨의 이녹아덴처럼 비극적인 삶을 살았다거나 솔베지의 노래처럼 기나긴 세월을 마냥 기다려 본 사람만이 진정 뭇사람의 심금을 울릴 수 있는 아름답고 감동적인 글을 쓸 수 있을 것이다. 사실 인생은 누구나 고독한 존재들이라고는 하지만, 이러한 충격적인 삶은 아무나 체험하는 것도 아니며 설사 그 삶을 체험한다 하더라도 많은 사람들은 그 엄청난 충격에 이내 좌절하고 마는 것이 상례이다. 좋은 글은 이러한 고통과 상처를 딛고 선 사람의 몫일 것이다.

이 비극성을 스스로 극복할 수 있는 위대한 정신력을 지닌 사람만이, 그리고 그 운명이 가혹하면 할수록 오히려 운명의 학대를 밑거름으로 삼아 일어설 수 있는 사람만이 진정 값진 체험을 한 사람이며 그 체험을 바탕으로 하여 아름다운 표현 능력을 갖추고 있어야만 좋은 글을 쓸 수 있는 사람이라는 지론을 나는 지니고 살아왔다. 하지만 이러한 생각을 지니고 있는 내가 살아온 삶이란 그저 평범하기 그지없는 삶으로 점철된 세월이었을 뿐이다. 그러니 그러한 내 평범한 삶의 체험으로 세인을 크게 감동시킬 만한 좋은 글을 기대할 수 있겠는가. 나 스스로 생각해도 민망하기 그지없다.

그럼에도 불구하고 내가 글을 쓰는 일에 종사하는 사람 중의 하나라는 이유로 신문, 잡지 기타 각종 사보마저 간단 없이 글을 써달라고 청탁이 들어와 두 번 거절하고 세 번째로 써 준 글들이 그 동안 제법 많이 쌓이게 되었다. 모두 다 탐탁치 않은 글들뿐이지만, 많은 양은 버리고 여기 몇 꼭지만 추려서 작은 책으로 엮어 보는 것이다. 어려운 경제 사정에도 선뜻 이 책의 출판을 맡아 주고, 편집과 기획에 이르기까지 세심한 노고를 아끼지 않은 〈청동거울〉에 깊은 감사를 드린다.

1999년 8월 1일

1부 작은 꿈으로 엮는 삶

2부 열린 마음으로 사는 지혜

3부 예술과 삶의 여울목

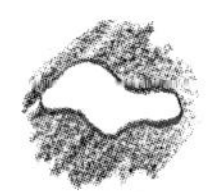

1부 작은 꿈으로 엮는 삶

금산의 진각산에 있는 보석사 입구 숲길.

닳아진 조약돌

우리가 한평생을 살아가노라면 좋은 일 궂은 일들을 수없이 겪게 된다. 그런 때일수록 그 괴로움이나 기쁨을 지기(知己)와 함께 나누고 싶은 것이 인정일 것이다.

이렇듯 알뜰한 마음을 나누어 가질 수 있는 지기(知己), 즉 심우(心友)를 가진다는 것은 모든 사람의 바람이며 그것을 누릴 수 있는 이는 진정 행복한 사람으로 선망될 것이다.

멀리 오래도록 헤어져 있어도 그 마음이 변치 않고 나를 믿어 주며, 나를 헐뜯는 소리에 귀 기울이지 않고 오히려 그 허물을 덮어 주며, 어려움이 있을 때 돕고 격려해 주며 그릇된 일에 충고해 주는 것이 진정 마음의 벗일진대, 그러한 벗을 원하지 않을 이가 어디 있는가?

오늘 아침 이러한 벗타령을 하며 출근을 하려는 나에게 아내는 "이 세상에 그런 벗이 '나' 아니고 누가 있겠는가?" 하고 반문하는 것이었다. 이 물음에 "과연 나의 아내는 나의 진실된 벗인가?" 하고 조용히 자문해 본다.

지금껏 나도 남들처럼 20대에 사랑했고 30대에 미워했고 40대에 경원했으니 50대에는 존경하며 살겠노라는 평범한 생각 이외는 가져 본일이 없이 무던히 살아왔다. 그러한 나에게 던져진 이 같은 아내의 반문은 잠재해 있던 나의 의식을 다시 일깨워 준 계기가 된 것이다.

지나간 30수 년의 결혼 생활은 나에게 있어 주변을 살피거나 생활을 돌이켜볼 겨를도 없이 앞만 보며 열심히 살아온 나날이었다. 나는 학교에서 학생들을 가르치고 학문을 닦기에 정열을 쏟았고, 아내는 아내대로 그녀의 교직 생활에 성실하려고 노력하며 지내온 세월이라고 자부하며 살았다. 그 살아가는 과정에서 분명한 것은 비록 아내의 오랜 직장 생활로 말미암아 내가 남들처럼 충분한 내조(內助)를 받지 못했고 나 역시 아내에게 흡족한 행복(?)을 안겨 주지는 못했지만 그 동안 우리는 때로는 조금은 미워하고 원망하며, 혹은 격려하고 이해하면서 무수한 고락(苦樂)을 함께 나누며 살아왔다는 것이다. 그런데 오늘은 아내의 반문에 순간적으로 묘한 이치를 확인하게 된 것이다.

그것은 우리가 서로 남남끼리 만나 오랜 세월을 함께 하는 동안 냇물에 씻기고 닳은 조약돌마냥 서로 튕기고 갈리고 또는 뒤틀거리면서 이제는 한 쌍의 비슷한 조약돌처럼 또는 남매처럼 어느덧 변해 버렸다는점이다. 서로의 발상(發想)이 비슷하고 서로가 헤아리고 믿으며 아끼는 마음가짐이 닮은 동반자(同件者)—나는 옛날 아내의 모습이 아닌 달라진 그 모습에서 문득 나의 자화상을 발견하고 새삼 놀라게 된 것이다.

이처럼 지난 세월 동안 수없이 갈리고 닦여진 부부 생활이 오늘 우리를 닮아진 하나로 만든 것이라면, 비록 우리들이 겪어온 과거가 후회와 자책으로 얼룩졌다 할지라도, 우리는 그것을 소중한 추억으로 간직하고 오래도록 반추하고 싶다. 그것은 또한 앞으로의 남은 나날에 보

 1부 작은 꿈으로 엮는 삶

다 더 정겨운 대화를 많이 나누며 살겠다는 출발의 의미도 함께 지니
는 것이다.

　이제는 담담한 심정으로 아침 산책길에서, 혹은 찾아간 고향의 오솔
길에서 우리는 두 손을 꼭 잡고 잊었던 사랑의 시(詩)를 되찾아 읊조리
며 확인된 그 우정과 애정을 소중히 오래도록 간직하고 싶다.

　이러한 넋두리를 늘어놓아도 부끄러움이 덜 느껴지니 내 나이 벌써
육십 고개를 넘은 때문일까?

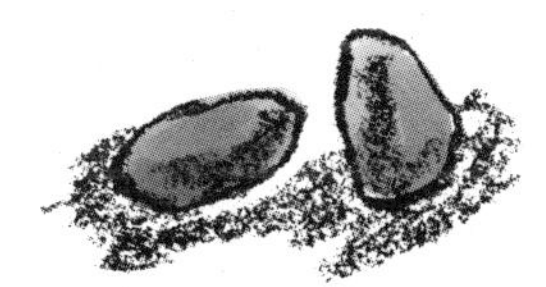

작은 꿈으로 엮는 삶

사람은 누구나 자기 나름대로의 꿈에 대한 욕
망을 가꾸며 살아간다. 사람에게는 이 같은 꿈이라는 욕망이 있기 때
문에 개인이 성장하고 문화가 발달하며 사회가 발전하는 것은 자명한
이치다. 따라서 꿈이 있는 곳에 희망이 있고, 그 희망이 있는 곳에 삶
의 생동감이 넘침을 그 누가 부인하랴? 그러기에 우리는 젊은 날부터
'꿈은 크고 원대하게 가져라'는 경구를 수없이 들으며 살아온 것이다.

나도 젊은 시절엔 남들처럼 찬란한 무지개빛 꿈을 키우면서 그것을
성취하려고 무던히도 발버둥쳐 봤다. 그 시절 나에게는 잘 가꾼 넓은
정원에 호화로운 가구를 갖추고 웅장한 저택에 살면서 고급 승용차의
뒷좌석에 깊숙이 파묻혀 출퇴근하는 이웃 명사의 삶이 꿈의 하나였기
에 그렇게 사는 이가 위대해 보였고 존경과 부러움의 대상이 되기도
하였다.

그러나 이러한 거창한 꿈은 나에게 있어 한낱 부질없는 욕심에서 우

러나온 것이라는 사실을 알게 된 것은 나이가 한참 들고서다. 게다가 오히려 이러한 삶을 누리는 사람은 얼마나 불편하고 답답한 삶을 사는 사람들인가 하는 민망한 생각마저 들게 되었다. 왜냐하면 그 같은 생활을 누리자면 그만큼 그 사람은 남보다 부지런해야 하고 불편 또한 감수해야 하겠기 때문이다.

요즈음 들어 나는 오랫만에 이발을 한 날 밤엔 잘 다듬어진 머리에 신경이 쓰여서 잠이 깊이 들지 않고 자주 깨는 스스로를 발견한다. 한편 '어깨를 펴고 천천히 걸어라'거나 '말을 좀 천천히 하라'거나 '이 옷은 입지 말고 저 옷을 입으라'는 아내로부터 애정어린 주문을 자주 받는다. 그때마다 일소에 붙이기 일쑤이지만, 아내 몰래 혼자서 어깨를 펴고 근엄한 자세로 천천히 걸으며 말도 TV에 자주 나오는 명사처럼 해본다. 그러나 이 노릇은 진정 나에게 있어서는 고문에 가까운 고통이었다. 어디 그뿐인가. 잘 다린 옷, 또는 새 옷을 입고 출근할 때는 기분이 약간 상쾌하기도 하지만 퇴근길에 친구들과 어울려 술잔을 나눌라치면 바지가 구겨질까, 옷에 무엇이 묻을까 신경이 쓰여 도무지 술맛도 나지 않는다.

이처럼 나에게 있어서 커다란 꿈이란 도무지 과장된 허식으로만 여겨질 때가 많다. 따라서 큰 것보다는 작은 것이 편리하고 거창한 것보다 소박한 것에서 행복을 찾으려는 욕망이 강해지니, 이는 나이가 든 탓만은 아닐 것이다.

내 살고 있는 집이 비록 낡은 아파트이지만 마당을 쓸 일이 없어 편하고 실내 공간이 넓지 않으니 청소하는 어려움이 없어 좋다. 곧 나는 '없음의 여유'라는 행복을 누리고 있는 셈이다. 그 누가 일렀던가. '이 세상에서 가장 행복한 사람은 잃을 것이 없는 사람'이라고.

이러한 행복을 추구하고 싶다.

역사를 바꾼 만남

우리가 길거리에서 남남끼리 잠깐 옷소매 한 번을 스치게 됨도 500겁(劫) 이래의 간절한 소망에 의해서 이루어진다는 불가(佛家)의 옷소매 인연설을 여기에서 굳이 장황하게 인용하지 않더라도 모든 인간 만사는 어떠한 형태로든지 이 '만남'이란 계기를 통해서 이루어짐이 틀림없다.

이 같은 인간들의 '만남'을 우리는 여러 측면에서 각양 각색의 용어로 설명하기도 하지만, 그 중에서도 불가에서 일컫는 인연(因緣)이란 단어가 우리의 뇌리에 가장 깊숙이 자리하고 있다.

인간 사회에서 '만남의 인연'을 가장 엄숙하게 표현한 것은 불전(佛典) 인과경(因果經)에 나오는 '맹구우목 침개상투(盲龜遇木 針芥相投)'라는 구절이다. 즉 이 말은 눈먼 거북이 일천 년에 한 번 바다 위에 떠올라 크게 공기를 마실 때에야 구멍 뚫린 판자에 고개를 걸치고 쉬게 되는 행운이 얻어지고, 높은 하늘 위에서 내던져진 겨자씨가 땅에 거

꾸로 꽂아 둔 바늘 끝에 꽂히는 요행만큼 희귀한 확률을 인간의 만남
에 비유한 것이다.

이럴진대 한 인간과 인간의 '만남'이 작게는 한 개인의 가정 생활에
서부터 크게는 한 국가의 역사적인 흥망 성쇠에 이르기까지 중요한 계
기로 작용하지 않겠는가. 만약에 항우가 우미인을 만나지 않았다면,
그리고 당나라 현종이 양귀비를 만나지 않았다면 경국지색(傾國之色)
이란 말은 아예 생겨나지도 않았을 것이다. 즉, 인간들의 만남이 있었
기에 찬란했던 과거, 비운의 과거라는 역사적 사건들이 점철되었던 것
이다. 따라서 세상 만사가 그러하고 모든 인류의 역사가 그러하듯 인
간의 제반사는 '만남'에 의해서 희비(喜悲)가 엇갈려 일어나기 마련이
다. 이들 중에는 역사를 아름답게 장식했던 '만남'이 있었던가 하면,
다른 한편으로는 만나지 말았어야 할 '만남'도 얼마든지 그 예를 찾을
수 있다.

이 같은 '만남'들을 우리는 우연(偶然), 아니면 기연(奇緣)이라는 말
로 호도하기가 일쑤이지만, 어떤 의미에서는 이 모두가 자기 선택적인
숙명적(宿命的) 만남들인 것이다. 따라서 이러한 인연관(因緣觀)에서
보면 우연이란 있을 수도 없는 것이요, 우연적인 만남을 배제하면 결
국 기연 또한 인연일 뿐이다. 그것은 모두가 자업 자득(自業自得)으로
결국은 숙명적인 만남이다.

이러한 관점에서 볼 때 우리의 역사 속에 나타나는 크고 작은 사건들
은 궁극으로 모두가 숙명적인 만남에 의해서 이루어진 것이다. 그러므
로 여기서는 그 수많은 '만남'들 가운데 역사의 뒷장에서 '역사를 바꾼
만남'의 몇 가지 사례를 살펴 그 의미를 고찰해 보려는 것이다.

우리 역사상 위대한 만남으로 먼저 떠오르는 것은 삼국 통일의 위업
을 달성한 태종무열왕 김춘추와 장군 김유신의 만남이다.

익히 아는 바와 같이 김춘추와 김유신은 신라의 왕족이면서도 당시

그들은 다 같이 정통 세력에서 밀려나 있는 불우한 처지에 있었다. 때문에 그들의 만남은 비록 유신이 춘추보다 여덟 살이나 연상이었지만, 자연스럽게 동병 상련의 정으로 발전하여 평생을 지기지우(知己之友)로서 신의를 지키며 살았던 것이다. 그러기에 유신은 자기의 누이동생 문희마저 친구인 춘추에게 시집 보내어 남매의 정을 맺고 서로 합심하여 삼국 통일의 위업을 성취하였던 것이다. 그들의 만남이 이처럼 아름답고 신의에 차 있었기에 그들의 앞길은 반석같이 굳어 결국 빛나는 왕으로, 이름을 떨친 장군으로 후세에 길이 남게 된 것이다.

한편 우리의 역사에서 잊을 수 없는 또 하나의 만남은 평강 공주와 온달 장군의 인연이다. 어찌 고구려 구중 궁궐의 지존한 공주의 몸으로 바보 온달에게 쉽사리 시집을 갈 수 있단 말인가? 그것은 공주의 유년 시절, 그녀의 습관성 울음으로 놀림을 받게 된 내력이 바보 온달을 만나는 인연을 낳은 것이다. 그 결과 바보 온달은 고구려를 위해 장렬히 전사한 장군으로 역사에 남게 되었다. 이들의 만남은 역사 발전에 여성의 참여도가 극히 미미했던 과거의 우리 역사에서 여성의 적극적 현실 참여라는 관점으로 새로운 의미를 부여할 수 있다.

우리의 역사에는 왕과 신하 사이에 의리의 만남으로 역사를 바꾼 예도 수없이 발견된다.

그 첫째로 우리는 조선을 건국한 태조 이성계와 무학대사의 만남을 들 수 있다.

용맹스럽기는 하나 지략이 뛰어나지 못해 야전 사령관으로만 맴도는 이성계에 있어 무학대사와의 만남은 매우 중요한 의미를 지닌다. 젊은 날, 그들의 숙명적인 만남이 있었기에 무학대사는 그의 지략과 높은 경륜으로 결국 이성계를 권좌에 올려놓았던 것이다. 권좌에 오른 태조 이성계는 어느 한가한 시간에 무학을 앉혀 놓고 왕과 신하의 관계를 떠나 서로 허심 탄회하게 친구로서 농담을 하자고 청했다.

먼저 입을 뗀 태조는 무학을 보고 "자네를 대하면 꼭 돼지처럼 보인 단 말이야"라고 하였다. 이에 무학은 "저는 상감을 뵈오면 꼭 사람처럼 보입니다" 하고 대답했다. 이에 태조는 화를 내며 "왜 농담을 하자는데 자네는 농담으로 응하지 않는가" 하며 반문했다. 이에 무학이 대답하 기를 "자고로 사람의 눈에는 언제나 사람은 사람으로 보이고 돼지의 눈에는 사람도 돼지로 보이는 법입니다"라고 말한 에피소드가 전해지 고 있다. 이 대화에는 무학의 지략이 태조보다 얼마나 뛰어난가를 짐 작할 수 있는 함축적 의미가 기발하게 담겨 있다.

고려조 성종과 명재상 서희와의 만남이 없었다면 거란과의 통쾌한 담판과 국경의 확정이 이루어질 수 없었던 것처럼, 조선조 세조의 경 우도 만약 팔삭동이 지략가 한명회와의 만남이 없었다면 왕위 찬탈의 야망은 결코 이룰 수 없었을 것이다. 더구나 임진왜란 때 의주로 몽진 한 선조에게 있어 명재상 류성룡과의 만남이 없었더라면 굴욕의 역사 는 더 깊고 오래 지속되었을 것이다.

근대 여명기에 있어 우리가 기억해야 할 커다란 만남의 하나는 정약 용(丁若鏞)과 그의 조카 성 바오로 정하상을 중심으로 한 천주교인들의 관계이다. 이들의 종교적인 만남이 있었기에 한국 천주교의 뿌리내림 은 외부로부터의 전교 활동에 의한 것이 아닌 자생적 특징을 지닌 것 으로 발전할 수 있었던 것이다.

일제의 강점기에 도산 안창호와 남강 이승훈과의 만남은 한국의 독 립운동사에 길이 남을 역사적 사건이었다. 서북 지방의 한낱 이름 없 는 거부(巨富)에 지나지 않았던 이승훈이 어느 날 우연히 평양의 거리 를 지나다 청중을 모아 놓고 열변을 토하는 한 청년을 보고 '한심한 청 년'이라는 연민의 정을 보내며 지나치려 하였다. 그런데 참으로 우연 하게도 그 청년의 연설 중 한마디가 그의 가슴에 와닿아 발걸음을 멈 추고, 끝까지 그 연설 내용을 들어보니 세상을 바라보는 새로운 눈이

뜨이는 것 같았다. 그 청년은 조국의 선각자로서 전국을 돌아다니며 국민을 계몽하는 위대한 인격자 안창호라는 사실을 뒤늦게 알았다. 그 날 밤, 그가 묵고 있는 곳으로 찾아간 이승훈은 하룻밤 동안 그로부터 국제 정세와 조국의 독립에 대한 많은 이야기를 듣고 감동되어 조국을 위해 헌신할 다짐을 하게 되었다. 그리하여 먼저 착수한 사업이 이 나라 독립 운동의 본산인 오산학교(五山學校)의 설립이었고, 그 또한 신간회 운동에 깊숙이 개입하면서 독립 운동에 일생을 헌신한 것이다.

만약에 남강이 그 시간에 도산을 평양의 거리에서 만나지 않았던들, 그는 한낱 평범한 서북 지방의 거부에 지나지 않았겠지만, 이 위대한 만남이 그로 하여금 위대한 애국자로 변신할 수 있게 하였던 것이다.

그러나 우리의 역사는 이처럼 긍정적인 만남으로만 엮어진 것은 아니다. 진정 만나지 않아야 좋았을 악연(惡緣)의 만남 또한 무수하다.

고려조에 김부식과 정지상과의 만남은 그 대표적인 예의 하나일 것이다. 같은 스승 밑에서 배운 그들 사이였지만, 자라면서 남다른 출세욕과 명예욕이 강한 김부식보다 뛰어난 재능을 지녀 언제나 앞서 가는 정지상은 김부식에게 경쟁의 대상을 지나 시기의 대상일 수밖에 없었다. 만약에 정지상이 이 세상에서 사라진다면 자기는 당대 제일의 학자요, 정치가가 될 텐데, 그가 존재함으로써 자기는 항상 뒷전에 밀리게 되는 것이다. 이렇게 생각한 그는 결국 정지상을 '묘청의 난'에 얽어 넣어 제거함으로써 야망을 성취하기는 하였지만, 역사에 영원한 오점을 남기고 만 것이다.

이조 중기 숙종과 장희빈과의 만남 역시 역사를 어지럽힌 대표적인 악연의 하나임은 많은 사극(史劇)과 역사물을 통해 우리가 익히 아는 바이다.

이밖에 우리 역사 속에는 행불행으로 판단할 수 없는 원효대사와 요석 공주의 만남 같은 것도 있다. 지금까지 원효를 평가하기 어렵게 했던 것은 곧 이 같은 기연(奇緣)의 만남 때문이다. 만약 원효가 요석 공주를 만나지 않았던들 설총과 같은 불세출(不世出)의 대학자가 어찌 태어날 수 있었을 것이며, 다른 한편으로는 원효 같은 선지식(善知識)을 그 누가 파계승(破戒僧)이라 지탄할 수 있으랴!

인간사나 세상사 모두가 '만남'에서 비롯되는 한갓 인과임에 틀림없을진대, 연기(緣起) 속에서 어떤 결과로 종지부를 찍느냐 하는 것이 지혜임에 틀림없다.

다행스런 만남이야 더욱 성실한 결실을 얻기 위해 노력해야 하겠지만, 그러나 불행스런 '만남'임을 느끼고 깨닫고 절감하면서도 그 인연을 끊지 못하는 '만남'은 인생과 역사를 깊은 소용돌이 속으로 끌고만 들어간다. 패가 망신(敗家亡身)을 불 보듯 내다보면서도 끊지 못하는 인연의 '만남' 속에서 인간은 가장 나약해지고 무능해짐을 얼마든지 볼 수 있다.

'만남'을 통해서 미래를 조명해 볼 때 결과는 너무나 뻔하다. 돌아서야 할 '만남'을 청산하지 못하는 안타까움, 그리고 좀더 적극적인 접근을 필요로 하는 만남을 소극적으로 포기하는 만남, 우리의 삶에서 이와 같이 애매한 '만남'만은 지혜롭게 선택해야 할 것 같다.

인간은 누구나가 행복한 삶을 원한다. 그러면서도 모두가 행복한 인생을 살지 못하는 까닭은 결국 애매하고 모호한 '만남'에서 출발하여 급기야는 어떤 결단도 내리지 못하는 삶에서 연유되는 것이다. 우리는 주위에서 행복한 삶을 설계하면서 예식을 올리는 '부부의 만남'을 본다. 서로 관심을 갖다 보니 이해가 깊어지고, 이해가 깊어지다 보니 존경심이 생기고, 상대의 인생은 내가 책임져야 한다고 절감하게 되어 결혼에까지 이르게 되는 것이 그들의 일반적인 만남의 과정이다. 그러나 그들 중에는 그렇게 모든 것을 바쳐도 아까움이 없을 것 같아 부부일신(夫婦一身)이 되었지만, 어느 날 갑자기 이혼의 파국을 맞는 '만남'의 경우도 있다.

'만남'은 인생사의 시작이지만 '만남'이 그 의미를 상실할 때 인생사 그 자체가 무의미해진다. 결국 인간은 '만남'의 예술을 통해서 행복해 질 수도 있고 불행해질 수도 있다. 어찌되었든 인생에서 만남은 피할 수가 없다. 그렇듯 인간에게서 '만남'을 제외한다면 우리는 인생의 의 미를 상실해 버리고 말 것이다.

까치가 **집**을 지으니 비둘기가 주인 **노릇** 하더라

타고난 성격이 오종종하고, 과단성이 없으며, 비윗장머리까지 없어 나의 지난날은 어려서부터 항상 뒷전에 물러나 살아온 세월이었다. 게다가 행운이라는 요행마저 나에게는 인연이 멀어서인지 국민학교(초등학교) 시절부터 흔해빠진 제비뽑기나 봄·가을의 소풍에서 보물찾기 등에 한번도 당첨된 적이 없다. 그래서인지는 몰라도 요즈음 많은 사람들의 관심을 모으고 있는 각종 복권이나 증권 등에 대한 투자에는 아예 담을 쌓고 말았다. 형편이 이 지경이고 보니 화투나 트럼프 놀이는 물론 심지어 장기나 바둑마저 기본 규칙도 잘 몰라 친구들로부터 가끔 '자네는 취미가 뭔가? 뭣 때문에 사는가?' 하는 본의 아닌 빈축을 살 때가 종종 있다. 사정이 이럴진대 나에게 학창 시절 반장은 고사하고 똘똘한 줄반장마저 돌아올 리가 있었겠는가? 또한 나 자신도 그같이 과분한 감투나 푸짐한 상복(賞福)은 애초부터 꿈조차 꾸어본 적이 없다. 그저 묵묵히 외곬로 학문의 길만 걸어온 셈이다.

　그런데 나이가 들고 공직 생활을 오래 하다 보니 나도 어느덧 지방의 어른축에 드는 까닭일까? 수 년 전부터 내 뜻과는 상관없이 나에게도 변변찮으나 몇 개의 명예직 감투가 씌어지고, 자주 지역 사회의 중요한 행사에 강사로 초빙되거나 가끔 중요한 문화 사업을 기획, 주관하는 일을 맡게 되는 경우가 있다.

　처음에는 이 같은 사회 참여가 내 체질에 맞지 않는다고 한사코 사양도 여러 번 해보았으나 그들의 말인즉 '때묻지 않은 참신한 인사를 고르다 보니 교수님밖에……' 어쩌구 하면서 막무가내로 유혹하기 때문에 거절할 재간이 없어 이를 타의반 자의반으로 받아들이다 보니 이 지경에 이르게 되었다.

　'거짓말도 해 버릇하면 는다'는 우리 속담처럼 처음에 참여할 때는 어색하기 짝이 없던 내 행위에 때가 묻어 가면서 차츰 틀이 잡혀 나에게도 다소의 자신감이 생겼다. 그래서 처음과는 달리 점차 일의 주선에 적극성을 띠고 지역 문화 발전에 작은 보탬이 되는 일을 계획 추진해 나갔다.

　그런데 일을 추진해 나가는 과정에서 결정적인 순간에 이를라치면 꼭 문제가 하나 발생하곤 했다. 그 문제란, 벌써 일을 진행하여 보람 있는 결실을 거의 맺을 무렵이나 그 중요한 진행 과정에 매번 얼토당토 않은 제삼자가 목에 힘을 주고 불쑥 나타나 모든 것은 자기가 다 해놓은 것처럼 설쳐대거나, 그렇지 않으면 자기가 아니면 절대로 안 된다고 훼방을 놓기 시작하는 것이다.

　모처럼만의 좋은 일을 추진한 이상 누가 낯을 내더라도 일만 잘 성사되면 그만 아니겠느냐 하고 나는 그때마다 양보를 하고 뒷전으로 물러났지만, 사실 그 뒷맛은 여간 씁쓸한 것이 아니었다. 그리하여 때로는 분노를 삭이지 못하여, 때로는 못난 자신의 행위에 대하여 스스로 실망하여 몇 날 동안 불면의 밤도 세워 봤지만, 결국 양보할 수밖에 없지 않은가, 하는 결론으로 매번 슬그머니 물러나곤 했던 것이다.

그런데 이러한 점잖은 결단은 내가 자못 많은 수양을 한 고매한 인격체여서가 아니라, 그와 반대로 오히려 서두에서 언급한 대로 대부분 못난 내 성격에서 연유된 것이지만, 그밖에도 내 진작에 읽었던 동양의 고전인 시경에 나오는 한 구절, 즉 '까치가 집을 지으니 비둘기가 주인 노릇을 하더라(有鵲有巢 有鳩居之)'에 감명 받았음이 솔직한 고백이다.

비록 비둘기가 집을 차지하려 든다 하더라도 까치는 이에 화내지 않으면서 비둘기에게 그 집을 내어 주고 다시 새 집을 지으면 될 것이 아니겠는가? 비둘기가 오죽 집 지을 재주가 없으면 구태여 남이 지은 집을 빼앗아 살 수밖에 없을까 하는 심정으로 말이다.

한편 생각을 달리 해보면 이처럼 불편스런 일을 당하는 경우가 비단 나 개인에게만 해당되는 일이랴 하고 자위해 본다.

수백 년 동안의 오랜 세월, 이 한밭 땅의 가난한 토착민들은 어려움 속에서도 나름대로의 문화와 전통을 창조하고 지키면서 대대로 살아 왔다. 그런데 근대화의 물결을 타고 밀려온 뜨내기들이 어느 날 졸부가 되어 토착민들을 뒷전으로 밀어내고는 안방을 차지하고서 "이 땅에는 이어받을 문화와 전통이 없으니 이제 새로운 한밭 문화를 창조해야 한다……" 하고 있으니 집을 지은 까치는 아연할 수밖에…….

어찌 그뿐이랴? 한 나라의 경우 애써 짓고 가꾸어 온 전통의 보금자리를 어느 힘 센 자가 차지하고는 자기가 본래의 주인인 양 떠들어대면서 개혁이다 변화다 하는 명목으로 까치집의 기본 틀을 바꾼 예가 한두 번이 아니니 우리의 지난 과거가 한심스럽기까지 하다.

차라리 집을 지을 재주가 없다면 이미 까치가 지어 놓은 집이나마 깨끗이 손질하며 살 일이지 왜 그 집마저 허물어 어지럽힌단 말인가?

까치야 집을 지을 재주가 있으니 새로이 집을 지을 수 있지만 짓지도 못하면서 어지럽히고 못 쓰게 뜯어 고치는 비둘기가 차라리 측은하기까지 하다.

하나의 우화에서

옛날에 노래를 잘하는 꾀꼬리와 소리를 잘 지르는 왜가리가 살고 있었다. 어느 날 그들은 우연히 만나 제각기 자기의 노래 솜씨가 뛰어나다고 뽐내었다. 서로가 양보 없는 논쟁을 한동안 계속하다가 마침내 그들은 제삼자에게 판정을 받아 보기로 합의하였다. 그리하여 꾀꼬리와 왜가리는 독수리에게 이를 부탁하러 갔다.

이들의 사연을 들은 독수리는 한참 동안 심사 숙고한 후에 노래 시합을 통해 판정을 내리기로 결정하였다. 그리하여 독수리는 꾀꼬리와 왜가리에게 시합 날짜를 보름 후인 다음달 초하루 한낮으로 정하겠으니, 그 동안 자기의 노래 기량을 열심히 연마하라고 당부했다.

집으로 돌아온 꾀꼬리는 밤낮을 가리지 않고 산에 가서 목청을 가다듬으면서 시합 날짜만을 고대하고 있었다. 그러나 왜가리는 노래 연습에 열중하기보다는 매일 논에 가서 개구리 두 마리씩을 잡아다가 독수리에게 진상했다. 그러는 사이에 시간은 흘러 마침내 약정한 초하루

한낮이 되었다.

꾀꼬리와 왜가리는 노래 시합을 위해 독수리 앞에 모였다. 독수리는 꾀꼬리에게 먼저 노래를 시켰다. 그러자 꾀꼬리는 참으로 놀랄 만한 기교와 아름답기 그지없는 목소리로 한 곡을 뽑아냈다. 다음으로 왜가리의 차례가 되니, 왜가리는 꾀꼬리가 부른 아름다운 노랫소리와는 달리 호랑이 개 끌어가는 소리로 '꽥—' 하고 찢어지는 듯한 외마디 소리만 내질렀다.

누가 들어 보아도 이 노래 시합의 승자는 꾀꼬리가 틀림없었다. 그러나 매일같이 왜가리에게서 개구리 두 마리씩을 진상 받은 독수리는 "꾀꼬리는 그 노래의 기교가 정말로 장하지만 곡조가 너무도 가냘퍼 듣는 자의 심사를 혼란케 하는 반면에, 왜가리는 비록 외마디 소리(單聲)이나 그 음성이 우렁차 만인의 심금을 크게 움직일 만하니 승자는 왜가리다"라고 하였다.

왜가리와의 노래 시합에서 실력은 앞섰으나 판정에서 지고 만 꾀꼬리는 스스로 탄식하기를 "내 평생 개구리 두 마리씩을 진상하지 못한 것이 한이로다(五恨平生無二蛙)"라고 체념하고 말았다는 것이다.

이 우화는 꾀꼬리와 왜가리의 노래 시합을 통해 아무리 자기의 실력이 뛰어나고 그 기량이 돋보인다고 할지라도 임기 응변에 능하지 못하고, 또한 적당히 물질적인 진상을 권력자에게 하지 못하는 사람이라면 크게 성공할 수 없다는 썩은 사회를 풍자하고 있다. 무와불입지(無蛙不入志), 즉 개구리가 없어 뜻을 이루지 못한다는 말은 여기서 나왔다. 이 짤막한 우화는 비록 옛날의 동물 이야기이긴 하지만, 현대를 살아가고 있는 우리들이 거듭 음미해 볼 만한 가치를 지니고 있는 것이다.

이 우화는 그러한 풍자를 통해 한편으로 우리에게 능력 있고 성실하며 도덕적인 사람이 거기에 합당한 대우를 받아야 한다는 교훈을 제시하고 있다. 비도덕적인 방법과 수단을 동원하여 무조건 경쟁에서 이기

기만 하면 된다는 왜가리의 삐뚤어진 경쟁 심리나 이를 묵인·인정하는 독수리의 비합리적인 판단은 부도덕한 사회 질서를 만들어 놓게 될 것이 뻔한 사실이다. 이 우화는 바로 왜가리와 독수리의 잘못과 꾀꼬리의 탄식을 통해 사회가 타락의 구렁으로 빠져서는 안 된다는 경종을 울려 주고 있는 것이다.

어떤 철학자는 오늘날을 일컬어서 불신(不信)의 시대라고 말하기도 한다. 그만큼 현대 사회는 점점 정신적인 가치를 상실해 가고 있으며, 도덕성을 내팽개치고, 개인의 욕구를 향해 질주하고 있는 것이다. 현대 사회가 안고 있는 물질 제일주의나 향락주의(享樂主義)와 같은 병리 현상도 기실 이러한 정신적 도덕적 가치체계의 변질에서 기인하고 있다 할 수 있다.

이 우화의 짤막한 내용은 오늘을 살아가고 있는 우리들에게 시사하는 바가 적지 않다고 하겠다. 우리는 모두 정신적인 가치와 도덕적인 질서를 회복하고 서로 신뢰하는 사회를 만들기 위해 노력해야 할 것이다. 그렇게 될 때 현대 사회가 안고 있는 불신의 병패는 자연 치유될 것이며, 아울러 도덕성도 회복될 것이라 하겠다.

헛바닥만 홀로 건재하구나

요즈음 우리 주변에는 많은 사람들이 제 몫 찾기에 열을 올리는 현상이 두드러지게 나타나고 있다.

작게는 개인의 물질적 욕구 충족(慾求充足)에서부터, 크게는 자신의 사회적 지위와 명예의 획득에 이르기까지, 실로 독특하고 다양한 몸짓과 목소리로 자기의 주장을 펴고 있는 것이다.

이와 같은 현상은 세상이 하루하루가 다르게 변하고 있는 이른바 고도 산업사회(高度産業社會)라는 사회 구조 속에서 자연적으로 파생되는 결과라고도 볼 수 있을 것이다. 왜냐하면 그것은 근대 이후에 서구 과학 물질 문명의 급속한 유입(流入)이 우리의 전통적 문화와 가치관에 충격적인 변화를 주었고, 그에 따른 사회의 민주화 추세는 개성의 신장(伸張)과 인권의 존중이 사회의 모든 규범에 우선해야 한다는 시대적 요구로 받아들여져 그 열기가 날로 팽배해짐에 따른 것이기 때문이리라. 또 한편으로는 멀리 일제(日帝)의 강점기(强占期) 이래 지난 수많은 세월을 우리들은 가진 자의 횡포와 경직된 정치체제의 억압 속에 살아왔다. 거기에 가난과 고통이 찌들어 있었다. 그런 생활을 견디어 왔기에 이제 민주화된 세상을 맞아 지금껏 억눌린 삶에 대한 민중의 보상 심리(報償心理)가 크게 작용하고 있다. 그러한 세월을 돌아볼 때, 사람들의 욕구 분출은 어쩌면 당연한 추세로 간주할 수도 있으리라.

이러함에도 불구하고 우리 사회의 일각(一角)에서는 그 욕구와 불만의 표현 방법이 너무 지나치지 않느냐 하는 우려의 소리가 조용히 일고 있다. 이들의 우려는 한낱 전통적인 가치관을 고수하려는 고루한 입장에서가 아니라 그들의 표현 방법이 지극히 이기적이고 자기 중심적인 데 근거한 과격한 행위로 일관되어 있다는 데 따른 것이다.

사실 오늘을 살아가는 많은 사람들은 상대방의 처지나 주변의 상황 등은 고려하지 않고 오로지 자기의 이익과 주장만을 앞세워 목청을 높이는 경우를 흔히 보게 된다. 오직 목청이 큰 자만이 승리자요, 고집스레 개성을 내세우는 자만이 쟁취한다는 그릇된 인식이 우리 사회에 점차 만연되어 가고 있다. 우리 주변은 이제 과거에 우리 이웃들끼리 누리던 양보하고 겸손하고 사랑하던 그 흐뭇한 풍속을 찾아볼 수 없는 각박한 사회로 변해 버리고 말았다.

내 이익과 내 주장을 관철시키기기 위해서는 남이야 어찌 되건 사회가 혼란에 빠지건 아랑곳할 것도 없이 수단과 방법을 가리지 않는 극단적인 이기주의 속성을 어느 양식(良識)이 있는 인사(人士)는 노루의 생리에 비유하여 꼬집은 적이 있다.

노루라는 짐승은 유독 다리가 길어서 산을 잘 오르내리는 특징을 지니고 있다. 그러기에 어느 산짐승도 발이 빠른 이 노루를 따라잡을 재간이 없는 것이다. 하지만 이 노루는 항상 앞산의 봉우리만 보고 달릴 뿐, 눈앞의 장애물을 조심스레 살피는 주의력이 부족한 약점을 지니고 있다. 이 같은 노루의 생리를 익히 아는 사냥꾼들은 노루를 항상 협곡이나 낭떠러지, 혹은 가시밭으로 몰이함으로써 그 노루를 쉽게 잡을 수 있는 것이다.

자신의 이익을 위한 목적 달성을 위해서는 온갖 비리(非理)도 서슴없이 자행하는 지각 없는 현대인의 경우, 어쩌면 사냥꾼에 몰린 노루의 경우처럼 어느 순간 비참한 최후를 맞이할지도 모른다는 데에서 우리의 깊은 우려를 자아내는 것이다. 따라서 우리 모두는 남을 이해함에는 너그럽고, 내 뜻을 펼 때에는 부드럽고 은근하게 함으로써 서로 신뢰하는 이웃을 다시 찾아야 할 것이다.

이 같은 주장에 대하여 혹자는 이를 주관이 없는 우유 부단한 처세술에 근거한 진부한 발상이라고 비웃을지 모른다. 하지만 자기의 뜻을 반드시 강하게 주장해야만 주관이 뚜렷하다는 논리는, 오늘날 젊은 층에 점차 확산되어 가고 있는 흑백 논리와 그 맥을 같이하는 것으로서 오히려 현대인이 경계하여야 할 점인 것이다.

이러한 관점에서 볼 때 고대(古代) 중국의 노자(老子)와 그 제자들의 대화 한 토막은 오늘을 살아가는 사람들에게도 본 받을 만한 하나의 처세훈(處世訓)으로서 음미해 볼 만한 가치가 있다.

노자는 항상 그 제자들과 이웃을 대할 때, 비록 그 상대방이 큰 잘못을 저질렀어도 이를 질책하는 일이 없이 오히려 부드러운 언사로 감싸 주며 장점을 들어 칭찬하기까지 하였다.

이에 불만을 느낀 괄괄한 어느 제자가 볼멘 소리로 노자에게 물었다.

"선생님은 어찌하여 상대방의 잘못을 보고도 꾸짖지 않고 언제나 부드러운 말씀으로 오히려 그를 두둔하십니까? 선생님께서는 진정 주관이 계신 분입니까? 아니면 혹시 상대방이 두려워서 그러한 처세를 하시는 겁니까?"

이에 대해 노자는 빙그레 웃으며 다음과 같이 대답하였다.

"내 젊었을 적 입 안에는 강한 어금니를 포함한 날카로운 많은 이빨
과 부드러운 혓바닥이 함께 있었는데, 오랜 세월을 살다 보니 그 강했
던 이빨들은 이미 다 삭아 없어지고 오늘날에는 그 부드러운 혓바닥만
이 홀로 건재하구나"라고.

감투론

인간이 간직하고 있는 무수한 욕망 가운데에는 이른바 감투욕이라는 것이 있다.

우리 주변에는 이 감투욕에 지나치게 관심을 나타내는 사람들이 적지 않은데, 이러한 사람들을 일컬어 우리는 감투 지향형의 인물이라고 매도하기가 일쑤이다. 그러나 따지고 보면 내심으로 거기에 매력을 느끼지 않고 사는 사람이 과연 그 얼마나 될 것인가.

이처럼 씌워 줘서 귀찮고 못 얻어 쓰면 섭섭한, 그러면서도 터놓고 욕심을 부리기에는 열쩍기 마련인 이 맹랑한 인간의 심리를 가로되 사람들은 감투욕이라 한다.

크게는 고관 대작에서부터 작게는 미관 말직에 이르기까지 크든 작든 나름대로의 지위에 앉아 보고 싶어하는 것이 자고로 인간의 숨김없는 욕심일진대, 앞으로도 이 감투에의 집념은 인류가 서식하는 한 우리 주변에서 영원히 사라지지 않을 것이다. 아니 어쩌면 이에 대한 끊임없는 욕망이 있음으로 해서 인간은 삶의 의욕을 더욱 왕성하게 펼치고 또한 그 의의를 발견하게 되는지 모른다.

요즈음은 형편이 많이 달라졌지만 지난날에는 이 매력 있는 권좌(權座)가 오로지 남성들에게만 주어져서 그 영광을 독차지한 일이 있었다. 흔히 벼슬자리에 앉는 것을 속칭 '감투 쓴다'로 표현하고 있는 것으로 보아 남성 관리들이 쓰던 모자의 일종을 지칭하는 것으로도 짐작할 수 있다.

그렇지만 이 감투라는 것이 예나 이제나 원한다고 해서 그 누구에게나 쉽사리 주어지지 않고, 그리고 일단 어느 한 사람에게 주어진 감투라고 하더라도 그가 혼자만 누릴 수 없는 것임을 우리는 알고 있다.

그러기에 오로지 이 감투욕에 집착하여 자기의 전 기능과 전 가세(全家勢)를 걸고 최선을 다했지만 평생 그 소원을 한번도 성취 못 하고 좌절하거나 패가 망신한 인물들이 종종 화제의 주인공으로 등장하게 된다. 그뿐인가? 한번 감투를 쓴 사람은 그것을 오래도록 벗지 않으려고, 그리고 보다 큰 감투를 쓰려고 얼마나 많은 추악한 역사를 엮어 왔던가?

이렇게 영광과 추악한 비극의 양면을 지닌 이 감투의 사전적(辭典的) 의미를 잠시 살펴보자.

감투를 『양자방언(楊子方言)』에서는 상자류(箱子類)라 하였고, 『광운(廣韻)』에서는 머리에 덮는 것이라 기록되어 있다.

이 감투는 고대(古代) 변(卞)에서 처음 발달한 것으로써 사모(紗帽)의 변형으로 볼 수 있는데, 사모가 조복의 의식용(儀式用)으로 된 반면에 감투는 그들의 일상에 사용된 것으로 보여진다.

우리나라의 경우 『문쇄만록』에 임진왜란 이후에 사족(士族)이 갓을 썼다고 기록된 것으로 보아서 이때부터 감투도 쓰기 시작한 것으로 생각된다. 근자에는 벼슬하는 사람만 감투를 쓰고 평민은 쓰지 못하였으므로 벼슬하는 사람을 '감투 썼다'고 하는 말이 생겼다.

이것으로 보아 우리는 감투의 어원(語原)과 그 변천, 그리고 그 감투가 벼슬자리의 대유(代喩)로 쓰인 경위 등을 알 수 있다.

이처럼 감투는 벼슬하는 사람의 신분을 나타낼 뿐 아니라, 그의 위풍을 당당하게 하여 주는 중요한 역할마저 하게 되는 것이다. 그렇다면 그 감투는 생각컨대 매우 위엄이 있고 그 지위에 상응하는 것이었음이 분명하다.

우리는 TV 사극에서 의관을 정제한 풍채가 좋고 위엄이 당당한 높은 관리들을 만나게 된다. 그에게서 풍기는 인품과 위엄은 물론 그가 입은 의복과 그가 물고 있는 긴 담뱃대, 그리고 그의 몸에서 풍기는 근엄한 행동 등이 한데 조화된 데서 나타나는 것이겠지만, 그를 그토록 당당하게 만드는 중요한 것의 하나가 바로 그의 머리에 얹어진 감투이기 때문인 것이다.

감투가 머리에 쓰는 것일진대, 그것은 그 정수리에 딱 맞아야 한다. 그랬을 때 그의 위품이 더욱 돋보이게 마련이다.

그런데 만일 오종종한 체구에 머리통이 작은 선비가 그 머리통보다 훨씬 큰 사이즈의 감투를 썼다고 상상해 보자.

그가 비록 호사스런 의복을 몸에 걸치고 애써 위엄을 보인다 하더라도 그는 큰 감투로 지극히 볼썽사나운 모습이 될 것이다. 정수리에 딱 맞아야 할 그 감투가 너무 커서 훨씬 밑으로 내려와 코끝에 걸릴 때 그 모습은 어떠할까? 그때 그의 눈과 귀는 이미 가리워지고 다만 노출되는 부분은 코와 입밖에 없을 것이다.

이러한 모습은 참으로 꼴불견이 아닐 수 없다. 그러나 그 꼴불견이 한 사람의 자연인에게만 그친다면 문제는 간단하지만 하물며 그가 공복(公僕)임에랴!

의학자의 말을 빌면 우리 신체의 어느 부분이 그 기능이 마비되었을 때는 그 마비된 기능만큼 다른 기능이 더 발달된다고 한다. 이로 미루어 본다면 가리워진 눈과 귀의 기능 대신 다른 기능, 곧 후각과 미각의 기능이 그들에게 더욱 발달될 것임을 우리는 쉽사리 유추할 수 있다.

그가 감투에 가리워져서 신체의 정상적이며 균형적인 기능을 잃고 냄새나 잘 맡고 먹새가 왕성한 몰골로 변했다면 이는 분명히 감투로 말미암아 연유된 불행이라 하지 않을 수 없다. 사람에게 알맞은 감투나 사람을 돋보이게 하는 감투보다 사람을 불행하게 만드는 감투—이는 정녕 염불보다 잿밥에 마음이 있기 때문일 것이다.

감투를 쓰고자 하는 자는 모름지기 자기의 체신에 맞는 것을 골라야 한다. 그리고 그 감투 자체가 돋보이는 것이 아니라 그것을 씀으로써 감투가 아름다워 탐이 난다고 할지라도, 그것을 써서 불편하거나 걸맞지 않을 때에는 과감히 내던지는 용기가 필요하며, 감투가 씌워진 경우 그날부터 그 감투에 걸맞는 처신으로 몸과 마음을 다듬어 나가야 할 것이다.

옛날 콩쥐의 꽃신에 발을 맞추려던 팥쥐의 억지처럼 감투에 머리를 맞추려는 감투 지향적인 사람들이 많은 것이 요즈음의 세상이고 보면, 청백리(淸白吏)로서 위국 충정(爲國衷情)을 다한 우리 선조들의 감투상을 이 시점에서 기대함은 무리한 욕심일까?

원고 쓰는 사이
수북이 쌓인 꽁초

'**늦게 배운 도둑질이** 날 새는 줄 모른다' 는 속담처럼 삼십이 훨씬 넘어 시작한 흡연 버릇이 이제 하루 삼십 개비를 헤아리는 골초가 되어 버렸다. 이제 나에게 있어 담배는 우리가 매일 세 끼의 식사를 거를 수 없는 것처럼, 나와 완전히 분리시켜 생각할 수 없을 만큼 필수 불가결(?)한 존재가 되어 버리고 말았다.

건강에 대한 인류의 관심이 날로 고조되어 가고 있는 오늘날 우리의 생활 주변에서 공해 물질을 완전히 추방하자는 캠페인이 도처에서 활발히 전개됨에 따라 이제 담배는 그 중 제1급의 추방 대상으로 지목되어 전세계적인 금연 운동으로 확산되어 가고 있다. 그런 시점에서 이 무슨 해괴한 반문명적인 넋두리냐고 혹자는 비난할지도 모른다. 하지만 그 운동이야 어찌 전개되든 나로서는 지금 당장 담배에 대해 미련과 애착을 떨쳐 버릴 수 없는 것이 또한 현실이니 어찌 딱한 일이 아니랴!

많은 애연가들이 자신의 흡연 동기에 대해 이야기하는 것을 들어 보면, 가령 어린 시절 심한 횟배앓이로 고통을 느낄 때 어머니나 이웃 노파의 흡연 권유로 이를 진정시킨 것이 빌미가 되었다는 원시적인 민간요법 차원의 이유에서부터 예기치 않은 충격으로 인한, 견뎌내기 어려운 심적 갈등을 진정시키기 위해서였다는 등 각자 자기 나름의 타당한 이유를 가지고 있다. 나의 경우 실로 어처구니없게도 나이에 걸맞지 않은, 문학 소년들이 흔히 지니는 낭만적인 모방 충동에서 비롯되었음이 솔직한 고백이다.

지금은 금연의 덕으로 볼에 통통히 살이 오른 나의 친구 P. 그는 젊은 시절 멋있는 애연가였다. 어느 가을날 우연히 그와 낙엽 지는 오솔길을 산책할 기회를 가졌는데, 나란히 걷는 동안 문득 그의 몸에서 풍기는 담배 냄새가 구수했고 발 아래 밟히는 낙엽의 색깔과 조응하여 나를 이 신비스런 늪으로 한 걸음 다가서게 하였다. 더구나 그와 공원 벤취에 앉아 대화를 나눌 때, 한편으로는 나의 이야기에 귀 기울이며 눈을 지그시 감고 명상에 잠기는 듯한 표정으로 꽁초 끝까지 맛있게 빨아대는 그의 모습은 자못 심각하다 못해 처절하기까지 하여, 마치 달관한 어느 도인을 마주하고 있는 듯한 분위기였다. 순간 염치없이 그의 담뱃갑에서 한 개비를 빼어 문 나의 첫 담배맛은 진저리치도록 쓰디쓴 것이었지만, 어쨌든 그것이 나에게 있어 애연의 동기가 될 줄이야……

내가 임어당(林語堂)의 명문인 「연초론(煙草論)」에 매료된 것도 바로 이 무렵이었다. "끽연가가 금연가에게 다소 방해가 되는 것은 사실이지만, 이 방해가 육체적인 것임에 반하여 금연가가 끽연가(喫煙家)에게 끼치는 방해는 정신적인 것이다"라는 서두로 시작한 이 글에서 그는 "금연가가 인류 최대의 쾌락의 하나를 잃고 있다는 사실을 모르고 도덕적으로 우수하다든가 하는 억단(臆斷)을 피력하지만, 그러나 이러한 근엄한 도덕가들, 즉 정서라고는 전혀 깨닫지 못하는 사람들에게 흡연의 도덕적·정신적 이익을 완상할 수는 도저히 없다"고 피력한다. 문학을 전공하는 나는 이 대목에 이르러 크게 매료되었고 이로써 흡연에 대한 타당한 이유를 찾은 것이다.

그 뒤 끽연 경력 삼십여 년을 헤아리는 동안 나는 주위로부터 수없이 많은 금연 권유를 받아 왔다. 또한 최근에 이르러 몇 차례의 해외 여행을 하는 동안 비행기와 공항은 물론 공공 장소가 거의 금연 구역으로 설정되어 있고, 겨우 흡연이 허락된 지역이 화장실 옆이나 쓰레기통 옆이어서 곤혹스런 정신적 수모도 받아 왔지만, 이 최초의 강한 인상들을 지울 수가 없어 아직도 금연의 용단을 유보하고 있는 것이다. 따라서 쌀통의 식량이 바닥에 가까워지면 불안해지는 주부들의 심정처럼 나의 서재에 언제나 내가 애용하는 담배 '장미' 다섯 갑 이상이 쌓여 있지 않으면 무엇에 쫓기듯 불안해지고(해외 여행중에도 물론 이 '장미'는 두둑히 준비하고 다녔다), 재떨이가 준비되어 있지 않은 사무실이나 남의 집을 방문하게 되면 좀이 쑤셔서 좌불 안석이 되고 마니, 버릇치고는 고약함에 틀림이 없다.

새삼스러울 것도 없는 이야기지만, 흡연으로 말미암아 빚어지는 우리의 손실은 첫째 기관지염이나 폐암의 유발 등 개인에 있어 질병 발생의 직접적인 요인이 된다는 것, 둘째 그와 동일한 가능성이 동석한 이웃에게도 적용될 수 있다는 것, 셋째 뿜어지는 연기가 공기를 오염시키는 공해 요인으로 작용한다는 것, 넷째 담배 구입에 따르는 경비 지출도 무시할 수 없다는 것, 다섯째 주머니 속이 항상 정결하지 못하다는 것, 여섯째 흡연에 부수되는 라이터나 성냥, 재떨이 등이 한자리에 있어야 하기 때문에 이동할 때 번잡스럽고, 또한 그것이 차지하는 공간이 의외로 크다는 것 등등 헤아릴 수 없이 많다. 바로 이러한 점이 우리가 금연을 할 수밖에 없다는 충분한 이유로 부각되는 것이다.

그러나 세상 만사 음이 있으면 또 한편으로 양이 있듯이 흡연이 우리 생활에 미치는 긍정적인 측면도 간과할 수 없는 것이다. 여기서 나는 굳이 담배의 소비 증대로 지역 경제 발전에 기여할 수 있다는 국가 이익적 차원이나, 생물화학자 할데인(Haldane)의 지적처럼 끽연은 인류 문화에 심심한 생물학적 영향을 끼친 인류사상 사대(四大) 발명의 하나라는 문명사적 이점 등을 들어 현학적으로는 강조하고 싶지는 않다. 다만 얼핏 생각나는 대로 장점을 열거해 본다면, 우리의 마음이 몹시 초조하거나 불안할 때 담배 한 모금이 안겨 주는 안정감, 어색한 분위기나 따분한 대화 중에 나누어 피는 한 개비의 그 무엇과도 바꿀 수 없는 감미로움은 끽연의 심오한 경지를 모르는 이는 결코 이해할 수 없으리라. 특히 항상 원고지와 함께 사는 나 같은 경우 정신력의 집중에 이보다 더 효과적인 방법이란 없는 것이다.

하지만 우리가 이처럼 흡연에 있어서의 장점을 아무리 열거한다 할지라도 금연 운동의 열기는 날로 더해 가고 있으며, 이에 따라 그 어느 애연가라 할지라도 금연을 위한 갈등과 고민을 한번쯤 체험하지 않은 이 어디 있겠는가?

이 원고를 쓰는 동안 어느 사이 재떨이에 수북이 쌓인 꽁초를 보는 아내의 못마땅한 표정이 따갑게 나의 얼굴에 와닿는다.

사랑하는 아내여! 나의 이 애연의 변이 금연을 위한 역설적인 몸짓인지 혹시 알겠소?

부실 공사와 도덕

어쩌다 한번쯤 외국 나들이를 해본 사람이라
면 그 나라가 선진국이 되었든 후진국이 되었든 간에 각기 풍기는 고
유한 이국적 정서를 품고 있음을 느꼈을 것이다. 이와 함께 외형상으
로 나타난 문화 수준을 단순 비교해 볼 때 우리나라가 세계 선진국의
대열에서 결코 떨어지지 않음을 느끼고 자못 흐뭇해 하리라. 그것은
우리나라의 각 도시마다 하늘 높이 솟아오르는 빌딩의 숲과 그 도시를
누비고 달리는 수많은 자동차의 행렬이 그러하며, 전국 방방 곡곡마다
세워지는 헤아릴 수 없이 많은 공장과 그곳에서 생산되는 공산품으로
생활하는 우리네의 생활 수준이 그러하며, 백화점에 진열된 다양한 상
품들이 또한 그러하다. 어디 그뿐이랴? 세계에서 그 유례를 찾아볼 수
없을 만큼 높은 우리나라의 교육열은 인구나 국토의 면적에 비해 대학
의 수나 그곳에서 수학하는 학생의 수가 세계 제일임은 이미 널리 알
려진 일일 뿐 아니라, 그 경쟁률의 치열함도 가위 세계에 자랑할 만하

니 우리나라의 장래는 외형상 밝지 않다고 누가 말하랴?

이같이 고무적인 현상은 우리 모두가 헐벗고 굶주렸던 지난날의 암울했던 상황을 극복하고 오직 '잘 살아보자'는 한 가지 신념으로 꾸준히, 그리고 부지런히 밝은 내일을 향하여 일하여 온 결과라는 점에서 우리는 한때 크나큰 긍지를 가지고 국내외에 과시하여 온 것도 사실이다.

그런데 "자랑 단지 불난다"는 우리 속담에 걸맞게 최근에 이르러 하늘에서 여객기가 추락하는가 하면 육지에서는 여객 열차가 탈선하고 서해 바다에서는 여객선이 침몰하여 많은 인명 피해를 내더니, 도시의 밤거리에서는 지존파가 활개치고 세금 도둑이 떼거지로 적발되고, 성수대교가 무너질 뿐 아니라 유람선이 불타고 도시가스가 폭발하며 완공 1년도 안 된 지하철 벽에서 물이 펑펑 쏟아져 나오는 괴변들이 봇물 터지듯 연달아 일어났다.

한마디로 우리나라는 어느 날 갑자기 해볼 도리가 없는 인재(人災)의 나라, 엉망 진창의 나라로 전락하고 말았다.

그러나 엄밀히 따져볼 때, 이 같은 현상은 진작부터 충분히 예견된 사실이 아니었던가? 사실 우리 주변에서 무엇하나 정성 들여 만든 흔적을 찾아볼 수 있었던가. 다리 하나, 건물 하나, 지하철 공사 하나, 심지어 가스 배관 배설 하나에 이르기까지 처음 설계 단계에서 시공에 이르기까지 외국의 경우처럼 하자 없이 완벽하게, 최고의 작품을 창조한다는 신념으로 공사에 임하는 양심 있는 건설인을 우리 주변에서 몇이나 찾을 수 있는가? 나라를 위하여 이 한 몸 바칠 각오가 서 있다고 떠들어대는 정치인 가운데 과연 투철한 애국관을 지닌 사람이 몇이나 되는가? 지금 사회의 지도층에 속한다고 자칭 떠들어대는 졸부들 중에 피땀을 흘려서 돈을 번 사람은 몇이나 되는가? 정치가 썩었으니 세상 꼴이 이 모양이라고 개탄하는 명사들의 양심은 과연 건전한가? 그처럼 야단스런 교육열로 대학에 진학한 우리 대학생들은 세계의 대학생들과 견주어 볼 때 과연 합격품은 얼마나 될 것인가? 실력이야 있든 없든 간에 무조건 대학을 나와야, 그것도 일류 대학을 나와야 돈을 벌고 출세하고 좋은 배필까지 얻을 수 있다는 이기적 욕망들로만 가득 찬 것이 우리들의 의식 수준일진대 그런 생각을 가진 사람들에 의해서 생산되는 모든 것이 불량품일 수밖에 없는 것은 너무나 당연한 이치가 아니겠는가?

"남이야 죽든 말든 나만 돈을 벌면 그만이다. 그러기 위해서는 가급적 힘을 안 들이고 쉽고 빠르게 살아야 한다. 그렇게 해서 돈을 벌고 나면 권력은 자연스럽게 따라오는 것이다"라는 잇속이 우리 모두의 의식 저변에 짙게 깔려 있다. 따라서 이처럼 연달아 터져 나오는 더러운 봇물은 다름이 아니라 불건전한 우리의 의식 구조가 자초한 도덕의 무너짐과 그에 따르는 법의 느슨해짐에서 말미암은 것이다. 보통 사람이 양심을 가지고 정당하게 땀을 흘려 노력한 대가(代價)보다도 갖은 요령을 다 동원하여 권력의 자리에 앉아 적당한 몸짓으로 번 돈이 비교할 수 없이 많은데, 공명정대해야 할 법은 오히려 그쪽 편에 서 있기에 이 같은 사태가 연달아 일어난 것이 아닌가. 해방 뒤에도 친일파들이 여전히 부귀 영화를 누려왔듯이, 아무리 법을 어기고 사욕을 채워도 일단 돈과 권력만 쥐었다면 죽는 날까지 뻥뻥 큰소리를 치면서 무사할 수 있는 곳이 한국이라는 사실이 개탄스럽다.

그러기에 이 더러운 원칙은 빨리 차단되어야 한다. 만약 그 원칙이 차단되지 않는 이상 여전히 양심의 가책도 없는 범죄, 즉 지존파 같은 범죄는 지속되고 다리는 계속 무너질 것이 아닌가! 그런즉 이제 우리에게는 일대 의식의 전환이 절실히 요구되는 것이다. 그 의식의 전환이란 서구적인 것이 아닌, 바로 우리의 절대적인 유교관에 바탕을 둔 가치관을 일컫는 것이다.

우리가 진작부터 이러한 의식의 전환이 이루어지고 그 바탕 위에 건전한 가치관이 형성되었더라면 계속 썩고 무너지고 죽는 일은 좀 주춤해졌을 터인데…….

또한 이 썩은 모든 것이 우리의 낡은 세대의 몫인 이상 밝고 희망차게 뻗어갈 후손들에게 더러운 유산을 물려줄 수는 없는 것이 아닌가?

종자돈과 씨오쟁이

지난 세월 우리네 가정에서는 불씨〔種火〕와 씨 갑시〔種子〕만은 어떠한 일이 있어도 꺼뜨리거나 헐어 쓰지 않고 절대적으로 수호했던 풍속이 있었다.

한 가정에서 아낙네는 불씨를 꺼뜨리는 일을 금기시(禁忌視)하여 그것을 잿속에다 대대로 고이 간직하고서 필요할 때마다 불을 살려 사용했던 것이다. 그러기에 만약 어느 주부가 부주의로 불씨를 꺼뜨려 이웃집에 불을 꾸러(빌리러) 가는 일이 생긴다면 이는 가문의 일대 수치로 여겨 가장으로부터 당장 날벼락이 떨어지기가 일쑤였다.

한편 가을걷이 타작 마당에서 주인은 그 해에 수확한 곡식 중에서 가장 충실하게 영글은 씨갑시〔種子〕를 선별하여 다음해 파종할 면적에 해당하는 양만큼을 씨오쟁이(곡식을 보관하기 위하여 짚으로 만든 자루)에 담아서 통풍이 잘 되는 벽에다 걸어 두고 변질이 되지 않도록 소중하게 간직했던 것이다. 비록 몇 달 뒤에 식량이 떨어져 이웃에서 양식

을 꾸어다 먹거나 죽을 쑤어 먹을
지언정 이 씨오쟁이에 보관한 종
자 곡식만은 절대로 손대지 않았
고, 또 손을 대어서는 큰일이 나
는 줄로 알며 살아왔던 것이다.

그런데 우리네 선인들이 그처
럼 소중히 여기며 살았던 불씨 보
존의 풍속은 성냥과 라이터의 대
중화로 이미 사라진 지가 오래이
고 또한 종자 보존의 씨오쟁이 전
통마저 육종학(育種學)의 발달로
말미암아 한낱 빛바랜 전설 속의
이야기로 묻혀지고 말았다. 따라

다음해에 파종할 씨갑시를 보관하는 씨오쟁이. 식량
이 떨어져도 이 씨오쟁이에 보관한 종자 곡식에는
절대로 손대지 않았다.

서 우리는 어느덧 현대 산업사회의 도도한 물결 속에 휩쓸려 살아가면
서 스스로 엄청난 가치관의 변화를 체득하게 되었다. 즉 지난날 농경
문화에서 생활하던 우리네 선인들은 부(富)의 척도를 농토와 거기에서
생산되는 농산물에다 두었지만, 오늘날 산업사회를 살아가는 우리는
그 대신 현금과 그것에 맞먹는 각종 부동산에 관심을 기울이는, 이른
바 황금 만능주의로 변질된 사실이 바로 그것이다.

게다가 그 언제부터인가 우리 생활에 이 현금과 다름없는 각종 신용
카드와 수표 등의 사용이 보편화되면서 화폐에 대한 가치 개념이 날로
변질되어감을 부인할 수 없게 되었다. 물론 금융기관에서 고객들에게
제공하는 이러한 각종의 서비스는 우리네 삶을 보다 윤택하고 편리하
게 이끈다는 차원에서 일단 긍정적으로 평가해야 마땅할 것이다. 하지
만 '외상이면 소도 잡아먹는다'는 우리네 옛 속담이 암시하는 바처럼
일부 몰지각한 사람들이 이처럼 편리한 점을 역이용(逆利用)하여 자칫

과소비 풍조를 조장하거나 화폐의 가치를 떨어뜨려 거품 돈으로 만들지나 않을까 하는 우려도 함께 지니게 되는 것이다. 따라서 비록 세월은 바뀌고 풍속은 변했지만, 오늘을 살아가는 우리는 그 옛날 선인들이 지녔던 불씨 보존과 종자 보존의 지혜를 다시금 음미하면서 각자 생활의 밑거름이 될 종자돈을 만들어 소중하게 예치하고 이것만은 절대로 헐어서는 안 된다는 마음가짐을 굳게 해야 할 것이다. 그리고 지역 주민에 의해 만들어진 지역 은행은 지역 풍토에 적합한 그 종자돈이 변질이 안 되고 내일 중요로운 이삭으로 영글도록 양질의 씨오쟁이를 마련해야 할 것이다.

이렇게 될 때 우리의 종자돈은 알맞은 기후와 풍토에서 무럭무럭 자라나 앞날의 풍요로운 수확을 거둘 수 있겠기에 말이다.

지금도 가을의 등촉(燈燭)은 밝혀지는가

누가 일컬어 가을을 독서의 계절이라고 하였던가? 하기야 누가 뭐라 해도 달 밝고 이슬 내리는 이슥한 밤에 풀벌레 소리를 들어가며 일수(一穗)의 청등(靑燈) 아래 단좌(端坐)하여 독서의 삼매경에 침잠할 수 있는 낭만적인 운치가 풍기는 계절은 역시 가을임에 틀림없다.

그것은 여름철 내내 더위에 지쳐 버린 쇄락한 심신을 쾌적한 기후 속에서 살찌울 수 있는 알맞은 계절이 바로 가을이기 때문이다. 그리하여 옛부터 우리 선인들이 갈파한 이른바 "등화 가친(燈火可親)"이니 "천고 마비(天高馬肥)"니 하는 경구적(警句的) 미사(美辭)와 지난 세대에 어느 논객(論客)이 자못 현학적인 내용과 문장으로 "독서개진론(讀書開進論)"을 장황히 피력하였음도 다 독서가 가을과 무관하지 않음을 애써 강조한 체험적 고백이리라.

더구나 도하(都下) 각 출판사에서 해마다 물량적으로 엄청난 세칭 양서들이 이 계절에 생산됨도 또한 다 이러한 계절과의 깊은 함수 관계에서의 소산임을 모르는 바가 아니다. 이렇게 하여 가을은 으레 독서의 계절이라는 이러한 통념을 세인들은 자의든 타의든 긴급 동의 없이 너그럽게 수용하고 있는 이 시점에서 나는 한가닥 맹랑한 회의를 품어 보는 것이다. 그 회의는 이미 오래 전부터 내 내부에서 싹터 온 것이지만 그것은 어떤 심오한 철학에 근거를 둔 것이 아님을 밝혀 둔다.

그 회의의 원초적인 발상은 지극히 평범하고 시시한 의문, 즉 "과연 이처럼 떠들썩한 구호에 비례할 만큼 사람들은 많은 독서를 하는 것일까? 그리고 꼭 가을만이 독서의 계절인가?" 등에서 출발한다. 논조(論調)로 보아 혹자에 따라서는 싱거운 소리를 지껄이는 친구라고 지탄을 받을 만한 이 같은 나의 의문의 발단은, 그러나 맹세커니와 육십 평생 간의 나의 소박한 경험 철학에서 얻어진 것임을 미리 밝혀 둔다.

각설하고 이러한 원초적인 의문은 해마다 가을에 접어들자 성급하게 반복되는 이른바 "독서 주간"이라 떠들어대는 행사 구호도 나에게는 삼류 가수가 부르는 대중가요의 감동만큼도 느끼지 못할 정도로 이제는 계절적 만성 독서 면역증 환자로까지 변한 것이다. 그러한 심상치 않은 나의 증상은 요즈음에 와서 또한 다른 합병증까지 가미되어서 그러한 뜻있는 행사 구호마저 역설적으로까지 해석하게 되는 버릇으로 바뀌어 버린 것이다. 이를테면 "세인들이 오죽 독서를 외면하고 지내면 이렇게 거창한 행사 구호로까지 들고 나팔을 불어야 하는가? 마치도 교통 질서가 가장 문란했을 때 '교통 질서 강조 기간'이 설정되는 것처럼. 결국 오늘날 대다수의 사람들이 거의 독서를 외면하고 지내기 때문에 이러한 행사를 되풀이하는 것이 아닐까?" 하고.

하기야 나도 남들처럼 해마다 가을이 오기 전에 엄청난 다짐과 함께 미리 푸짐한 계획을 구상하지 않았던 바는 아니다. 그러나 솔직히 고백하건대 가을을 다 보내 놓고 언제나 후회스런 반성으로, 과연 너는

 1부 작은 꿈으로 엮는 삶

이 가을에 몇 권의 책을 독파하였는가? 하는 부끄러운 자문(自問) 때문에 심정은 매우 쓸쓸해지는 것이다.

나의 푸짐한 가을 독서 계획은 계절초부터 연례적(年例的)으로 흔들리기 시작한다. 그것은 나의 내부에서 자생되는 선천적인 계절적 방황벽에도 연유된다고 볼 수 있지만—사실 가을이 되면 누구나 심적 방황은 있지 않은가?—그보다도 주변적인 여러 행사가 나를 잠시나마 조용히 서재에 칩거하도록 방관하지 않는 데 있다.

크든 작든 어떤 행사를 주관하거나 행사에 참여함은 사람을 물심양면으로 피로하게 만든다. 그런데 이러한 행사들이 모두 가을에 집중되어 있지 않은가? 이를테면 대학 축제를 서두로 시작되는 가을 행사는 각종 문화 행사, 각 학회에서 개최하는 세미나, 수학 여행, 체육 행사, 백일장 심사 등에서 작게는 동창회 정기총회, 그리고 주말마다 쏟아져 오는 애경사(哀慶事), 결혼식의 주례 등등. 이러한 모든 행사에의 참석 여부는 대부분 나의 냉철한 이성의 판단하에 결정되기보다는 외적인 상황으로 말미암아 부득이 끌려 들어가는 경우가 더 많다. 그리하여 여기저기 여러 행사를 순례하다 보면 나의 심신은 몹시 피로하여지고 결국 애초에 설정한 나의 그 푸짐한 독서 계획도 흐지부지 무산되어 버리고 만다.

이처럼 행사 공해라고 지칭할 만큼 오늘날 사람들이 그 가을 행사에 극성스런 열의를 보이는 까닭을 이해 못 하는 바는 아니다. 산업사회에 수반되는 생활의 풍요로움과 거기서 파생되는 자기 과시 내지는 획일주의적인 도시 문명에서 벗어나 잠시나마 자유 분방한 생활의 여유를 갖자는 심리적 요인 등 여러 가지가 작용하는 것으로 생각된다.

이럴진대 가을은 계절 감각으로 보아 독서의 최적기일 뿐이다. 실상은 어수선한 행사의 계절이며 풍성한 행사에 탐닉하여 밀려다닌 계절일 뿐 어디 나의 내적 충만을 기할 진정한 독서의 계절이던가?

썰물이 스쳐가듯 무수한 행사가 물러간 자리에서 그 행사의 파편들을 반추하면서 차분한 마음으로 책상에 돌아와 먼지가 쌓인 책장을 넘기다 보면 어느덧 차가운 밤 공기에 창에는 성에가 끼고 창 밖에는 첫눈이 날리게 된다.

이때부터 나에게 있어서 참다운 독서의 계절이 시작되는 것이다. 따라서 나의 독서의 계절은 어수선한 가을이 아니라 차분하게 가라앉은 겨울로 전위(轉位)되었다 할 것이다. 나는 이러하거늘 남들의 경우 지금도 가을의 등촉(燈燭)은 밝혀지는가?

 1부 작은 꿈으로 엮는 삶

산사(山寺)에 묻어 둔 추억(追憶)

새벽 5시 30분, 외마디 긴 기적을 남기고 대구역을 떠나는 포항행 객차에 몸을 실은 우리는 상기된 흥분으로 자못 들떠 있었다. 처음으로 만끽하는 피서 여행—2박 3일의 짧은 피서 일정이지만, 그리고 비록 지금처럼 호화로운 특급 열차나 고속버스가 아닌 화물차를 개조한 임시 객차였지만, 우리들에게는 더없이 즐거운 여행이었다. 왜냐하면 한껏 낭만을 간직했어야 할 우리들의 중고교 시절이 동란의 소용돌이 속에 휘말려 우울하고 고통에 얼룩진 생활이었기에 대학 생활의 첫 여름 방학을 맞이하여 떠나는 여행은 더욱 우리를 흥분시켰다. 우리는 누군가에 의해 계획된 이 여행에 망설임 없이 몸을 맡긴 것이다.

목적지는 동해 바닷가의 조그마한 어촌이 있는 산사, 포항에서 북쪽으로 얼마쯤 떨어진 보경사라는 곳이었다. 사변 후유증으로 모두가 생활고에 시달리던 그 시절, 복잡한 생활의 굴레를 벗어나 며칠 동안이라도 생활의 여유를 향유할 수 있다는 기분에 모두들 소년처럼 들떠 있었다.

보경사를 찾은 것은 달빛이 영롱하게 비치는 자정 무렵이었다. 자동차편이 마땅치 않아서 몇십 리를 걸어서 찾은 우리는 허기와 피로에 지쳐 있었다. 절간 근처에는 지금의 관광지처럼 가게나 여관도 없었다. 절간의 대문은 굳게 잠겨져 있었고, 목청껏 주지를 불렀으나 깊은 잠에 빠진 그는 대답이 없었다. 우리들에게 당면한 심각한 문제는 허기를 면하는 일보다 우선 숙소를 정하는 것이었다. 민가로 내려가자니 촌보도 떼어놓을 기력이 없었고, 또 설령 그곳으로 간다고 한들 자정이 넘은 시각에 우리를 반갑게 맞아줄 사람이 어디 있겠는가?

중론을 모은 끝에 우리들의 여행 첫날은 노숙으로 결정되었다. 별이 유난히도 반짝이던 그날 밤 구성진 K군의 '성불사의 밤'을 아련히 들으면서 우리는 꿈속 깊이 빠져 들었다.

고요가 깃들인 산사는 차라리 짙푸른 색깔을 머금은 한 폭의 정물화였다. 찾아드는 나그네가 드문 탓인지 정성껏 맞아 주는 주지스님의 흐뭇한 인정도 고마웠지만, 이 절에 대한 전설 소개와 관광 안내를 자청한 동자승의 친절은 지금도 잊을 수가 없다.

국보 391호의 국진국사의 비석을 돌아 계곡을 굽이굽이 누비고 흘러오는 맑은 시냇물에 발을 담그고 도란도란 이야기하는 즐거움도 있었다. 우람한 절벽을 따라 생긴 개울길을 좇아 상류로 거슬러 열두 개의 폭포를 탐승하는 동안 우리는 어느덧 태백산맥의 깊숙한 골짜기에 와 있었다. 이처럼 대자연에 소름 끼치도록 신비함을 느껴본 일도 일찍이 없었다. 우리들의 손에는 제각기 자기가 애송하는 시집이 들려 있었으니 J군은 철에 맞지 않는 구르몽의 「낙엽」을 소리 높여 읊조리고 있었다.

시몬 나무잎새 저버린 숲으로 가자.
낙엽은 이끼와 돌과 조롱길을 덮고 있다.

시몬! 너는 좋으냐, 낙엽 밟는 발자국 소리기!

　정말 이런 곳은 차라리 낙엽 지는 가을이 더 사람을 매료할는지 모른
다.

바다가 보이는 언덕에 서면
나는 아직도 작은 짐승이로다.

인생은 항시 멀리
구름 뒤에 숨고

꿈결에도 아련한
피와 고기 때문에

나는 아직도
괴로운 짐승이로다.

― 조지훈, 「바다가 보이는 언덕에 서면」에서

　끝없이 펼쳐진 파아란 낭만의 바다를 향해 목청 높이 읊조리며 잃었
던 동심을 되찾는 듯 비단폭처럼 고운 송라(松羅)의 백사장을 거니는
즐거움도 있었다. 밀려오는 파도를 향해 마음껏 소리 질러 보는 동안
대자연과 대결하는 의지도 있었다. 처음 마셔 보는 막걸리였지만 주모

(酒母)의 칼칼한 오징어회 요리 솜씨와 구수한 시골 아낙네 인심은 구미를 한결 돋우었고 우리는 어느 사이에 취해 있었다. 언제나 말없이 눈만 껌벅이는 R군도 이날 따라 개똥철학이 튀어나오고 수다스런 L군의 열띤 문학론, 장래에 대시인이 되겠다고 기염을 토하는 I군의 정열과 애기 아버지인 M군의 결혼 철학 속에 섭씨 30도를 오르내리는 무더위도 쉽게 이길 수 있었다.

그들은 지금 모두 어디에 살고 있는지…….

시원한 바닷바람의 향수와 함께 그 시절이 뭉클 그리워진다. 쪼들리는 현실에서 벗어나지 못하는 몸이기에 계절을 망각하게 된 현재의 '나'가 서글퍼지기만 한다.

이 여름 방학에는 다시 한 번 그곳을 찾을 여유가 생길는지…….

미루나무섬, 엣스런 가락이 상기도 서린 곳

미루나무섬으로 조금은 세상에 알려지기 시작한 곳, 끝없이 펼쳐진 금빛 모래 언덕, 옥같이 희고 고운 돌, 물이 맑고 깊어 물고기가 지천으로 뛰어노는 곳, 하여 산이 높고 수려하여 자연이 조화된 고장이기 때문에 이름하여 지프내(깊은 내=深川)이던가?

소백산맥 골짝골짝 그윽한 풍경을 담고 흘러내린 물들이 이곳에서 3면으로 합쳐져 이룩된 비단강(錦江) 상류의 델타 섬, 너비 600m, 길이 1.5km의 깨끗한 모래로만 이룩된 이 무인섬(속칭 지몽골)에는 하늘을 찌를 듯한 이탈리아 포플라가 좁은 간격으로 열병하듯 서 있어 수천수만의 야영인을 수용해도 비좁지 않은 천해의 피서지다.

나무 그늘에 누워 오수에 잠길 양이면 매미들의 코러스가 그대로 자장가가 되고, 맑고 시원한 물 속에 뛰어들어 물장구를 치노라면 문득 발바닥을 간지럽히는 모래무지. 목욕 후 애써 타월을 준비해 무엇하랴? 모래밭을 뒹굴다 마른 모래를 툭툭 털면 몸에 티끌 하나 남지 않는 그러한 백사장인 것을…….

어둠의 장막이 서서히 백사장에 드리워지면 동쪽 시내 건너 초강(草江)들의 백을 헤아리는 원두막에서 새어나오는 불빛들은 반딧불들과 어우러져 별빛의 수를 더하고 밤새 슬피 울어예는 '퉁소 바위' 여울 물소리는 나그네의 향수를 짙게 한다. 그러기에 옛날 악성(樂聖) 박연(朴堧) 선생은 노년에 고향인 이곳에 내려와 자연과 벗삼아 여생을 보내면서 이 강가에서 퉁소를 불면서 소일하지 않았던가? 그가 앉아서 가락을 다듬던 그 옛날의 '퉁소 바위'와 아름드리 버들숲은 지금도 미루나무섬 서쪽 강 건너에 울창하게 우거져 있어 봄, 여름, 가을 천렵꾼들의 낚시터로 각광을 받고 있다.

그러나 이 고장의 명소가 어찌 이 미루나무섬 하나로 대표될 수 있으랴? 섬에서 상류 쪽 남쪽으로 500m쯤 올라가면 앞서 소개한 난계(蘭溪) 박연 선생의 묘소와 사당이 맑은 비단강물을 굽어보는 경부 국도의 연변에 자리잡고 있다. 바로 이 자리에서 태어나 벼슬길 수 년간을 빼놓고는 한평생을 이 강기슭에서 가락을 다듬다 묻힌 박연 선생은 그 누구보다도 이 고장의 풍치를 아끼고 사랑했던 분이다. 그러기에 '호정끝', '관어대(觀魚臺)' 그 어느 곳엔들 그의 가락이 스미지 않은 곳이 없다.

관어대(난계 사당에서 남으로 500m)와 난계 사당에서 서편으로 우람하게 보이는 참 잘생긴 바위산이 어류산(御留山)이다. 고려 공민왕이 홍건적의 난을 피하여 안동으로 몽진하는 도중 잠시 머물렀다 하여 어류산이라 명명되었다는 전설을 간직하고 있는 이 바위산 위에는 지금도 그 옛날에 쌓아 놓은 돌 성(城)이 이끼긴 채로 허물어져 있고 장수의 발자국 등이 전하고 있다. 그 산정(山頂)에서 바라보면 멀리 소백 연봉들이 길게 동북에서 서남쪽으로 병풍처럼 드리워진 것이 또한 장관이다. 하지만 아직까지 등산객들에게는 알려지지 않은 처녀지인 것이다.

미루나무섬에서 서쪽으로 2km 지점 산 속에는 옥처럼 아름다운 물이 절벽 30m 높이에서 떨어지는 옥계 폭포가 있다. 그 옛날 선녀들이 달밤에 목욕을 했다는 전설이 간직된 이 옥계 폭포는 이 고장에서 빼놓을 수 없는 명소인 것이다. 대전에서 경부 국도를 따라 영동(永同) 쪽으로 가다가 난계 사당 못 미쳐 옥계리에서 내려 서쪽 산 속으로 500m 정도 들어가면 나타나는 이 폭포의 장관은 일찍이 시인 묵객들의 커다란 관심이, 부녀들의 봄나들이의 대상이 되었던 것이다.

이밖에 이여송(李如松)이 잘라 놓았다는 '호정끝', 용이 승천했다는 '용소' 등 수많은 전설을 간직한 명소는 여기 일일이 다 들 수 없다.

행정 구역상으로는 충북에 속해 있지만, 충남 대전의 생활권 안에 속해 있기 때문에 두 곳에서 다 관심 밖의 대상이 되고 있는 이곳은 그러기에 관광지로서의 개발이 되어 있지 않지만, 그러나 잘 알려진 관광지처럼 얄팍한 상혼이 아직 침투되지 않고 다만 순박한 인심만이 꽃피우는 곳이다. 그러기에 이렇다 할 숙박시설은 없으나 새마을 운동으로 잘 지어진 민가에서 농촌 생활을 만끽하는 민박은 얼마든지 가능한 곳이다.

계족산을 오르며

잠시라도 대전을 떠나 있던 이 고장 사람이라면 한밭벌을 들어서자마자 가슴 아늑히 다정스레 안겨 오는 계족산을 바라보며 고향에 왔구나, 하는 안온한 정감에 사로잡힌 감회를 간직하고 있을 것이다.

한밭 땅을 에워싸고 있는 동녘의 식장산, 남쪽의 보문산, 동남녘에 늘어선 구봉산, 그리고 서쪽의 우산봉, 도덕봉, 서북쪽의 금병산 등 그 어느 하나인들 정겹지 않은 산이 있을까마는 나에게 있어 계족산은 이들 중 남다른 애정이 쏠리는 산임을 어찌하랴.

그것은 우리집 선조들이 이 산을 중심으로 600여 년의 오랜 세월 산 아래 터를 닦고 살아왔다는 단순히 사적(私的)인 인연에서 연유된 것만은 결코 아니다. 차라리 그보다는 한 마리의 봉황새가 다소곳이 단좌(端坐)하고 있는 듯한 의젓한 자태에 매료되었다고 봄이 더 진솔한 고백일는지 모른다.

계족산 정상의 봉황정. 멀리서 바라다보이는 봉황정의 자태는 진정
한 마리 봉황이 나래를 펴 내려앉은 듯 날아오를 듯하다.

확실히 계족산은 천년을 유유히 흐르는 금강을 옆에 끼고 있는 한밭의 명산이다. 마치 한 마리의 봉황새가 힘찬 비상을 위한 준비 자세로 침묵하고 있는 듯한 영산, 이 계족을 옛 사람들은 봉황산이라 불렀다지만, 그 옛날 어느 현인(賢人)이 있어 보배로운 산은 이름을 감추어야 한다고 하여 굳이 불교의 영산 계족으로 개칭하였다던가?

그 옛날 신라와 경계하여 기름진 호서의 들판을 수호하기 위한 백제의 국방 요충지로서 한몫을 다한 이 계족산은 그 정상의 동녘에 그 옛날의 성곽 옹산성(일명 계족산성)과 봉수대의 빛바랜 모습을 안고 지난날의 갖가지 사연을 우리에게 전해 주고 있다.

가파르지 않은 오솔길을 따라 숨을 헐떡이며 애써 정상에 오를라치면 이마에 송골송골 맺힌 땀방울은 삽상한 바람에 어느덧 씻기우고, 활원하게 펼쳐진 삼남(三南)의 웅도 한밭이 굽어보인다. 그 순간 우리는 일망 대해를 바라보듯 우리의 세간 생활을 초연히 살피며 호연 지기(浩然之氣)를 체득한다.

이러한 풍광과 옛 전설에 걸맞게 최근에 뜻이 있는 이 지역의 어느 행정 책임자가 구민의 정성을 함께 모아 식장산과 금병산을 좌우 산맥으로 삼고 보문산을 안산(案山)으로 누른 산마루의 천하 명당을 찾아 팔각의 정자를 세우고 이름하여 봉황정이라 하였으니 멀리서 바라보는 그 정자의 자리한 모습은 흡사 진정 봉황이 나래를 펴 내려앉을 듯 날아오를 듯하여 한결 운치를 더해 준다. 굳이 이 정자의 이름은 이 산의 옛 이름을 따왔다기보다는 산마루에 봉황정이 우뚝이 앉아 있으리라는 옛 현인의 지혜로운 예견에서 말미암은 것이었던가?

뭇 닭 속에 한 마리의 봉황 같은 이 산의 정상에 앉혀 있는 팔각정은 비록 현대의 건축물이지만, 고전적 전통미를 그대로 살리고 크지도 작지도 않은 아담한 자태를 보이고 있으니 마치도 태평 성대에 성인이 출현하여 그 모습을 보인다는 봉황이 부활한 듯하다.

속세의 티끌을 떨어 버리고 다시 이 산의 정상 봉황정에 오르면 우리는 마치도 봉황을 타고 선계(仙界)에 내리는 듯, 멀리 사바 세계를 내려보며 구만 리의 고해(苦海)를 건너는 듯 황홀한 장쾌감에 휩싸이고 만다. 고요히 인적이 끊어지면 산신이며 선녀들이 온갖 새 짐승들과 어울려 놀 만하고 다시 여명이 트면서 한밭 시민들이 올라가 이 고장의 전통과 문화를 되새기고 새 생활을 설계하는 희망의 장소가 되리라. 길 잃은 나그네에게는 안내의 표지가 되고, 오욕에 물든 사람에게는 멀리 보게 하고, 세파에 시달린 사람에게는 안락한 휴식 공원이 되게 하는 이 계족은 이 고장 사람 모두에게 사랑받는 영산으로, 영원한 표상으로 가슴가슴마다에 오래도록 남을 것이다.

2부 열린 **마음**으로 사는 **지혜**

금산에서 바라본 금강의 한 풍경.

멋에 대하여

남이야 거름을 지고 장에 가든 말든 제멋에 산다
는 말이 있다. 우리는 확실히 이 멋 속에서 사는 것이 사실이다. 만일
에 이러한 '멋'에 대해서도 남의 간섭을 받는다면 우리는 생활의 의욕
까지 잃게 되고 말 것이다. 그런데 일반적으로 가난한 서민들 중에서
멋이란 비교적 생활이 윤택하고 시간적 여유가 있는 특수층의 사치품
이지 대중의 것이 못 된다고 아예 멋이란 것에 대한 접근부터 꺼리는
사람들도 종종 본다. 그러나 멋의 정체가 정말 이와 같이 사치로운 것
이기만 하다면 그것은 한 특수층의 전유물에 지나지 않을 것이다. 사
실 멋이란 우리가 직접 먹고 입고 마시고 하는 실리적인 것이 못 된다.
그렇기 때문에 자칫하면 실생활에서 꼭 필요하지는 않은 것이 되기 쉽
다. 우리 속담에 의식이 족해야 예절을 안다는 말이 있듯이 먹고 살기
에 급급한 우리네 현실 생활에서 멋이고 뭐고 찾을 마음의 여유가 있
느냐고 되려 역증을 내가며 반문할 사람이 있을지도 모른다. 하지만

우리가 실생활에서 실용적 가치에만 꼭 들어맞추고 산다면 멋이란 존
재할 필요가 없는 것이겠지만, 그 반면에 그런 사회는 얼마나 삭막하
고 몰인정한 사회가 되겠는가? 멋이 있음으로써 우리 생활에 활기가
나오고 음악이 나오고, 이리하여 여유 있는 삶과 값진 인생을 보낼 수
있을 것이다.

멋의 어원을 '맛'에서 찾는 학자가 있다. 그러나 맛에서 멋이 나왔다
기보다는 오히려 멋이 곧 맛이란, 즉 생리학적 맛의 음미를 형이상학
적으로 해석한 데 불과한 것이 아닌가도 생각된다. 그리스 민족이 정
평 있는 시각적 민족이라면 우리는 전통적인 미각의 민족이다. 맛에
대한 예민한 감각은 필연적으로 한국 요리의 고유하고 또 우수한 맛과
그 가짓수를 결정지웠다. 또한 우리가 가지고 있는 풍부하고도 색채로
운 미각적 어휘를 가지고도 이를 넉넉히 짐작할 수 있다. 우리는 일상
생활에서 사용하는 수식어에서 미각적 표현을 쉽사리 발견한다. 이를
테면 싱거운 사람, 메스꺼운 사람, 고리탑탑한 사람, 덤덤한 사람, 고
소한 사람, 생사람, 덜 익은 사람, 떫은 사람, 짱아치 같은 사람 등등
그 예를 수없이 들 수 있다.
예민한 미각의 소유자인 우리 민족은 코로 입 안의 맛에서 마침내는
입 밖으로, 즉 형이상학적인 정신의 세계로 밀고 나가 그 맛을 멋으로
구한 것이 아닌가도 생각된다.

우리 민족은 세계에서 가장 멋을 즐기는 민족의 하나이다.
속담에 '잘난 사람은 잘난 멋에 살고 못난 사람은 못난 멋에 산다'는
말이 있고 우리 생활에서도 '제멋대로 논다', '제멋에 지쳐서 축 늘어
졌다', '멋 없이 길다' 등등의 말들에서 우리는 멋이 우리 생활에 깊숙
이 스며 있는 일면을 엿볼 수 있다. 애초에 한국인의 멋은 화려하고 수

선스런 수구적인 것이 아니고 소박하고 그 소박함 속에서 정신적인 여유를 느끼게 하는 그러한 것이었다.

연분홍 옷고름이 봄바람에 펄럭이는 멋, 기와집 추녀 끝의 휘늘어진 곡선미, 도포자락 소매의 축 늘어진 멋, 열두 폭 치맛자락이 폭폭마다 바람을 담은 멋, 고무신 코, 버선 코, 인두 코의 사뿐히 올라간 멋은 다 훌륭히 한국을 대표할 멋이라고 하겠다. 이같이 소박한 멋이기에 거기에는 금전적인 부담이 그다지 없는 누구나가 멋을 부릴 수 있는 서민성이 엿보인다.

가령 옛노래에서 그런 예를 찾아보자.

잔들고 혼자 앉아 먼산을 바라보니
그리운 임이온들 반가움이 이러하랴
말씀도 웃음도 아녀도 못내 좋아하노라

이것은 시조의 대가 윤선도의 「산중신곡」 중의 하나다. 풋나물 안주 삼아 가난한 속에서나마 인생을 술과 자연으로 벗삼아 마음껏 음미하자는 작가의 멋이 이 노래 속에 스며 있다. 또 10년을 경영하여 지은 초가집 한 칸은 달과 바람 속에 맡겨 버리고 유유자적하는 생활을 하던 면앙정도 멋쟁이라 이를 만하다. 이같이 우리 조상들은 멋을 생활의 일부분으로, 방편으로 삼고 살아왔다. 그런데 지금 우리들이 생각하는 멋의 개념은 이와는 좀 다른 것 같다. 즉 멋이라면 으레 외모로만 화려하게 사치하는 것으로 착각하고 있는 사람이 많다. 멋이란 통일된 아름다움과 조화 속에서 이루어진다고 본다면 개성과 처지는 생각하지 않고 맹목적인 모방, 시대 유행에만 뒤떨어지지 않겠다고 아등거리는 사람들을 멋있는 사람이라고 낙인을 찍을 수는 없을 것이다.

우리 주위에는 어느 만큼 교양을 갖춘 사람들도 멋에 대하여는 등한히 하는 경우가 있다. 외모로는 나무랄 데 없이 유행된 멋을 부리는 사람이 가정 생활의 개선에는 조그마한 관심도 갖지 않는 예를 우리는 흔히 본다. 참다운 멋이란 외적인 화려한 유행이 아니라 비록 소박하나마 우리 자신에 생활화되고 회양화된 속에서 풍기는 것이다. 따라서 우리는 빨리 내 취미에 맞게, 내 생활에 맞는 멋을 찾는 국민이 되어야 하겠다. 가정에 멋이 있고 개인 생활에 멋이 있고 보면 우리가 사는 사회는 한결 밝아질 것이다.

 2부 열린 마음으로 사는 지혜

현대 여성, 그 미적 조건

우리의 건국 설화인 단군신화를 접할 때마다 나는 항시 신비스러운 감회와 함께 그 속에 담겨진 내용의 상징적 진·실에 감복하게 된다.

그것은 단순히 까마득한 옛날에 우리 조상이 나라를 열게 된 과정을 엿보게 되는 호기심, 그리고 신화가 일반적으로 우리에게 풍겨 주는 경건함과 흥미로움 그 이상으로 거기에는 현대를 살아가는 우리들의 정신적 원형이 담뿍 함축되어 있다는 것을 발견하였기 때문이다.

사실 이 짤막한 기록 신화를 처음 음미했을 때 나에게는 많은 의문이 꼬리를 물고 일어났다. 짐승이 사람으로 변신하려면 반드시 쑥과 마늘을 먹어야 하는가? 또 변신 과정에서 쑥과 마늘의 의미는 무엇이며 동굴의 의미는 무엇인가? 아울러 100일과 21일이라는 숫자의 의미는 무엇인가? 그 중에서도 왜 허구 많은 짐승들 가운데서 가장 험상궂고 용맹스런 범과 가장 못나고 미련스런 곰으로 하여금 사람, 그것도 아름

다운 여인으로 변하도록 빌게 했던가? 그 결과 어찌하여 곰만이 그 소
원을 성취하게 하였던가? 등등.

그 많은 의문 속에서 최초로 실마리가 풀린 것이 이 세상에서 가장
못생긴 곰이 가장 아름다운 여인으로 변신했다는 사실은 곧 우리 민족
이 남보다 미적 추구 의식이 강하다는 점이었다. 그렇다면 그 아름답
게 변한 웅녀가 '데릴남편' 환웅을 유혹하기 위해서는 나름대로 여인
으로서의 미적 조건을 갖추었을 텐데, 그것은 무엇이었을까? 기록상으
로는 외형적인 조건은 제시되지 않았지만, 내적 조건인 곰의 속성으로
보아 무던히 기다리고 참는 인종의 미가 그 속에 상징되어 있는 것이
었다.

아름답다는 글자 '美'자가 "羊＋大"의 자의(字意)로 풀이됨으로 보아
옛부터 우리 동양인들은 미적 표준을 양(羊), 그것도 성숙한〔大〕 양에
두었음에 틀림이 없다. 그것은 우리가 일반적으로 알고 있는 양의 속
성이 외모가 아름답고 털이 희고 부드러우며 살갗이 섬세하고 그 성질
이 착하고〔善〕 순하며 참을성이 있는 동물이라는 사실이 이를 뒷받침
하기 때문이다. 그럴진대 그 양의 속성에 여성이 갖추어야 할 미적 기
본 조건은 거의 갖추어진 셈이다.

조선 시대 여인의 미적 기본 조건은 이미 많은 우리 고전 작품 속에
잘 그려져 있다. 그것은 용모가 아름다운 데서 그치는 것이 아니라, 갖
추어야 할 품성과 재질이 있어야 하는 것이었다. 즉 한국 전통 여인의
미적 조건은 김종택 교수가 지적한 대로 첫째로 용모가 아름다울 뿐
아니라, 천부적인 덕성(품성)을 구비해야 하고, 나아가 그 위에 빼어난
지성미와 재질(기술)을 동반해야만 했던 것이다. 동시에 연령은 현대
보다 더욱 젊어서 10대 중반의 반쯤 핀 꽃이요, 익어 가는 열매가 필수
적인 조건이었던 것이다. 따라서 조선조에서 미인은 가인(佳人), 그것
도 아름다운 얼굴에 못지않게 몸에 밴 행신 법도(行身法度)를 지니고

있을 때 절세 가인으로 추앙 받게 되었던 것이다.

물론 현대적인 감각으로 볼 때 이러한 전통 여인의 미적 조건 중에는 다소 진부하고 걸맞지 않는 부분이 발견되지만, 그러나 시대가 바뀌고 사회 환경이 아울러 변한다고 할지라도 여인으로서 아름다움을 추구하는 본질적인 욕구가 변하지 않는 이상, 외형적인 미적 기준은 얼마간의 변화가 있을지언정 그 기본적인 조건은 크게 변할 수 없는 것이다.

현대를 살아가는 여인들의 경우 미에 대한 관심은 그 어느 때보다 고조되어 있어 이를 충족시키는 고도의 미용술과 양질의 화장품으로 외형적인 미적 욕구를 어느 정도 성취시켜 주고 있는 것은 사실이다. 그러나 이럴 때일수록 그에 못지않게 내적인 아름다움도 부단한 관심을 기울여야 할 것은 물론이다.

아름답게 가꾸려는 여인들의 마음씨에서 그 여인들은 더욱 아름다워질 수 있고, 그 가꾸어진 아름다움이 본연의 아름다움과 잘 조화를 이룰 때 그 여인은 많은 사람으로부터 사랑을 받게 되는 것은 틀림이 없다. 하지만 그 여인이 추구하는 외적인 아름다움이 본연의 조건과 조화를 이루지 못하고 항시 유행 따라 모방에만 급급하는 것이라면 거기에서는 본연의 아름다움마저 가리워지게 마련인 것이다.

이런 관점에서 볼 때 청바지 입은 여인에게서 억척스러움과 발랄함을 느끼는 반면에, 맵시 있게 차려 입은 한복차림의 여인에게서 정숙함과 우아함을 함께 느끼게 됨은 결코 나만의 편견은 아닐 것이다.

여자의 일

결혼기에 가까운 대학생들을 가르치다 보니 나는 가끔 졸업한 제자나 그 부모들로부터 마땅한 규수나 낭자가 있으면 중매를 서 달라는 부탁을 받는다. 이럴 때 물론 나는 적당한 혼처가 있으면 이들을 짝지어 주고, 때로는 이들의 앞날을 약속하는 증인의 자격으로 주례도 서 주며, 또한 그들의 인생 상담역까지 맡기도 한다.

이러한 일을 통하여 나는 그들이 성숙해 가는 모습을 가까이서 지켜보며 대견스러움과 보람을 찾으며, 항상 그들에게 아낌없는 축복을 보내곤 한다. 그런데 이 과정에서 요즈음 젊은이들, 특히 여자들의 결혼 조건 중에 공통적인 것 하나를 발견하게 되었다. 그것은 곧 안정된 직장을 가진 배우자를 한결같이 원하고 있다는 점이다. 내가 젊었을 때만 해도 여자는 누구나 현모양처가 가장 큰 꿈이었고, 남자들의 바램 또한 그러했던 것으로 기억된다. 그러나 지금은 여자나 남자 그 어느 쪽에서든지 여자가 직장을 가지는 것을 원하고 있으며, 결혼 후에도 계속하기를 원하는 여자가 점점 늘어 가는 추세이다. 이러한 젊은이가 단순히 여자라는 이유로 자기의 능력을 묻어 둔 채 집 안에서 일만 해야 한다는 것은 누구나 바라는 바는 아닐 것이다. 다만 이러한 바램이 현실적으로 부딪쳤을 때 그들의 몸과 마음이 남자들과 대등하게 감내할 수 있느냐 하는 점이 문제로 남는다.

오늘날 학교 교육은 자아의 성취를 최고의 덕목(德目)으로 삼고 있으며 이를 위해 남녀의 구별 없이 지식 위주의 교육에 치중하고 있어 여성 교육의 특색이 상실되어 가고 있다. 이에 반하여, 우리 사회의 일각에서는 아직껏 전통적인 여성의 역할을 강조하는 관념이 뿌리 깊게 내려오고 있어 여자의 취업에 대하여 남자보다 낮게 평가하는 경향이 있고, 또한 대우면에서도 차이가 있는 경우가 많음을 본다. 그러나 70년대 이후에 급속히 이룩한 우리나라 경제 성장의 이면에는 산업 전선에서 일하여 온 많은 여성들이 있었다는 사실을 상기할 때, 여성들의 사회적 기여도는 결코 낮게 평가될 수 없을 것이다.

더욱이 최근에 이르러 우리 사회는 고학력, 핵가족 시대를 맞았고, 기계 문명의 발달로 여성들의 가사 노동이 크게 경감됨으로써 상대적으로 유휴 시간이 많아지게 되었다. 이에 따라 여성의 취업 인구가 날로 급증하게 된 것은 시대의 필연적인 추세라 아니할 수 없다. 따라서 오늘날 많은 젊은이들이 그 배우자 선택의 제일 조건으로 직장 여성을 꼽는 것은 긍정적인 시각으로 일단 받아들여야 할 것이다. 그것은 '백지장도 마주 들면 가볍다'라는 우리 속담이 있듯이 맞벌이 부부는 확실히 혼자 버는 가정보다 경제 자립을 앞당길 수 있을 것이고, 남녀 분담에 의한 동등한 위치에서 서로 협력 공존한다는 점에서, 그리고 자아 능력의 성취와 국가 발전에 이바지한다는 차원에서 바람직한 일로 치부될 수 있기 때문이다.

하지만 이 같은 여성의 사회적 활동이 때로는 자칫 예기치 않은 결과를 빚을 수도 있다. 가령 아내가 사회적 활동 기반을 튼튼히 다지는 동안, 남편이 그 아내의 사회 활동과 지위에 상응하는 자리를 확보하지 못했을 경우, 아내가 부부 생활에서 당당한 일면을 드러내는 반면에 남편은 병약한 열등 의식에 사로잡힌다거나 무기력하고 의존적인 성향으로 흐를 수 있기 때문이다. 만약 이러한 점이 상호 이해 속에 슬기롭게 극복될 수만 있다면 더할 나위 없이 행복하겠지만…….

우리 부부도 결혼 후 줄곧 교직에 몸담아 온 맞벌이 부부이다. 그 지난 세월은 수많은 애환으로 점철된 나날이었지만, 그러나 그 세월을 우리는 후회 없이 살아왔노라고 자부하고 지내는 터이다. 그러면서도 나는 가끔 혼기를 맞은 제자나 후배들에게 맞벌이 생활로 아홉은 얻었으나 하나를 잃었다고 나의 경험담을 허심탄회하게 피력해 본다. 잃은 것은 수적으로 하나이지만, 때로는 얻은 아홉보다 그 잃어버린 하나가 더 크게 부각될 수도 있고, 심각한 상황으로 번질 수도 있으며, 또 사람에 따라서는 둘, 셋, 혹은 절반 이상을 잃는 경우도 있다는 사실을 덧붙여 준다.

대부분의 맞벌이 부부가 안고 있는 가장 큰 고민거리의 하나는 무엇보다도 맞벌이로 말미암아 소외된 자녀들의 탈선 문제일 것이다. 이럴 경우, 잃어버린 것은 하나가 아닌 전부라고도 할 수 있을 것이다. 그 밖에 남편이나 자녀의 건강 관리에 소홀해진다거나 충분한 뒷바라지를 못한 아내로 말미암아 남편이나 자녀가 자기의 능력을 발휘 못 했다고 한다면 여자의 직장 진출은 얻는 것보다 잃는 것이 더 많았다고 할 것이다.

이렇게 볼 때, 오늘날 맞벌이 가정에 있어서 부인은 아이를 낳고 기르며 남편을 보살피는 현모 양처의 두 가지 역할에다 직장인으로서의 역할까지 덧붙여진 일인 삼역(一人三役)의 고달픈 임무를 떠안게 된 셈이다. 비록 현대를 남녀 평등의 시대라고 아무리 강변한다 할지라도

이처럼 아이를 낳고 기르는 등 남자로서는 도저히 감당해낼 수 없는 고유 영역이 여성에게만 주어진 이상 일인 삼역의 직장 여성은 어차피 고달플 수밖에 없다. 만약 이 세 가지 역할을 수행해내기가 부담스러워 가정보다 사회 참여에 더 큰 비중을 둔다면 그 가정은 흔들리게 되고 자녀가 탈선하며, 그 결과 심각한 사회 문제로까지 확산될 수 있는 것이다. 따라서 이 세 가지 역할은 직장 여성에게 있어 어느 하나도 소홀히 다룰 수 없는 생활의 중요한 영역이기에 남보다 더 많은 노력을 기울여야 할 것이다.

결국, 이처럼 여성의 사회 진출에는 어려운 장애 요인이 가로놓여 있지만 만약 이를 슬기롭게만 극복한다면 그것은 매우 값진 보람이 아닐 수 없다. 율곡과 같은 큰 인물을 길러낸 위대한 어머니의 힘, 남편을 충실히 내조하여 가문을 번창시킨 현숙한 아내의 지혜, 창의적이며 능동적으로 자기의 책무를 성실히 수행하는 사랑받는 직장인이 되기 위해서는 가정과 사회에서 여성의 창조적인 역할에 대하여 정당한 가치가 부여되어야 한다. 나아가 정책적인 배려 또한 뒤따라야 하겠다. 그러나 무엇보다도 본인 스스로의 노력과 대비가 이보다 선행되어야 할 것이다.

직장 여성의 아름다움

여인에 있어 이 세상에 미인으로 태어난다는 것은 지극히 축복 받은 일의 하나임에 틀림이 없다. 비록 '미인 박명(美人薄命)'이란 속담이 있기는 하지만, 미인이 아무리 박명하다고 할지라도 여인된 자 누구나 미인이 되기를 원하며, 또 그녀가 미인이 되었다는 사실만으로 뭇사람의 축복을 받아 마땅할 것이다.

이처럼 우리는 아름다움을 지닌 여인에게 존경과 찬사를 아낌없이 보내고는 있지만 막상 어떠한 조건을 갖춘 여인이 진정한 미인인가 하는 질문을 받는다면 누구나 당혹해질 수밖에 없다.

우리나라에도 미인대회가 열려서 해마다 많은 미인들이 탄생되고 있다. 그러나 육상 선수들의 기록이 대회 때마다 갱신되듯이 미인의 기록도 그처럼 갱신되지 않는 것을 본다면, 미인 선발에도 해마다 변치 않는 확고한 기준이 없는 것이 아닐까?

사실 미인의 선발에 있어 기록에 상응하는 기준을 세울 수는 없을 것이다. 왜냐하면 미인을 바라보고 평가하는 사람이 누구인가에 따라, 또는 세대(世代)에 따라 그 척도가 각기 달라질 수 있겠기에 말이다. 즉, "제 눈에 안경"이라는 옛말과 같이 미(美)는 본질적으로 대상에 있는 것이 아니라 그 보는 눈에 달려 있기 때문이다.

이렇게 볼 때 결국 미인대회라는 것은 그저 날씬한 여인의 몸 구경을 시키는 기회에 지나지 않으며, 따라서 주최측에서 누구를 주목해서 상을 안겨 주든 그것은 문제될 것이 없을 것이다.

문제는 미를 평가하는 눈을 어디에다 두느냐에 달려 있다. 미인대회에서 미를 평가하는 눈을 외모에 두듯이 많은 사람들의 경우 여인의 겉모습에서 먼저 그 미를 발견하려는 것이 공통적인 경향이다.

> 낭자의 얼굴은 구름 속의 보름달 같고, 태도는 한 송이 모란꽃이 아침 이슬을 흡족히 먹은 듯
>
> — 숙영낭자전

> 얼굴을 볼작시면 춘이월 반개도화 온빈에 어리었고 초승에 지는 달빛 아미간에 비치었다.
>
> — 변강쇠전

> 용모와 기질이 옥으로 색인듯, 꽃으로 모은 듯 짝이 없이 아름다와 연꽃과 같은지라. 아름다운 태도는 한 쌍의 명주요 두 낱의 박옥이라.
>
> — 장화홍련전

이것은 우리 고소설(古小說)에 묘사된 여인들이지만, 오늘날 미인의 기준에 맞추어 본다고 하더라도 충분히 합격권내에 들 수 있는 미인이라 할 수 있다. 그러나 우리는 이러한 여인들의 모습에서 감각적인 매력은 느끼지만, 여인의 참된 미를 고루 발견할 수는 없다. 왜냐하면 여인의 아름다움은 밀레의 말처럼 그 얼굴에 있는 것이 아니라 사랑과

노력의 조화 속에서 발견되는 것이기 때문이다.

우리는 주변에서 얼굴이나 몸매로 보아 예쁜 데라고는 하나도 찾아보기 어려운 여인인데도 "우리 아내가 최고"라고 한다든가 "우리 엄마가 세상에서 제일 예쁘다"든가 "곰보도 예쁜 보조개로 보인다"거나 하는 말을 종종 듣는다. 이 말은 외형적인 아름다움이 아닌 그보다 더 값진 아름다움을 그녀의 행동이나 마음에서 발견했기 때문이다.

만일 한 여인이 있어, 가정에서나 직장에서 그녀가 남달리 빼어난 미모를 갖추었다는 이유만으로 차디찬 석고상처럼 고고하게, 그리고 유리 상자 속의 인형처럼 처신한다면 우리는 그 미인을 한두 번쯤 감상할 수는 있으나 편안한 마음으로 더불어 생활하기에는 대단히 부담스럽고 또한 정신 건강상으로도 이롭지 못할 것이다.

사람을 인형처럼 감상만 할 수는 없다. 그가 살아 움직이고 있기 때문에, 따뜻한 정이 흐르고 아름답다고 느낄 가치가 있기 때문에 아름답게 느껴지는 것이다. 가령 직장에서 여자가 있음으로 해서 남자들만 있는 것보다 달라지고 있다는 것, 남자들이 감히 생각지도 못한 일을 여자가 있음으로 해서 새롭게 변화시켰다면 그 여인은 얼마나 아름다운 미를 발휘한 것인가?

얼마 전 후배로부터 그의 직장에 여사원이 입사하면서 사내 분위기가 달라진 이야기를 들은 기억이 있다. 그의 직장은 남자 사원만이 근무하는 곳이었는데, 그들 중 한 사람이 사직하게 되었다. 그런데 그 자리에 처음으로 여사원이 발령이 난 것이다. 그는 조금은 분위기가 달라질 것이라는 기대와 함께, 여자가 일을 하면 얼마나 하며 혹시 일거리만 더 느는 것이 아닌가 하는 우려를 갖고 신입 여사원을 맞이했다고 한다. 그녀는 별로 예쁘거나 날씬하거나 상냥하지도 않을 뿐 아니라 일하는 것도 어설프기만 한 그런 정도의 여사원이었다고 한다. 그런데 하루하루가 지나면서 무엇인가 사내 분위기가 달라진다고 느끼게 되었다는 것이다. 책상 위에 꽃 몇 송이가 꽂혀지고, 아침에 출근을 하면 책상 위가 상큼하게 닦여져 있고, 남자들만 있을 때의 거친 말씨가 조금씩은 조심스러워지고, 예쁘고 깔끔한 글씨로 또박또박 쓴 서류가 잘 정리되는 등, 실로 전에 맛볼 수 없는 사내의 새 분위기를 그녀가 조성해 나갔다는 것이다. 그리하여 사내에서 누군가의 입으로부터 그녀에게 '수수한 아름다움을 지닌 천사'라는 칭호가 붙여졌다고 한다.

이처럼 여인에게 있어 아름다운 얼굴이 추천장이라고 한다면 아름다운 마음은 신용장이라 할 만한 것이다.

그러나 직장에서 여성이 꽃으로 우대받는 시대는 이미 지났다. 오늘날 여성의 사회적 진출이 현저해짐에 따라 여성들도 남자 직원들과 대등한 위치에서 업무를 수행하고, 또 그에 상응하는 응분의 대우를 받고 있기 때문이다.

그러나 그 어느 직장이든 여성이 자기의 개성을 살리고 능률적이고 창의적으로 자기의 몫을 감당하면서 여성 특유의 아름다움으로 직장을 즐겁게 한다면 그것이야 말로 현대 직장 여성이 지닌 아름다움이 아닐까?

"직장을 바꾸어 볼까 봐"

얼마 전에 옛 친구를 우연히 만나 점심을 함께 나눌 기회가 있었다. 오랫만에 만난 터이라 먼저 근황부터 물었더니 이 친구 대답이 "나 참 못 해 먹겠어, 직장을 바꾸어 볼까 봐"라는 첫마디를 거침없이 내뱉는 것이었다. 그날의 점심시간은 그의 직장에서의 고충과 불평담으로 거의 보냈지만, 그와 헤어진 뒤에도 개운치 않은 여운은 오래도록 나의 뇌리에서 떠나지 않았다. 젊었을 때는 동료나 친지들로부터 "못 견디겠다", "떠나고 싶다" 등 이와 비슷한 말들을 수없이 들어온 터이지만 그때마다 으레히 상투적으로 지껄이는 인사 치레거니 생각했던 내가 이날따라 그의 말이 충격적으로 받아들여진 것은 그의 나이 이미 50을 넘긴 초로(初老)에다 국내에서 내노라 하는 기업체(企業體)의 중견 간부(中堅幹部)로서 비교적 경제적인 여유와 지위를 겸비하여 생활의 안정을 누리고 있는 사람이었기 때문이다. 그만한 연륜으로 그만큼의 직책을 지녔으면 지금쯤은 자기의 직장에서

 2부 열린 마음으로 사는 지혜

자기의 직책에 보람과 긍지를 느끼며 살아가야 할 나이가 아닌가? 그럼에도 불구하고 그날 그의 입에서 그 같은 불평이 나왔다는 것은 설사 그것이 당장 직장을 바꾸어 보겠다는 의지의 표명이 아니요, 일시적인 짜증과 푸념에 지나지 않았다 치더라도 그의 심중에 깔려 있는 불만의 표시임에는 틀림이 없기 때문이다

사실 이 같은 자기 직업에 대한 불만감은 이 친구의 경우에만 국한된 것은 아닐 것이다. 요즈음 우리 주변의 많은 직장인의 경우, 자기 직업에 대한 만족감보다는 오히려 불평과 불만 속에서 삶을 영위해 나가는 사람들이 얼마나 많은가? 더구나 남들이 선망하는 직업인 중에도 "내 이 직업만은 자식들에게 다시 물려 주지 않겠다"는 말을 서슴없이 피력하는 사람들을 종종 접하게 된다.

그러나 이와는 반대로 많은 사람들로부터 소외당하고 천시받던 직업에 혼신의 노력을 쏟으며 대대 손손 가업으로 계승하는 사람들을 가끔 접할 때가 있다. 그들의 직업이란 작업 환경이 좋지 않고 고달픈 노동에 비해 수입도 그다지 만족스럽지 못한 경우가 대부분이지만 그런 속에서도 그 일은 자신만이 할 수 있다는 긍지와 자부심을 가지고 일생을 살아감으로써 이제는 어느 경지에 이르러 많은 사람들로부터 추앙을 받기도 하는 것이다.

이처럼 상반(相反)되는 두 가지 사례를 통해서 우리는 다음과 같은 사실과 만나게 된다. 즉 그 하나는 자기 직업에 대한 만족도(滿足度)가 그 직업의 귀천과 작업 환경의 좋고 나쁨, 보수의 높낮음에 달려 있는 것이 아니라는 점과 다른 하나는 자기 직업에 대한 불만은 결국 일에 대한 보람과 긍지 내지는 소명 의식의 결여에서 말미암은 것이라는 점이다. 그런데 우리의 상식적인 생각으로 판단할 때 학력 수준이 높은 사람이 안정된 직장에서 그 학력과 경력에 상응하는 높은 보수를 받고 있다면 필경 그들은 그 직업에 대한 만족도를 보일 것 같은데 오히려

그런 사람일수록 자기 직업에 대한 불안감을 더 나타내고 있다는 데 문제가 있다. 이처럼 오늘날 많은 지성인들이 자기의 직업에 대한 긍지와 자부심을 상실하고 살아가는 이유를 보다 심층적으로 분석해 보면 "나는 남들보다 높은 학력과 직책 등 좋은 조건을 갖추고 있으니 그만큼 더 편리하고 쉽게 살아보자"는 이른바 "개 팔자 선호 의식"에서 연유된 것으로 풀이된다.

나는 최근 제법 규모가 큰 회사를 경영하고 있는 어느 분의 다음과 같은 일화를 듣고 혼자 실소를 한 적이 있다. 그는 자기가 경영하는 회사에서 사원들의 사기를 진작시키는 수단의 일환으로 전 사원의 간부화를 내세워 중간 관리직을 대량으로 임명하였더니 일을 기안하는 사람은 하나뿐인데 거기에 도장을 찍겠다고 나서는 사람은 여럿이어서 일의 능률이 오히려 저하될 뿐더러 하급 실무자의 불안은 고조되더라는 것이었다. 높은 직책이 주어지면 그만큼 그 직책에 따른 일에 대한 책임과 열의가 더해져야 마땅할 터인데, 이와는 반대로 일은 직책이 낮은 사람이 더 많이 하고, 자기들은 편히 도장이나 찍고 높은 보수를 받겠다는 이 같은 "개 팔자 선호 심뽀" 때문에 많은 직장인들은 스스로의 불만을 느끼고 또한 긍지마저 상실하게 되는 것이다.

이같이 개개인의 자기 직업에 대한 불만이 축적될 때, 그들이 소속되어 있는 그 직장은 자연히 침울하고 삭막해질 수밖에 없으며 그 반대로 직장의 구성원 각자가 자기가 맡은 임무에 사명과 보람과 긍지를 찾으며 헌신할 때 그 직장은 밝고 명랑한 분위기를 이룰 것은 자명한 이치인 것이다.

직장의 분위기란 각자의 직업 의식과 서로 밀접한 상관 관계를 유지하고 있다. 우리가 활동하는 이 직장이라는 직업 공간은 가정이라는 공간과 함께 부모의 보호로부터 벗어나는 대개 20대 중반부터 자의적으로 선택하게 되는 것이 통례로 되어 있다. 많은 사람들의 경우, 이 두 개의 공간에다 각기 다른 의미를 부여하며 거기에 애정의 농도를 달리 쏟으며 살아가는 데 문제가 있을 것이다. 즉 가정이 휴식의 공간이라는 의미에서 매우 소중히 여기는 반면에 직장의 경우는 단순한 노동의 장, 혹은 생활 영위 수단에 지나지 않기 때문에 고달프고 고통스러운 곳이라는 이원론적 생각이 직장 생활에 대한 참여와 헌신은 고사하고 그곳에 적응하지 못하는 결과를 초래하게 된다. 물론 가정과 직장은 별개의 생활 공간임에는 틀림이 없다. 그러나 개인에게 있어서는 그 두 곳에서 행동 양식이나 생활 감정이 단절되지 않고 서로 영향을 주고 받는 연속 관계가 긴밀히 유지되고 있다.

가정에서 아내와 다투고 출근한 사원이 자신도 모르는 사이에 직장에서 동료나 부하들에게 아침부터 불쾌한 언사를 퍼붓는다거나, 회사에서의 불평 불만이 가정의 분위기를 어둡게 하는 경우를 우리 주변에서 자주 목격하게 되는 것은 다 같은 이치이기 때문이다. 따라서 명랑하고 만족스러운 직장 생활이란 이 같은 이원론적 사고가 통합론인 개념으로 수렴될 때 비로소 이룩된다고 보아야 마땅할 것이다.

많은 직업인들은 간혹 그들의 아내로부터 가정보다는 직장의 일에 더 열중한다는 불평을 듣기도 한다. 그러나 실상은 그 직업에 성실하게 열중하는 남편을 탓하기보다 오히려 그것을 자랑스럽게 생각하며 온갖 뒷바라지에 심혈을 기울이는 한 가정 주부의 얼굴에서 오히려 행복한 가정을 읽을 수 있을 것이다. 이처럼 직업이 한 가정의 생활 수단에 그치지 않고 온 가족의 명예와 자존의 정신적 지주로까지 승화될 때 그 직업인은 그 직업 자체에서 보람과 삶의 의미를 함께 찾게 될 것이다.

가령 어느 직장에서 사원들에게 그가 맡은 일 대신에 가장 좋아하는 그림 한 장을 종일토록 감상케 한다거나, 종이 한 장을 책상 위에 올려놓았다 땅에 내려놓았다 하는 것을 반복시키고 그가 현재 받고 있는

보수만큼의 액수를 지급한다고 했을 때 과연 그들은 그 단순한 작업을 생계 수단이라 하여 감내하고 받아들일 수 있을 것인가? 아마 이처럼 무미하고 무의미한 일은 단 하루도 계속할 수 없을 것이다. 이것으로 우리는 직업이란 보수나 대가를 염두에 두고 생각하기보다 먼저 그 일 자체에 보람을 느끼고 열중할 때 만족이 따르는 것이며 보수란 그 결과로 얻어지는 것이라는 사실을 알 수 있다. 따라서 직장인 각자가 이 같은 마음가짐을 지닐 때 그 직장은 자연히 명랑하고 화목한 분위기를 이루게 될 것이다. 만약 일하는 동안 보수나 염두에 두고 매사에 불평스럽게 따지고 든다면 그는 과연 얼마나 버틸 수 있겠는가? 아마도 그는 자의든 타의든 머지않아 그 직장을 등지고 말 것이다.

　직업을 지칭하는 어휘를 영어로 'Vocation'이라 한다. 이 단어가 '천직(天職)', '사명(使命)'이라는 뜻과 함께 '신의 부르심에 의한 정신적 생활'이라는 신학 용어(神學用語)로서의 의미까지도 포괄하고 있듯이 직업이란 하늘로부터 주어진 신성한 직분으로서 그 직분을 맡은 자는 모름지기 소명 의식을 가지고 각자가 그 직업에 임할 때 그 직장은 짜증스럽고 고통스러운 노동의 장소가 아니라 일하는 기쁨, 일을 함으로써 삶의 보람을 느끼는 기쁨, 나아가 일에 값하는 대가를 얻을 수 있는 기쁨의 장소가 될 것이다.

나 자신을 돌이켜볼 때 40년에 가까운 직장 생활에 어느덧 내 나이 이제 60의 문턱을 넘어섰다.

지방의 상업고등학교에서 직장을 출발하여 사범학교, 명문 고등학교, 공업전문대학, 국립대학교 사범대학을 거쳐 현재 몸 담고 있는 대학에 정착하기까지 그 동안 여러 학교를 섭렵하면서 많은 애환을 함께 하였지만, 오로지 가르치는 직업이라는 외곬의 인생을 살아온 셈이다. 그러한 과정에서 회의와 번민 속에 스스로 직장을 떠나려고도 하였고, 혹은 주위의 유혹을 받아 방황한 적도 있었다. 그러나 이제와 돌이켜 보면 그러한 고비는 다만 일시적인 충동이었을 뿐, 후회 없이 살아온 나날이었기에 스스로 축복 받은 삶이었다고 자부하기도 한다. 다만 이렇게 살아온 지난날 중에서 내가 가장 자신있게 애정과 정열을 쏟은 시절이 주위로부터 많은 칭찬과 존경을 받았으며 보람 또한 컸다고 생각된다. 그 시절의 동료나 제자들이 지금까지 나를 가장 아껴 주고 세월이 흐름에 따라 더욱 두터운 정을 쌓아 가고 있는 것이다.

그런데 이 시점에서 문득 내 친구의 직장에 대한 불만이 예사로이 들리지 않음은 웬일일까? 다시 그 친구의 불만을 곰곰이 음미해 본다. 그도 분명 지금까지 그의 직장을 자신의 분신(分身)처럼 아꼈으며 거기에다 자신의 젊음을 바쳤으리라. 그러한 그가 그 같은 불만을 토로하였다면 그것이 필경 이내 떠나야 할 준비를 하고 있는 것인지 모른다. 그렇다면 그는 내가 생각하고 있지 못한 일을 먼저 현명하게 대처하기로 한 것일 게다.

나도 내가 일생을 몸바쳐 사랑해 온 이 교직을 언젠가는 떠나야 할 것이다. 떠나는 그날까지 교직에 대한 애정을 소중하게 간직하고만 싶은 심정이니 실로 나 자신이 엄청난 착각 속에서 헤어나지 못하고 있는 징조인지 모른다.

얼굴에 **책임**지는 4, 50대

인생의 나이 40고개를 넘으면 사람은 자신의 얼굴에 책임을 져야한다는 말이 있다. 이는 공자(孔子)가 일찍이 말한 바 있는 40이면 불혹(不惑), 그리고 50에 지천명(知天命)이라는 말과 상통하는 것으로, 우리 4, 50대는 인격의 완성기요, 생애의 정점에 이르는 시기라는 점에서 매우 중요한 의미를 갖는다. 따라서 생의 원숙기에 이른 이 시점에서 우리는 지나온 세월을 돌이켜 그 삶을 정리하고 앞으로 남은 세월을 전망하면서 자신의 꿈을 설계할 필요를 느끼는 것이다.

지난 오랜 세월 우리는 사회와 직장을 위해서 열심히 헌신하였고, 가정의 행복을 위해 분주히 살아왔다. 비록 그 직장에서 소망스러운 지위는 차지하지 못하였다 하더라도, 그리고 사회 활동에서 뛰어난 실적을 쌓았다고 자부할 수는 없다고 하더라도 우리는 나름의 최선과 열성을 다하여 왔다. 그리고 이제는 자기가 맡은 분야에서 가장 핵심적인 위치를 차지하고 있다는 자부심도 어느 만큼 작게 되었다.

그러나 이렇게 살아온 과정에서 자칫 우리는 자녀 교육이나 가정 생활에 다소의 소홀함은 없었던가? 그리고 부득이한 사정으로 남들만큼 내가 맡은 일에 정열을 쏟지 못한 후회스러운 일은 없었던가? 젊음과 용기를 앞세워 너무 자만한 나머지 시행 착오를 저지른 과오는 없었던가? 이 같은 생애의 중간 결산을 시도해 볼 수 있는 때가 바로 4, 50대인 것이다. 그 중간 결산은 단순히 과거에 대한 정리에 그치는 것이 아니라 앞으로 남은 생애에 대한 인생 설계의 수정과 방향 교정의 의미도 함께 지니는 것이다.

오늘날 우리 사회는 하루가 다르게 급변해 가고 있다. 무한 경쟁의 시대라고 하는 21세기의 긴박한 시대가 우리 앞에 다가오고 있다. 이처럼 숨막히게 돌아가는 세상에서 10년 내지 20년 전에 설정한 인생 목표와 설계가 조금의 착오 없이 시행될 수는 결코 없을 것이다. 그것은 국제 정세의 변화는 물론 국내 사회 조직의 잦은 변동이 필연적으로 개인에게도 크게 영향을 미치기 때문이다.

우리가 살아온 지난 2, 30년의 세월은 우리네 선인들이 과거 수 세기에 경험했던 변화와 맞먹으리만큼 그 변화의 빠른 속도를 체험한 기간이었다. 잦은 정권의 변화에 따라 정치, 경제, 문화 등 다양한 변화 욕구의 분출과 그것이 소망스레 이루어지지 않음에 불만과 좌절의 고뇌를 수없이 맛보며 살아와야 했으며, 그 와중에서 일종의 체념 의식마저 우리 사회의 저변에 깔리기도 했다. 이러한 사회 변동에 따라 우리네 개인의 가치관 형성이나 가계 생활에도 큰 변화가 초래된 것 또한 사실이다.

우리들이 지내온 과거가 이럴진대 더구나 10년 내지 20년 후의 앞날은 누구도 예측할 수 없는 것이다. 이러한 시점에서 우리는 담담한 심정으로 세월의 경험을 바탕으로 하여 남은 생애에 대한 새로운 설계를 시도할 필요가 있는 것이다. 그 설계는 20여 년 전 젊은 시절에 설계한 것처럼 원대한 것일 수는 없지만, 그러나 값진 삶을 위한 보람 있는 생애를 위한 확고한 신념을 바탕으로 하는 설계가 되어야 할 것이다.

그러기에 처음에 언급한 것처럼, 그 설계는 자신의 얼굴을 책임질 수 있는 삶을 바탕으로 하는 설계가 되어야 한다는 것이다. 젊은이의 실수는 젊다는 이유로 용서될 수 있고, 늙은이의 실수는 나이가 많다는 이유로서 커버될 수 있지만, 4, 50대는 확고한 인격체를 가진 얼굴을 갖지 않으면 결코 용납될 수 없는 위치에 서 있는 것이다. 따라서 이 시대는 자신의 일에 근면하고, 긍정적인 가치관을 가지고, 또한 사랑으로 감싸며 봉사하는 자신있는 자기의 얼굴을 갖도록 노력해야 된다. 이러한 '얼굴 정신'을 바탕으로 하여 생애의 원숙기를 보다 가치있게 보내기 위해 최선을 다해야 할 것이며, 아울러 앞으로의 삶에 대한 의욕적인 설계에도 게을러서는 안 될 것이다.

행복은 별자리에서 떨어지지 않는다

우리는 20년 후의 '나'라거나 '내 나이 60'이라는 등 자기 자신의 먼 훗날 자화상(自畵像)을 한번쯤 그려 보는 것도 유익한 일의 하나일 것 같다. 왜냐하면 그것은 자신을 이해하고 자기의 취미라거나 소질·능력 등을 자기의 인생과 연계해서 그려 볼 수도 있기 때문이다.

사람은 누구나 크든 작든 나름의 꿈과 이상을 가지고 자기의 삶을 소망스럽게 가꾸어 가며, 또한 이러한 꿈과 이상이 있기 때문에 발전하는 것이다. 이 자기의 삶과 운명, 그리고 인생 설계에서 가장 깊이 영향을 미치는 것이 첫째로 개성과 능력에 맞는 진학 및 직업 선택으로 평생 동안 보람 있는 일자리를 갖는 것이요, 둘째로는 이상적인 배우자를 선택하여 행복한 가정을 꾸미는 일일 것이다. 따라서 이러한 선택의 밑바탕이 될 삶의 자세가 바로 어떻게 살아갈 것인가 하는 인생관의 선택이라 할 수 있다.

  자신의 개성과 능력을 스스로 잘 이해하고 거기에 걸맞는 직업을 선택하며 자기의 이상에 맞는 배필을 선정하고 분수를 지키며 살아갈 수 있는 행복한 삶이 과연 꿈만이 아닌 현실적으로 진정 가능한 것일까? 많은 사람들은 이에 대하여 회의적인 반응을 보이기 일쑤이다. 그러나 그렇게 회의적인 반응을 보이는 이들의 의식을 면밀히 분석해 볼 때, 그들은 대부분 삶 자체에 대한 그릇된 인식과 편견을 가지고 있거나 분수에 넘치는 욕망에 눈이 어두워서 삶의 본질을 잠시 망각한 데서 온 발상임을 우리는 쉽게 발견할 수 있다.

  그렇다면 어떻게 사는 것이 가장 행복한 삶인가 잠시 생각해 보자. 우리는 흔히 사는 것이 중요한 것이 아니라 어떻게 값지게 살아갈 것인가가 더욱 중요하다고 말한다. 그러기 위해서는 우선 근면하게 자신의 학업과 소임에 전력 투구해야 할 것이며, 미래 지향적인 긍정적 가치관을 지니고 매사에 최선을 다하는 삶의 자세를 지녀야 할 것이다. 그러나 이러한 자세를 지닌다는 것은 말로는 쉬우나 실제 행동으로 옮기기는 어렵다고들 말한다. 하지만 그것은 지나친 욕심에 얽매어 있거나, 그 욕심 때문에 행동으로 옮기지 못하는 자의 궤변이지 어려운 일은 결코 아니다.

  이 자리에서 우리는 허심 탄회라는 말을 한번쯤 음미해 보자. 인간의 사사로운 욕망을 과감히 버리고 조용히 마음을 비울 때 주위의 사물들은 우리에게 한 걸음 정겹게 다가올 것이다. 그렇다고 우리가 달관한 도인(道人)처럼 현실을 초연히 바라보고 살자는 것은 아니다. 다만 그처럼 지나친 욕심을 과감히 떨쳐 버리고 분수에 맞는 소박한 꿈과 이상을 가꾸어 가기에 알맞은 인생의 설계가 필요함을 말하는 것이다. 저 프랑스의 비평가 라도슈프꼬는 이러한 삶의 자세를 다음과 같이 피력한 바 있다.

세상에서 가장 행복한 사람은 조그마한 지위와 조그마한 재산에
만족하는 사람이다. 위대한 사람과 야심이 많은 사람은 이러한 점에
있어서 가장 비참한 사람이다.

이 말은 미국의 교육 철학자 존듀이가 언급한 바처럼 "행복이란 저
달나라 별나라에서 떨어지는 것이 아니라 바로 나 자신의 마음속에서
만들어지는 것이다"라는 점과 상통하는 것이 된다.

이는 조그마한 행복을 만들기 위하여 우리는 오늘부터 인생의 앞날
을 확고히 설계하고 그 목표를 향하여 한걸음 한걸음씩 실천해 나가야
할 것이다.

그러기 위해서는 젊은이들은 먼저 꿈을 가져야 할 것이다. 여기서 말
하는 꿈이란 허황되고 실현 불가능한 것이 아니라 인생의 목표요, 항
로를 안내하는 등대 같은 것을 지칭하는 것이다. 왜냐하면 꿈이란 성
취의 원동력이요, 가치관의 발로(發露)이기 때문이다. "비록 내일에 지
구의 종말이 온다고 할지라도 오늘 나는 한 그루의 사과나무를 심는
다"는 확고한 신념과 긍정적인 가치관을 스스로 지녀야 함을 뜻하는
것이다.

둘째 그 꿈을 실현하기 위해서 우리는 전심 전력해야 할 것이다. 남
에게 이끌리어 마지못해서, 그리고 빵을 해결하기 위해서 싫지만 부득
이 하지 않을 수 없다는 생각을 가진 사람에게 꿈의 실현은 결코 기대
할 수 없는 것이다. 내가 하는 일이 보람이 있어 그 일에 미치고 그것
이 무조건 좋아 그 일에 푹 빠지고 그곳에서 즐거움을 느끼고 성취감
을 느끼는 사람만이 꿈을 실현할 자격이 있는 사람이다.

셋째 자신이 선택한 일에 대하여 신념과 긍지를 가져야 할 것이다.
내가 하는 일에 대한 보람을 지니고 긍지를 지닐 때 새로운 창의력이
솟아나고 그 결과 자신의 성장과 국가의 발전이 함께 이루어진다는 굳

은 신념을 지녀야 할 것이다.

마지막으로 우리는 지나친 경쟁심을 갖지 말자는 것이다. 어쩌면 우리들의 생활이란 끝없는 경쟁의 연속이라고 볼 수도 있다. 학교에서의 입시 경쟁, 회사에서의 입사 및 승진 경쟁 등 그 끝없는 경쟁은 사람을 무척 피로하게 한다. 경쟁이란 선의를 바탕으로 할 때 바람직한 소망이 이루어지지만, 만약 그것이 지나칠 때 남을 미워하고 중상을 하게 마련인 것이다. 따라서 우리는 직장이나 사회에서 경쟁을 하되 항상 겸양과 애정을 바탕으로 한 정신을 가지고 있어야 할 것이다.

따라서 우리는 이 혼탁한 사회에서 도덕성을 잃지 않는 생활, 휴머니티가 풍기는 생활 자세를 가지고 그 소박한 꿈을 확실히 키워 나갈 때 행복하고 값진 삶을 영위해 나갈 수 있을 것이다.

컴퓨터는 과연 만능인가?

지금 우리는 과학 문명이 고도로 발달된 시대를
살아가고 있다. 산업혁명 이후로 가속화된 과학 기술의 발전은 경제
성장과 사회 개발을 이끄는 주된 동력일 뿐만 아니라 우리의 삶을 보
다 편리하고 안락하게 하는 데 크게 기여하고 있다. 과학 기술의 발달
은 개인의 삶에 지대한 영향을 미칠 뿐만 아니라 한 국가, 인류 전체의
삶에 대한 질을 변화시키기 때문에 온 인류가 이에 관심을 기울이고
있다. 특히 현대 사회에서 과학 기술의 발전에 성공하지 못한 나라는
선진화 대열에서 낙오될 수밖에 없으며 과학 기술이 뛰어난 국가에 예
속될 수밖에 없기 때문에 각 국가마다 이에 투입하는 투자 역시 지대
하다.

이러한 과학 기술 중에서도 현대에 이르러 두드러지게 진보한 것이
전자 기술이며, 최근에 가장 괄목할 만한 것이 컴퓨터라고 할 수 있다.
사실 오늘날 컴퓨터는 급속도로 발전 보급되면서 사회 곳곳에 지대한

영향을 미치고 있으며 이러한 추세는 앞으로도 더욱 가속화되면서 생활의 질을 크게 변화시켜 나갈 것이 분명하다.

　요즈음 가정이나 직장에서는 컴퓨터의 여러 가지 기능을 활용하여 사무의 능률을 높이고 정확을 기하는 것이 일반화되어 있다. 또한 우리가 주변에서 쉽게 볼 수 있는 전자 제품에도 대부분 컴퓨터의 기능이 이용되고 있다. 이처럼 점차 보편화되어 가고 있는 컴퓨터 시대에 보다 효율적으로 대처하기 위해서는 컴퓨터의 기능과 그 활용에 대해 올바르게 이해할 필요가 있다 하겠다.

　흔히 컴퓨터를 인공 두뇌라고 일컫는다. 실제로 현재의 컴퓨터는 창조력이 결여되어 있다는 한계가 있기는 하지만 그 기능면에서 인간의 두뇌와 유사한 부분이 적지 않다. 특히 계산 능력이나 자료 처리 능력의 경우, 컴퓨터는 한 사람이 100년에 걸쳐야 해결할 수 있는 계산을 단 1초 이내에 처리할 수 있을 정도로 탁월한 성능을 지니고 있다. 이와 같은 컴퓨터의 장점을 십분 활용하여 사무의 능률이나 학습의 효과를 극대화시키는 것은 매우 바람직한 일이다.

　근자에 이르러 퍼스널 컴퓨터를 이용하는 학생의 수가 점점 많아지고 있을 뿐만 아니라 그 범위도 초등학생은 물론 대학생에 이르기까지 무척 다양한 실정이다. 대학에서도 컴퓨터를 이용하여 깔끔하게 인쇄해 제출하는 리포트는 이제 통례화되었다. 이와 같이 컴퓨터의 이용은 학습의 현장에서도 필수적인 항목이 되어 가고 있다.

　그러나 배움의 과정에 있는 학생이 가감승제의 계산을 그 원리의 이해는 도외시하고 전자계산기의 계산에만 의존한다거나, 필수적으로 암기해 두어야 할 사항을 컴퓨터의 기억에만 맡긴다는 것은 극히 위험스런 태도라 하겠다. 예를 들어 글자 형태가 유사한 한자(漢字)를 자신이 확실하게 기억하지 않고 컴퓨터에 저장된 한자를 이용만 하는 경우, 기(己), 이(已), 사(巳)의 구분이나 무(戊), 술(戌)이나 단(旦), 차

　2부 열린 마음으로 사는 지혜

(丑) 등을 변별하는 데 곤란을 느끼게 될 것은 뻔한 사실이다. 컴퓨터는 해당 한자의 확실한 글자 형태를 알지 못하더라도 그 음(音)만 알면 대충 그 한자를 이용할 수 있기 때문이다.

하지만 이렇게 된다면 결국 인간의 두뇌에 담겨 있는 지식은 단지 컴퓨터를 어떻게 사용할 것인가, 자료를 어떻게 이용하는가에만 관련된 것일 뿐 사물의 궁극적 이치에 대한 이해나 합리적이고 논리적인 사고력은 결핍될 수밖에 없다. 내가 사고하고 판단하는 것이 아니라 컴퓨터에 기억되어 있는 자료에 의존해 컴퓨터가 지시하는 대로 살아가게 될 수 있다는 것이다. 그렇다면 컴퓨터의 자료를 조작할 수 있는 소수에 의해 다수의 사람들은 사고와 판단의 기능이 마비된 채 버튼을 눌러 기계를 사용하는 로보트 같은 기계인이 될 여지가 얼마든지 내재한다.

또한 우리의 두뇌로 개발한 소프트웨어를 사용하는 것이 아니라 외국에서 개발된 소프트웨어를 무분별하게 복사해 사용하는 현재 상태가 계속된다면 우리는 외국의 과학 기술 분야에만 예속되는 것이 아니라 컴퓨터로 이루어지는 생활 곳곳에서까지 외국의 기술, 나아가 그들의 가치와 문화에 예속될 수밖에 없게 될 것이다. 컴퓨터에 대한 지식이 전무한 부모 세대와 달리 현재의 청소년들은 외국의 저질 게임 소프트웨어에 그대로 노출되어 있는 형편이다. 얼마 전 컴퓨터로 통신하던 여학생이 성적 모욕을 받고 자살한 사건이 그 대표적인 예가 될 것이다.

컴퓨터의 출현으로 우리의 사회 생활이 크게 변화했고 앞으로도 더 많은 변화를 초래하게 될 것은 분명하다. 미래에 우리는 가정이나 직장에서 각종 기기를 컴퓨터로 제어하고 동작시키면서 보다 편리한 삶을 영위할 것이다. 또한 컴퓨터는 우주 개발이나 해양 개발에 있어서도 광범위하게 사용될 것이며, 도서관에도 큰 변화를 가져오게 할 것이다. 우리는 이 최첨단의 문명의 이기인 컴퓨터를 효과적으로 활용함으로써 우리의 삶을 보다 윤택하게 해야 될 것이다. 그러기 위해서는 컴퓨터가 지니고 있는 여러 가지 장점을 최대로 활용하는 한편 인공 두뇌인 컴퓨터보다 우수한 인간의 두뇌가 가지고 있는 창조성, 다양성, 적응성의 개발에도 적극 힘써야 할 것이다.

이 시점에서 인간의 두뇌를 활용하는 교육 방법을 채택했던 소련이 실용적이고 기계에 의존하는 교육 방법을 채택했던 미국보다 먼저 스푸트니크호를 쏘아 올렸던 역사적 사실은 우리의 현실에 많은 시사점을 던져 준다고 하겠다.

 2부 열린 마음으로 사는 지혜

긍지와 **자부심**을 안겨 주는 **사전**

국학(國學)과 동양학(東洋學)을 전공하는 사람들은 물론 이 분야에 관심을 가진 사람이라면 누구나 한번쯤은 한자어의 심오한 의미와 그 용례(用例)의 다양성에 적이 놀라면서 그 글자 속에 함유된 내용을 파악하기 위하여 사전을 뒤져 보았을 것이다. 그때 그들은 우리 한자 사전이 지닌 빈약한 양과 질에 실망하면서 아쉬움을 감추지 못했으리라.

그도 그럴 것이 국어 사전, 한자어 사전 가릴 것 없이 지금껏 '이것이 바로 그 책이다' 하고 내놓을 만한 사전 하나 없었던 것이 사실이기 때문이다.

조선조에는 우리나라에서 간행된 『전운옥편(全韻玉篇)』과 중국으로부터 수입한 『강희자전(康熙字典)』이 통용되었으므로 당시의 학자들이 한자어를 깊이 연구하려면 이 두 개의 사전을 뒤적임으로써 한문에 대한 갈증을 어느 정도 해소할 수 있었던 것이다. 왜냐하면 당시만 해도 선비들은 웬만한 고금의 서적은 주로 암송하고 있었던 터라 사전을 뒤적일 필요성이 지금처럼 절박하지 않았을 것으로 생각되기 때문이다.

일제 강점기에 이르러 한·중·일(韓·中·日) 3국의 음을 함께 표기하고 거기에다 한자의 뜻과 간결한 용례를 나열한 이른바 『옥편(玉篇)』이 간행되어 조국의 광복 뒤까지 오래도록 널리 통용되었다. 그 뒤에 그 내용을 크게 확충하고 체제 또한 현대적 감각에 맞춘 장삼식(張三植)의 『한한대사전(漢韓大辭典)』이 출간되어 지금껏 많은 한자 애호가들로부터 사랑을 받아 왔다.

이후 『동아한한대사전(東亞漢韓大辭典)』 등이 출간된 바 있다.

그러나 지금까지 간행된 이들 사전들은 이른바 콘사이스(concise)의 형태를 크게 벗어나지 못한 일반 대중용일 뿐, 정작 국학 내지는 동양학을 전공하는 사람들에게는 갈증을 해결하기에 아쉬움이 있었다. 학자들이 보다 깊이 연구하기 위해서는 부득이 일본인 모로바시(諸橋轍次)가 펴낸 총 13책의 『대한화사전(大漢和辭典)』과 그 얼마 뒤 대만 정부가 펴낸 총 10책의 『중문대사전(中文大辭典)』에 의존하는 실정이었다. 따라서 우리는 외국인이 펴낸 외국의 한자어 사전에 의지해야 하는 굴욕감은 잠시 제쳐두고서라도 우리 고유의 한자어가 수록되고, 거기에 우리 고전 문헌에서 사용되는 구체적인 용례들이 함께 실려진 사전이 없음을 매우 안타깝게 여기면서 외국처럼 분량이 방대하고 내용이 충실한 사전이 출간되기를 갈망했던 것이다.

그러나 그러한 기대는 한낱 꿈일 뿐, 그처럼 방대한 사업은 국가 차원에서도 쉽사리 착수하기 어렵다는 사실을 우리는 이미 일본이나 대만의 경우에서 보아 왔다. 우리보다 국력이 몇 배나 앞선 일본의 경우, 한자어 대사전의 필요성을 동양 3국 중 가장 먼저 자각하여 1920년대에 벌써 사전 편찬 사업에 착수하여 30여 년의 오랜 세월 동안 수많은 전문 인력을 동원하여 작업한 나머지 1950년대에 『대한화사전(大漢和

辭典)』총 13책을 간행하였고, 이에 크게 자극을 받은 대만은 정부 주도로 총 10책의『중문대사전(中文大辭典)』을 간행하였던 것이다. 일본과 대만의 대사전 간행에 자존심이 크게 손상된 중국은 막대한 재정적 지원하에 수천 명의 전문 인력을 동원하여 20여 년간의 집필 끝에『한어대자전(漢語大字典)』8책과『한어대사전(漢語大詞典)』12책을 간행하기에 이르렀던 것이다.

이처럼 막대한 예산과 풍족한 전문 인력을 확보하고서도 수십 년의 장구한 세월을 거쳐야만 완성되는 것이 대사전 편찬 사업이기에 정부 당국의 정책적 배려와 확고한 의지가 없이는 이루기 어려운 것으로 지금껏 우리는 인식하여 왔다.

이러한 상황임에도 불구하고 재정 형편이 넉넉하지 못한 일개 사립대학교에서 이처럼 방대한 사업을 시작했다는 것은 놀라운 일이다. 이미 20여 년 동안 150여억 원을 투입했고, 앞으로 지출할 예산도 천문학적인 수치라고 하니 그 갸륵한 뜻에 뜨거운 박수를 보내지 않을 수 없다.

최근에『한국한자어사전(韓國漢字語辭典)』총 4책을 간행함으로써 세인을 놀라게 했던 단국대학교 동양학연구소에서는 그 후속 작업으로 이번에『한한대사전(漢韓大辭典)』첫 권을 선보이고 있다.

총 15책으로 간행 예정인『한한대사전(漢韓大辭典)』의 출판 계획은 이미 1977년 11월에 수립, 착수된 것으로 필자는 알고 있다. 당시 단국대학교 총장이던 장충식(張忠植) 박사(현재 단국대학교 재단 이사장)의 발의와 사전에 대한 강한 의지의 결실이라 믿는다. 또한 동양학연구소장이던 일석(一石) 이희승(李熙昇) 박사의 올곧은 신념이 합쳐져 한국 초유의 대역사라 일컬을 만한 이 사전 편찬 작업이 바야흐로 꽃을 피우기 시작한 것이다.

이『한한대사전(漢韓大辭典)』은『한국한자어사전(韓國漢字語辭典)』과 동일한 체재인 호화 양장본으로 거기에 수록된 어휘는 『대한화사전(大漢和辭典)』과 『중문대사전(中文大辭典)』, 그리고 『한어대사전(漢語大詞典)』 등에 수록된 것을 거의 수용하여 그 용례만도 실로 방대하여 지금까지 간행된 어떤 한자 사전보다 내용면에서나 분량면에서 앞선 사전임을 우리는 이미 간행된 『한국한자어사전(韓國漢字語辭典)』이나 이번에 처음 선보이는 『한한대사전(漢韓大辭典)』의 첫째 권을 보아 알 수 있다.

이 사전의 발간을 계기로 우리는 우리 문화의 정체성을 재확인하면서 한국 전통 문화의 수준을 한 단계 높여 세계와 겨루는 데 다 같이 힘써야 할 것이다.

따라서 이 사전의 간행은 어느 특수층이나 특정 분야에만 해당되는 경사가 아니라 우리 국민 모두가 함께 기뻐해야 할 쾌거라 할 것이다. 그러므로 이 책이 학자들의 서가에 꽂힘으로써 학문의 새로운 지침서가 되고, 각 가정에 비치됨으로써 생활 문화의 수준을 높이는 윤활유가 되기를 바랄 따름이다.

3부 예술과 삶의 여울목

동춘당 뒷편의 일문대각. 대전 대덕구 소재.

베스트 셀러 무엇이 문제인가

요즘 대량의 경제적 소비력과 함께 출판업이 발달함에 따라 그에 상응하는 만큼 독서 인구가 증가되었다. 독서 인구의 증가는 평균 학력이 높아진 데 원인도 있지만, 대량 소비 패턴과 함께 우리의 현실을 둘러싼 문제들을 다룬 작품들이 매스 미디어의 힘에 의해 소위 베스트 셀러라는 문화가 생긴 데 기인한다. 일차적으로 독서 인구가 증가되었다는 것은 반가운 일이며, 바람직한 현상이 아닐 수 없다.

오늘날 베스트 셀러가 될 수 있는 기준은 일정 기간 동안 서점에서 책이 팔린 양에 따라 결정되는 것이 통례이다. 물론 매스컴이나 서점가에서 베스트 셀러를 선정하여 홍보함으로써 독서 인구의 확대를 꾀하는 것은 독서 인구의 저변 확대, 보편적 국민 교양의 증진 차원에서 바람직한 일로 받아들여진다.

그럼에도 불구하고 이렇게 선정된 오늘날의 베스트 셀러에 일말의

회의심을 갖지 않을 수 없다. 과연 일정 기간에 팔린 서적의 양으로 베스트 셀러를 정하는 것이 타당한가. 그렇게 결정된 베스트 셀러가 과연 양서인가.

우리나라의 경우, 70년대부터 이른바 베스트 셀러라는 이름하에 책이 대량으로 소비되었다. 그러나 이들의 작품들이 10년 혹은 20여 년이 지난 오늘날에도 독자들에게 읽히고 있는가. 오늘날의 독자들은 그러한 작품들이 있었는지조차도 모른다. 즉 베스트 셀러라고 하여 세간에 떠들썩하게 화제가 되었던 작품들도 한순간이 지나자 생명력을 잃고 내팽개쳐져 버렸다. 오스카 와일드는 작가는 지남철이고 독자는 못이나 핀이라고 말했다. 이 말은 작가가 좋은 작품을 생산하면 독자가 자석에 못이나 핀이 달라붙듯 몰려드는 현상을 비유한 것이다. 그러나, 우리나라에서 소위 베스트 셀러가 된 작품들은 대개 역현상이 일어났다. 즉, 독자가 자석이 되고, 작가가 못이나 핀이 되어 독자의 구미에 맞게, 인기에 영합하는 경우가 허다했다. 오늘날 베스트 셀러에 오른 대부분의 작품들은 피부 통증과 같은 사랑의 아픔이나, 말초적인 세태 풍자, 당대 사회의 표피적이면서 민감한 삶의 이야기를 표현한 것들이다.

독자들은 이러한 베스트 셀러나 그 작가의 명성에 대하여 동경하지만 그들을 존경하지는 않는다. 표면적이거나 당대의 삶을 작품화한다면, 그 작품은 그 시대가 지나면 빛이 바래게 된다. 언제든지 당대의 삶은 변천하기 마련이다. 작품이 외적 현실의 반영에 그치게 되면 그 작품의 생명력은 상실되고 만다. 문학은 현실을 반영하지만 일차원적인 사회 현실만을 반영하지는 않는다. 문학은 시대를 반영하면서도 그것을 뛰어넘는 진실을 보여준다.

작품이 생명력을 지니고 시대를 초월하여 읽히는 베스트 셀러는 문학 자체의 정당성과 목표를 지니며 영원성과 보편성을 획득한 것들이다. T. S. 엘리어트는 당대의 독자는 필요없거나 중요치 않다고 했다. 이 말은 문학 작품이 시대를 초월하여 어느 시대 어느 사람이든 공통적인 감동을 수반하는 작품이 진정한 문학으로서의 생명력을 지니고 있음을 의미한다.

우리는 불완전한 삶을 영위하고 있다. 그렇기 때문에 우리는 완전한 삶인 이상을 설정하게 된다. 문학 작품은 미적 엄숙성과 지각의 엄숙성을 기반으로 하면서 완전한 삶이 무엇인지, 또한 인생이 무엇이며 어떻게 살아야 할지 가르쳐 주는 동시에 보다 고차적이며 정신적인 즐거움을 주는 예술이다.

그렇다면 오늘날 우리가 받아들이고 있는 소위 베스트 셀러들은 과연 베스트 셀러라는 이름에 값을 하는가. 더욱이 베스트 셀러가 출판사나 매스컴, 심지어는 작가에 의해 조작되기도 한다니 실로 한심한 노릇이 아닐 수 없다.

우리 시대의 베스트 셀러는 현실을 안이하게 생각하지 않고 새로운 인간상을 창조하거나 삶의 지표를 제시하며, 진정한 카타르시스를 행할 수 있는 작품이어야 한다. 이러한 작품들이 베스트 셀러가 되어 많은 사람들에게 읽힐 때, 그 문학은 우리의 심령에 작용하여 인간의 근원적인 힘이 될 것이다. 또한 진정한 베스트 셀러를 접함으로써 우리는 문학 작품으로부터 즐거움을 얻고 인생의 진리를 체득할 수 있을 것이다.

나의 **인생**을 바꾼 한 권의 **책**

한 구절의 금언이나 어느 명사의 강연 내용 중 한 토막, 나아가 한 권의 책이 사람에 따라서는 그 인생의 방향을 바꾸어 놓을 수가 있다는 이야기를 어려서부터 수없이 많이 들어온 나다. 그때마다 나는 아마 그럴 수도 있겠지 하는 막연한 개연성을 지닌 채 살아왔다. 실제로 누가 나에게 너의 인생을 바꾸어 놓은 책이나 경구가 무엇인가 물어 올 때마다 나는 매우 당황하지 않을 수가 없었다. 왜냐하면 아무리 되씹어 생각해 봐도 나의 기억 속에 그 같은 결정적 계기를 만들어 준 책이나 경구가 떠오르지 않았기 때문이다. 이는 나 스스로가 선천적으로 남보다 둔감한 위인이라서 그러한지, 아니면 내 자신의 생애가 지극히 평범한 길만을 추구해 온 탓에 그러한 계기를 맞을 기회가 상실되었기 때문인가? 아직도 이것을 스스로 진단해내지를 못하고 있는 실정이다.

그런데 이번에 월간 『어머니』에서 또다시 나에게 이 같은 내용의 글을 써달라는 청탁이 왔다. 청탁서를 받아들고 아무리 생각해 봐도 내 인생을 살찌게 한 책은 많이 있을지언정 결정적으로 나의 삶을 바꾼 책이 없음에야 어찌하랴? 따라서 이 글에서는 면책을 겸해서 나의 인생에 크나큰 양식을 제공해 준 책들 중의 하나인 임어당의 『생활의 발견』을 소개한다.

중국이 낳은 세계적인 석학 임어당(林語堂)은 이 책 속에서 우리가 추구해 나가야 할 가치있는 삶에 대하여 담담한 필체로 심도 있게 서술해 놓았다.

총 14장으로 나누어 인생론을 다양한 각도에서 조명하고 있는 이 책의 내용은 우리가 일상 생활 속에서 흔히 간과해 버리기 쉬운 소박한 진리를 날카로운 필치로 파헤치고 있다는 데 특징이 있다.

그렇기 때문에 이 책을 독파하고 난 뒤 나는 한때 잠시나마 내가 걸어온 자취를 더듬어서 현재의 위치를 확인하고 나아가 미래를 설계하는 데 큰 도움이 되었던 것으로 기억된다. 따라서 이 책은 지금도 나의 서가 한편에 빛바랜 모습으로 단정히 꽂혀 있어 가끔 펼쳐 다시 음미해 보기도 한다.

이 책에 수록된 그 수많은 인생론 중에서 임의로 한두 구절 뽑아 보면 다음과 같다.

자연의 대도(大道)에 있어서는 영구적 우위(永久的 優位)에 있는 자도 없고 일평생 머리를 쳐들지 못하는 바보도 없다는 것을 알면 당연한 결론으로서 인생엔 아무것도 서로 다른 것이 없다는 것이 된다.

— 제5장 누가 인생을 가장 즐길 수 있는가? 중에서

인생의 목적은 무엇이냐 하는 것이지 무엇이어야 하는 것은 아니다. 따라서 실제 문제이지 형이상학적인 문제는 아니다. 인생의 목적

은 무엇이어야 하느냐 하는 문제가 되고 보면 누구나 다 자기 생각이
나 자기가 생각하는 가치 판단을 끄집어낼 수가 있다. 〔…중략…〕 여
기 인생이라는 것이 있다. 그것만으로 족하다. 이렇게 생각하면 문제
는 너무나도 간단하게 되어 두 가지 상반되는 대답이 나올 여지가 없
다. 다만 하나만으로 족하게 된다. 즉 인생을 즐긴다는 것 외에 인생
에 무슨 목적이 있겠는가?'

— 제6장 인생의 향연 중에서

여기서 보다시피 그는 인생에 대하여 긍정적인 가치관을 가지고 있
음을 알 수 있거니와 이러한 그의 관점은 책에 수록된 글 전체에 일관
해 있다. 우리 인생의 경로를 즐거움으로 귀착시키고 있는 그의 낙관
론은 오늘날 환경 보호론자들이 담배는 매연 공해의 차원에서 추방되
어야 한다고 떠들어대고 있지만, 그의 「연초론」을 읽어 보면 그 담배가
우리에게 있어 해롭지만은 않은 것이라는 사실도 알려 주고 있다(비록
그는 담배의 끽연을 권장하고 있지는 않지만……).

결국 이 한 권의 책은 우리네 인생의 방향을 바꾸어 준다고 장담할
수는 없지만, 우리의 정신 생활을 보다 풍요롭고 윤택하게 하여 주는
양서임에는 틀림이 없다.

예술부흥론

불전인 『비유경』에는 몸은 하나인데 머리가 두 개인 바로나(barona)라는 '쌍두(雙頭)의 짐승' 설화(說話)가 전해지고 있다.

히말라야 남쪽 기슭에 살고 있었다는 이 쌍두의 짐승은 두 개의 머리가 각각 서로 하루씩 교대해서 하나의 육체를 관리하며 살았다. 그러던 어느 날 한쪽의 머리가 쉬면서 생각하니 어쩐지 한없이 즐겁고 흐뭇한 기분이 들어 다음날 임무를 교대하면서 상대의 머리에게 어제는 어떤 일이 있었기에 내가 그렇게도 즐겁고 흐뭇했느냐고 이유를 물었다. 이에 대하여 깨어 임무를 수행했던 머리는 어제 하루 동안에 있었던 일을 소상히 설명해 주었다.

그 내용인즉, 어제는 하루 종일 운이 좋아서 맛있는 음식과 푸짐한 고기를 포식할 수 있었는데, 그것을 먹는 순간, 쉬고 있는 자네를 깨워 함께 먹을까도 생각했지만 두 개의 입으로 먹어 봐야 결국 하나의 몸통과 두 개의 머리에 고루 영양이 주어지기 때문에 나 혼자 포식을 하였을 뿐인데, 아마도 그 때문에 자네가 즐거웠고 흐뭇했는지 모르겠다는 것이었다.

이처럼 두 개의 입으로 먹어도 하나의 위 속에서 수용되어 소화된다면 결과는 마찬가지가 아니겠느냐는 것이 임무를 수행했던 머리의 처음 생각이었다.

그러나 상황이 바뀜에 따라 그의 처음 생각은 바뀌게 되었다. 전날에 쉬었던 머리가 임무를 수행하는 다음날은 지극히 운이 좋지 않았다. 그날따라 좋은 음식과 고기는 고사하고 세 끼조차 갖추지 못하게 되었으므로 해질녘에는 대단히 시장끼가 들었다. 쉬고 있는 머리, 어제 포식했던 그 머리에게는 이제 어제의 너그러웠던 생각은 이미 사라지고 지금 자기를 굶기고 있는 머리가 얄미워지기 시작했다. 어떻게 하면 저 괘씸한 머리에게 보복할까 궁리하던 끝에 독약을 먹이면 틀림없이 복통을 일으키고 급기야는 죽을 것이라는 생각에까지 미치게 되었다. 상대 머리를 괴롭히기 위해서 독약을 마신 쌍두의 짐승은 결국 죽음에 이르고 말았다.

이처럼 이것은 우화성을 띤 한 편의 전래 설화에 불과하지만, 한편 오늘을 살아가는 우리들에게 있어서는 다분히 교육적 의미를 지니는 처세훈(處世訓)으로도 매우 중요한 가치를 지닌다.

외형상으로 볼 때 20세기를 살아가는 우리들은 지극히 풍요로움과 편리한 삶을 누리고 있음이 사실이다. 따라서 과학 만능 시대에 살고 있는 오늘날의 많은 사람들은 고도의 과학적 지식과 능력이라면 그 무엇이든지 이룰 수 있을 것이라는 과신 속에서 현실에 안주하고 있는 실정이다. 사실 의학 지식의 발전은 이제 인류의 질병 퇴치에 획기적인 공헌을 하여 마침내 생명의 연장을 도모하였고, 과학적 지식의 축적과 그 활용은 인류의 생활에서 불편함을 추방하고 생활의 여유를 찾게 되었다. 특히 이 중에서도 전자 기술과 항공 기술의 발달은 지구를 하나의 이웃으로 묶는 획기적인 성과를 거두게 되었다. 이는 진정 20세기를 살아가는 우리들에게 신이 내려준 축복의 상징이라 일컬을 만한 것이다.

하지만 이처럼 우리가 외형적으로는 풍요로움과 편리함을 만끽하고 있다고 하지만, 시각을 달리해 보면 거기에는 긍정적으로만 평가할 수 없는 요소들이 많이 있다. 즉 우리가 물질적으로 풍요를 누리고 기계적인 편리함을 누리고 있지만, 그에 반비례해서 인정과 사랑마저 점차 사물화되어 정신적으로 황폐화되어 간다는 사실이다. 사실 우리들의 가정과 사회에서 인정이 고갈되고 사랑마저 기능화되었다면 이는 진정 인류가 심각한 정신적인 장애에 봉착해 있음을 말해 주는 것이다. 따라서 그 같은 원인이 과학의 편향적인 발달에 있음을 상기할 때 문제는 더욱 심각해진다.

여기 새삼스레 말할 것도 없이 편향적인 과학의 발달은 우리의 사회 구조를 경쟁적인 양태로 변모시켜 놓고 말았다. 그 경쟁의 속성이란 '내 창고 속에 남보다 많은 것을 가두겠다는 것' 그러기 위해서는 '너의 사정이나 처지를 이해하기에 앞서 내 앞에 놓인 이익이 우선해야 한다'는 데 있는 것이다. 따라서 그 경쟁이란 필연적으로 불신과 증오를 낳기 마련이다. 오늘날 우리 사회에 팽배한 증오와 불신의 풍조는 다 이런 데에서 비롯되었다.

현대의 사회학자 D. 리스만이 『고독한 군중』에서 "현대인은 이미 인간성을 상실했기 때문에 가족 속에 있으면서도, 군중과 함께 하면서도, 사회 속에 생존하면서도 외로움과 소외감에 깊이 빠져 있다"고 지적한 바도 있지만, 이 같은 현대인의 병리 현상은 진정 경쟁의 사회가 빛은 필연적인 결과로 보아 틀림이 없다.

이렇게 볼 때 이 위기를 슬기롭고 신속하게 극복하는 길은 정신적 건강의 회복밖에 없다. 그 정신적 가치의 회복이 이루어질 때 인정과 사랑이 되살아나고 도덕성이 확립될 것이다.

그 길은 물질적인 풍요만을 추구하는 과학의 힘이 아닌 예술적 부흥에 의해서만 가능해진다. 왜냐하면 과학적 법칙, 곧 경쟁의 법칙은 예술이 지니는 법칙과는 그 출발 성격부터가 판이하게 다르기 때문이다. 인류 수복(人類壽福)의 척도를 오로지 물질적 경제적 부에 두고 있는 이 경쟁의 법칙은 허영심과 증오심을 유발하는 획일주의적인 정신에 근거하고 있다. 그렇기 때문에 거기에는 가짜 목적이 판을 치게 되고 따라서 거기에는 증오와 질투로 말미암아 빚어지는 경쟁적 타자와 인간 소외만이 남게 된다.

이와는 다르게 예술이 추구하는 법칙은 화해의 정신에 근거를 두고 있다. 그러기에 이 화해의 정신이 우리 사회에 충만해질 때 인정이 되살아나고 사랑이 꽃피워지기 마련이다. 일찍이 콜릿지가 "문학적인 상상력은 반대되는 것, 이질적인 것과 같다"고 갈파한 것도 화해, 즉 밸런스(Balance) 정신을 의미하는 것이다. 가령 '앵두 같은 입술'이란 비유적인 문장에서 볼 때 분명 앵두는 식물성이요, 입술은 동물성 유기물이므로 이 둘은 완전히 이질적인 것임을 우리는 알 수 있다. 하지만 비유라는 언어를 통하여 두 개의 사물이 동일시됨으로써 우리가 완전히 일체감(一體感)을 느끼게 되는 것이다. 또한 "하나의 모래 속에 우주가 있다. 하나의 꽃 속에 천국이 있다"고 읊은 브레이크의 시에서도 모래/우주꽃/천국의 모순된 언어의 연결을 발견할 수 있지만, 예술 세계에서는 이를 획일화하지 않고 그 모순마저도 그대로 받아들임으로써 화해의 묘를 이루고 있는 것이다.

이렇게 볼 때 경쟁의 법칙이 '너와 내가 어떻게 다르냐'를 추구함에

있다면, 예술의 법칙은 '나와 네가 어떻게 같으냐'에 가치 기준을 두고
있음을 알 수 있다. 따라서 모든 것을 획일화하고 독점화하려는 과학
만능의 사회에서 인간성을 회복하고 사랑을 꽃피우는 길은 오직 예술
의 부흥에서만 가능하다는 생각이 필자의 독단만은 아닐 것이다.

1990년대의 실록 역사소설

인간은 필연적으로 특정한 시간과 공간(시대와 사회) 속의 존재이다. 이러한 존재에 대한 탐색은 공간적으로 동일 시대, 다양한 계층들의 삶을 살펴보는 방법과 시간적으로 역사 속의 한 시대나 인물을 통해 현재 우리들의 인생을 살펴보는 방법이 있다. 80년대 소설의 사회학적 관심이 전자의 방법에 해당한다면 90년대의 대중의 인기를 얻고 있는 실록 역사소설은 후자의 방법에 속한다고 볼 수 있다.

80년대의 소설은 사회적 배경을 중시했다. 그들은 인간이 필연적으로 사회 제도의 제약에서 벗어날 수 없는 사회내적 존재라는 전제를 지니고 소설을 썼다. 소설 속의 주인공은 사회 제도의 모순과 갈등을 일으키며, 투쟁하는 인물로 획일화되어 갔다. 자아 탐구나 개인의 노력에 의해 성공을 하는 부류의 인간성 탐구의 작품들은 사회 제도의 모순에 의해 억압 받는 노동자, 농민 계층의 숙명적인 비극성을 완화시키기 위한 부르주아의 시각을 담고 있다거나 현실의 모순을 방조하는 용기 없는 것으로 백안시하였다. 그리하여 현대 사회 발전 과정에서 소외된 개인의 경제적 삶을 윤택하게 하고자 하는 의도로 시작되었던 80년대의 소설은 역설적으로 인간성의 상실을 가져오고 말았다.

이러한 시대의 연장선상에 90년대의 실록 역사소설이 위치하고 있다. 90년대에 실록 역사소설이 대두하게 된 것은 작품의 양적 팽창과 독자들의 선호도가 상승 작용을 한 결과이다. 작가는 현실에 대한 관심과 상상력을 바탕으로 한 탁월한 직관으로 실록 역사소설에 관심을 기울이고 있다. 대개 두 권 이상의 장편으로 된 90년대의 실록 역사소설은 사회적 관심이 주류를 이루던 80년대에 구상되었으며, 그 동안 고증 등을 위한 자료 수집과 창작 과정을 거쳐 90년대에 나온 것들이다. 반면에 독자들은 현실에 대한 비판을 중심으로 전개된 80년대 소설에 관심을 가지다가 부분적으로 경제적 문제 해결의 성과와 함께 90년대에 접어들어 취향의 변화를 가져와서 실록 역사소설에 관심을 지니게 되었다.

1990년에 간행된 이은성의 『소설 동의보감』은 실록 역사소설로서 대중적 인기를 얻어 소설 부문 전국 베스트 셀러 1위를 차지하게 되었다. 이후에 나온 공주 용화사의 한 스님이 수십 년간 수집해서 제공한 자료를 바탕으로 쓴 이재운의 『소설 토정비결』이 베스트 셀러 1위를 이어받았으며, 1992년 7월에 나온 황인경의 『소설 목민심서』도 역시 베스트 셀러에 올랐다. 중견작가 이문구의 『매월당 김시습』, 강신재의 『혜경궁 홍씨』, 전주한의 『연산군 이야기』까지 나와 90년대 소설계는 실록 역사소설의 전성기를 맞이하였다.

『소설 동의보감』은 의사를 선호하던 당대의 대중적 취향이 약간 가미된 상태에서의 인기 상승이라는 요소도 있었으나 사회 부조리에 항거하여 모든 역경을 물리치고 부조리를 일소하는 인간적인 모습과 자신의 직업을 천직으로 알고 최선을 다하는 인간의 아름다움에 대한 인기가 주류를 이루었다. 이는 80년대의 작품들이 자신의 권익을 위해 파업을 하는 등으로 이익을 위해 투쟁하는 동안에 노동과 직업에 대한 자부심을 상실했다는 단점을 보강해 주는 것이었다. 80년대 문학의 단점에 대한 대안의 제시라는 점에서 90년대의 역사소설의 위상이 확보될 수 있었다.

그러면 90년대의 역사소설은 어떻게 보아야 할 것이며, 그 공과는 어떠한가?

모든 역사는 현재를 위한 역사이다. 역사소설에서 지니고 있는 역사 인식도 이러한 범주내에서 이루어지는 것이다. 따라서 역사소설을 읽기 전에 독자는 그 작품이 언제 쓰여졌는가 하는 점을 염두에 두어야 할 것이다. 역사소설은 당대의 시대상을 현재와 비슷했다고 생각되는 과거에서 찾고자 하는 의도가 담겨 있기 때문이다. 다른 하나의 소재를 역사에서 취할 때 그 배경에는 현실에 대한 불만과 그에 대한 비판이 담긴다는 점이다. 이는 가치관의 혼란기에 있는 당대에 비교적 평가가 끝난 현재와 비슷한 과거를 빌어 그 속에서 현재의 잘못을 객관적으로 지적하고자 하는 의도를 담고 있다.

90년대에 나온 실록 역사소설들의 특성은 지식인 계층을 주인공으로 삼은 작품들이 많다는 점이다. 이는 백성들이 현실에 대한 불만을 품고 있던 70년대의 작품들이 홍길동이나 임꺽정 등 의적을 소재로 했던 것과는 구분이 되고 있다. 70년대에 작품들이 부정 부패를 척결한 의적의 출현을 기대하는 보상 심리의 소산이었다면, 90년대의 작품들은 지식인들의 각성을 촉구하는 심리를 담고 있다는 특성을 지니고 있다. 이들 작품이 선호하는 지식인들은 청렴 결백하고, 세상의 권세나 이익에 거리를 두며, 민중에 대한 한없는 애정을 지닌 이상주의적 인간이다. 그리고 독자들도 그러한 인물의 출현을 기대하고 있음을 인기도로써 보여주고 있는 것이다. 그러한 소설들의 인기는 탁월한 현실 인식에서 연유한다.

여보게, 서기. 농부는 임금의 마음을 가지고 있어야 하네. 저 수수 한 그루, 감자 한 포기, 고추 하나가 다 백성이라고 생각하게. 매운 백성도 있고, 신 백성도 있다네. 모래를 좋아하는 백성도 있고, 진흙 을 좋아하는 백성도 있다네. 이렇게 백성이 원하는 것은 다 다르다 네. 그렇지만 이들은 알맞은 땅에 뿌리 박게 한 뒤 그저 물을 듬뿍 주 고 거름만 충분히 주면 저희들끼리 알아서 잘 자란다네. 내가 생각하 기로 임금도 농부의 마음으로 백성의 마음밭을 갈아만 간다면 저절 로 태평 성대가 이루어질 걸세.

—『소설 토정비결 上』, p.77

한때는 선량했던 양민이 산적으로 전락해 간 내력을 들으며 약용 의 마음은 더없이 착잡했다. 산 속에 숨어서 길 가는 양민을 노리는 그의 행위를 어느 누가 당당하게 죄악이라고 말할 수 있을지 의심스 러웠다. 굳이 그 책임을 묻자면 토색질을 일삼는 고을 수령이거나, 아니면 그 수령을 임명한 임금이거나, 그것도 아니면 임금을 올바로 보필하지 못한 조정 대신이라고나 할까

—『소설 목민심서 1』, p. 271

역사상으로 보아 어느 한 시점의 이러한 이야기들을 보면서 독자들 은 어쩌면 이렇게 현실과 역사 속의 시대가 똑같을까 하는 생각을 지 니게 됨으로써 역사소설을 단순한 호기심의 대상으로서가 아니라 현 실에 대한 불만의 대리 충족을 해줄 수 있는 대상으로 보게 된다. 역사 소설의 인기는 이러한 현실 인식을 바탕으로 하고 있기 때문에 유지될

수 있는 것이다. 현실에 대한 불만을 담고 있다는 점에서 실록 역사소설의 작가와 독자들도 80년대의 민중문학의 작가와 독자들과 동일 선상에 놓일 수 있다.

90년대의 역사소설은 80년대를 겪으면서 느꼈던 가치관의 혼란기에 대응하여, 가치관의 정립을 위해 노력하고 있다는 점에서 높이 평가받을 수 있다. 그리고 현실을 보는 안목을 역사상의 시점으로까지 옮겨 현실 인식의 깊이를 더해 주고, 현실의 문제점을 감정적으로 대응하지 않고 객관화해 가는 장점도 지니고 있다.

그러나 90년대의 역사소설은 몇 가지의 단점도 지니고 있다.

첫째는 주인공을 저명 인물로 택함으로써 역사적 사실을 중시하고 작가적 상상력의 개입 영역을 축소시켰다는 점이다. 이는 독자들이 예측할 수 있는 플롯으로 전개할 수밖에 없다는 단점을 지닌다. 또한 현실을 보는 시점을 객관화하기 어렵다는 단점도 지니고 있다. 당대의 한 인물은 나름대로의 인생관과 세계관을 지니고 있다. 그러나 그 자체가 소설이 될 수는 없다. 거기에는 작가의 인생관과 세계관이 담겨야 하는 것이다. 90년대의 역사소설들은 저명한 인물을 주인공으로 택함으로써 그들의 인생관과 세계관에 대한 천착에 한계를 지니고 있다. 따라서 작가들은 이러한 한계를 인식해야 할 것이다.

둘째는 인기에 영합하는 방향으로 나아갈 가능성이 많다는 점이다. 현대인의 체험보다는 역사상의 소재를 택할 때 더욱 극적인 효과를 거둘 수 있는 소지가 풍부하다. 이는 독자의 인기를 유발하고, 다시 작가들이 독자의 인기에 영합할 가능성이 있다. 1930년대의 역사소설이 그랬고, 지금까지의 역사소설이 주로 그 한계를 극복하지 못했음을 염두에 두어야 할 것이다.

셋째 작가의 상상력과 역사적 사실의 혼란을 가져올 수 있다는 점이다. 역사소설도 역사를 왜곡시킬 수는 없지만 기록에 남아 있지 않는 부분은 작가의 상상력으로 메울 수 있다는 점이 소설가의 특권이다. 그러나 독자들은 이 모두를 사실로 믿을 수 있다는 점을 작가는 인식해야 할 것이다. 이는 작가의 문제라기보다는 독자의 인식의 문제이기도 하다.

향토 문화제에 대한 반성

다소의 예외는 있지만 매년 가을이 되면 거의 전국 각지에서 각종의 향토 문화제가 개최된다. 이러한 문화제는 우리의 전통 문화를 보존 계승하고 그 지역 주민들이 화합 단결할 수 있는 놀이 마당이라는 점에서 그 문화 제전이 지닌 의미는 실로 크다고 할 수 있다. 이제 우리 고장에서도 다양한 향토 문화 행사가 화려하게 막을 올리면서 지역 주민들에게 자기 지역 향토 문화의 실상을 보여줌과 동시에 축제의 한마당을 마련하게 될 것이다.

이러한 향토 문화제는 우리의 유구한 역사와 자연적 풍토 속에서 연원하고 있는 뿌리 깊은 민족 축전이기도 하다. 실로 우리 민족은 고래로 제천 의식을 행하여 왔으려니와, 이 제천 의식은 오늘날의 향토 문화제를 잉태한 모태이기도 한 것이다. 이처럼 향토 문화제는 그 지역의 전승 문화를 발굴 소개하고 지역민의 공동체 의식을 조성할 뿐만 아니라 넓게는 민족적 연원을 지닌 전통적인 전승 축전이라는 점에서 앞으로도 지속적으로 발전되어야 할 것이다.

그러나 근자에 각 지역에서 거행되고 있는 향토 문화 행사는 그 성격이나 내용면에서 다소 개선 보완해야 될 점이 있는 것이 사실이다. 우선 향토 문화제는 역사성이 있고 그 지방의 특색을 잘 보이줄 수 있는 행사 종목을 발굴하고 이를 전승시키는 데 행사의 역점을 두어야 할 것이다. 매년 되풀이되는 행사나 어느 지방의 향토 문화제에서나 ○○ 아가씨 선발 등 흔히 등장하는 행사 종목으로 문화제가 개최되는 것은 향토 문화 행사로서의 묘미가 적을 수밖에 없다. 특히 향토 문화제가 향토 · 문화 · 예술의 계승 발전이라는 기본 성격에서 벗어나 변질적이고 전시적인 행사 내용으로 이루어져서는 안 될 것이다.

이런 점에서 향토 문화 행사는 그 지역의 전통적 기반에 바탕을 둔 고유한 민속 놀이 등을 주축으로 하여 이루어지는 것이 보다 바람직하다고 하겠다. 이처럼 향토 문화제가 그 지역의 전통성과 고유성을 중심으로 진행될 때 이 문화 행사는 향토적 체취를 풍기게 될 것이며, 그 지역민들이 동질감과 유대감을 확인할 수 있는 진정한 향토 제전이 될 것이다.

또한 향토 문화제는 그 지역민들이 자발적으로 참여하고 신명을 발산하며 화합 단결할 수 있는 향토 축전으로 육성 발전되어야 할 것이다. 이를 위해서는 이 문화 행사가 행정력에 의해서 주로 중고생들을 동원해서 이루어지는 행사가 아니라 그 지역 주민들은 물론 출향 인사들까지 동참하여 즐기는 주민들의 축제로 정착되어야 함은 물론이다.

축제는 기본적으로 놀이와 연관을 맺고 있다. 일상적인 삶에서 잠시 벗어나 춤과 노래의 흥겨움을 맛볼 수 있는 것이 바로 축제다. 따라서 향토 문화 행사가 축제다운 축제가 되기 위해서는 놀이로서의 즐거움을 만끽할 수 있는 행사가 되어야 할 것이다.

이와 같은 축제적인 향토 문화 행사는 그 지역 주민들의 자발적인 참

향토 문화제 중 하나인 청도군의 소싸움대회.

여 없이는 불가능하다. 그리고 지역민들의 자발적인 참여가 이루어지지 않을 때 협동과 단결은 기대할 수 없으며, 이러한 것이 불가능한 행사는 결코 축제라고 할 수 없을 것이다. 따라서 향토 문화 행사를 그 지역 주민들이 신명을 발산할 수 있는 진정한 지역 축제로 승화 발전시키기 위해서는 지역민들이 스스로 이 행사에 참여하고 즐길 수 있는 방안을 강구해야 할 것이다. 행정력에 의해 인위적으로 계획된 문화 행사는 의타심만 조장할 뿐 축제적 분위기를 결코 만들어낼 수 없기 때문이다.

향토 문화제는 그 지역에 거주하는 주민들의 단합을 도모할 뿐만 아니라 그 지역의 전승 문화에 대한 자긍심을 높여 주어 지역민들의 애향심을 고취하는 데에도 일익을 담당할 수 있다. 또한 그 지역 주민들과 그곳에 뿌리를 둔 출향 인사들이 이 향토 문화 행사에 자발적이고 적극적으로 참여함으로써 자신이 태어나고 성장하고 생활하고 있는 지역에 대한 강한 애착과 귀속감을 느끼게 될 것이다. 그리고 이러한 지역민의 단합과 그 지역에 대한 주민들의 자긍심과 애향심은 그 지역 발전의 원동력으로 작용하게 될 것이다.

이와 같이 향토 문화 행사는 그 지역의 고유한 전승 문화를 보존 계승하고 아울러 그 지역 사회 발전의 원천이 될 수 있을 것이다. 따라서 이 문화 행사가 보다 육성 발전할 수 있도록 관은 물론 그 지역 주민 모두가 노력해야 할 것이다.

전통 예술과 조화 이룬 성자의 생애

— 창극 『소태산(少太山)』을 보고

소태산 대종사 탄생 백 주년 기념으로 마련된 창극 『소태산』을 관람할 기회를 가졌다. 2년 전에도 『개벽의 북소리』를 관람한 바 있었기에, 필자처럼 원불교에 대한 깊은 이해를 갖고 있지 못한 사람으로서 소태산이라는 큰 인물을 두 번이나 만났다는 것은 매우 감명 깊은 일이라 하겠다. 더구나 이번 관람에서는 지난번에 관람한 『개벽의 북소리』와는 또 다른 차원에서 진하게 스며오는 큰 감동을 만날 수 있었다.

이번 무대에 오른 창극 『소태산』은 19세기 말엽, 은혜와 개벽의 주세 성자로 어둠 속에서 인류에게 등불을 높이 밝힌 소태산(少太山) 대종사(大宗師)의 탄생과 구도, 대각과 열반까지의 전생애를 창극화한 작품이다.

원불교는 일제 초기 혼란한 시대에 자생한 신흥 종교로 출발하여, 이제 가장 활발하게 발전하고 있는 민족 종교의 하나임을 우리는 잘 알

 3부 예술과 삶의 여울목

고 있다. 이러한 원불교가 대종사 탄생 1백 주년을 맞이하여 의욕적인 창극 제작과 공연을 기획 시도한 것은 일차적으로 원불교의 근본 진리를 전달하고 민족, 세계 종교로서 발전의 계기를 새롭게 마련하자는 데에 그 의미가 있다 하겠다. 그러나 이번의 공연은 단순한 종교의 포교적 차원이 아닌 그것을 훨씬 뛰어넘는다. 즉 종래의 소위 창극투를 벗어나 종교와 합창과 군무를 최대한 활용하여 무대 미학을 살린 작품으로 원불교 예술문화에 한 획을 긋는 뜻깊은 공연이었다.

따라서 창극『소태산』의 공연은 종교와 예술이 새로운 차원에서 만날 수 있는 가능성을 확인시킨 계기가 되었으며, 오늘날 한국 종교가 나아가야 할 방향까지 깊이 생각할 기회를 부여했다는 점에서 또 하나의 중요한 의미를 갖는다 하겠다.

극은 우리가 인간 상황, 인간 관계를 즐길 수 있는 가장 구체적인 예술 형식이기 때문에, 관객은 실제로 해당 상황 속으로 뛰어가서 그 상황과 직접 대면한다. 즉, 관객은 배우들과 함께 무대 위의 행위를 생생하게 경험한다. 이러한 상황의 체험 속에서 관객은 집단적 반응 혹은 교감이 조성되는 현상을 느끼게 된다. 이는 관객석에서 느끼는 집단 심리로써 무대 위에서 벌어지는 사건을 보는 동안 관객은 모든 사회적 지위, 직업을 초월하여 공동 운명체의 동지가 되며 무한한 집단적 유대감을 느낀다. 따라서 종교 행위에는 극이라는 수단에 의한 관념의 세계나 초월적 존재에 대한 형상화 작업이 끊임없이 가해지게 된다.

원래 종교의 세계는 대체로 비일상적인 수도 생활과 초월적 세계에의 도달을 지향하게 마련이다. 그래서 종교의 세계는 일상적 삶의 수준과 사고와 괴리가 생길 수밖에 없기 때문에, 이 양자의 거리를 좁힐 수 있는 끊임없는 노력이 필요하다. 더욱이 종교가 대중성을 확보하고 민중 종교이기를 지향하고자 할 때 집단적 유대감을 고무시킬 극의 형식이 가장 적절한 수단이 될 수 있다. 이는 무엇보다도 종교와 일반 대중을 결속시키는 데에 있어서 가장 적절한 표현 매체가 극형식이기 때문이다.

이러한 의미에서 볼 때, 이번의 창극『소태산』은 전기극 형태의 창극으로서 종교와 예술적 공감을 가장 폭넓게 획득할 수 있었던 작품으로 평가할 수 있다.

이 창극은 1, 2부로 나누어 전 20장으로 구성되고, 예회의 형식을 빌어 독창에 중견 국악인인 신영희 씨와 해설에 정태환 씨가 무대의 양편에서 관객들의 이해를 돕고, 극의 흐름을 이끌어 가며, 합창과 군무를 조화시켜 나가고 있다.

우선, 이 극이 민중적 공감을 폭넓게 획득할 수 있었던 요인은 한국의 전통적인 소리와 춤으로 구성되었다는 점이다. 창극은 한국인의 음악적 감각, 일상적 정서, 민중 의식 등 한국인의 공감을 가장 깊숙이 흔들 수 있는 표현 매체라고 할 수 있다. 특히 전기극과 종래의 창극에서 범하기 쉬운 편협성과 단조로움을 극복하고, 주인공의 내적 갈등이나 세부 묘사에 세심한 배려와 중점을 두어 무대와 인물극 구성 등을 총체적인 앙상블 속에서 이루어낸 연출가의 노력이 돋보인다. 이 극은 연출가 손진책 씨의 말대로 이성적인 전달, 솔직한 표현에 주력하면서 합창과 군무를 최대한 활용함으로써 무대적 미학을 살리고 있다. 따라서 종래의 창극투를 벗어나 대사와 연기가 강조되었으며, 판소리 기능자와 현대극 기능자를 조화시키고 있다.

이 극은 우리 전통극 형식인 마당극과 그 맥을 같이하고 있다. 극중에서, 천둥처럼 폭발하고 혹은 폭풍처럼 몰아치며, 때로는 숨막힐 듯 힘있게 뻗쳐 올리는 소리는 단순히 해학적인 면을 강조하는 마당극과는 달리 관객에게 깊고도 넓은 공감의 폭을 가져다 주고 있다. 특히 소태산 대종사의 역을 맡은 조상현 명창의 탁월한 가창력과 연기의 조화는 성자적인 장엄성을 표현하는 데 조금도 미흡함이 없었다. 소태산

 3부 예술과 삶의 여울목

대종사의 일생 가운데 가장 장엄한 면모들이 소리와 춤으로 공연장을 뒤흔들 때 관객들의 유감 없는 박수 갈채는 이 작품의 대단한 성공을 대변하는 듯했다.

소태산 대종사는 19세기 말 평범한 농부의 아들로 태어나 어려서부터 자연 현상과 인생에 대해 의문을 품고 20여 년의 구도 고행 끝에 스스로 대각을 이룬다.

흔히 종교는 삶의 현실 속에서 진리를 추구하기보다는 비일상적인 초월의 세계에 도달하고자 하는 지향심을 갖기 때문에 관념적, 초월적이라고 할 수 있다. 그러나 소태산 대종사는 대각 후 '물질이 개벽되니 정신을 개벽하자'고 외치며 제자들과 저축 조합을 설립하고, 바다를 막아 논을 만들고, 인류 구제를 위한 기도로 진리의 인증을 받아 새 회상을 창립하였다. 또한 일제의 온갖 핍박 속에서도 새로운 문명 세계 건설에 대한 희망을 제시하고 교화·교육·자선 사업을 진흥시키며 중생 교화에 헌신하다가 열반하였다.

이렇게 바다에 둑을 쌓아 갯벌을 옥토로 만드는 방언 공사나, 총부 건설 후 낮에는 밭을 갈고 밤에는 공부하며, 산업을 진흥시키는 일은 어느 종교에서도 찾을 수 없는 삶에 밀착된 생활 종교로서의 진면목을 보인다. 그리고 대종사가 열반을 결심하고, 제자들이 모인 자리에서

솔성요론 중 제 3조인 "사람만 믿지 말고 그 법을 믿을 것이요"라는 것을 제 1조로 바꾸라고 명령하였다. 이 당시 제자들은 그 뜻을 알 수 없었으나, 대종사께서 열반한 후에 깨우치게 되었다. 즉 이 뜻은 소태산이라는 대종사 한 사람만을 믿지 말고 대종사님이 펼친 법을 믿으라는 것이다. 여기에서 우리는 오늘날의 종교가 그 진리보다도 교조에의 믿음으로 집착하는 모습을 종종 보아 왔는데, 이를 일깨워 주고 있음을 쉽게 알 수 있다.

이러한 소태산 대종사의 생애에 대한 창극화는 한국의 종교, 특히 민족 종교의 나아가야 할 방향이 어디인가를 깊이 있게 생각케 하는 계기를 제공해 주었다. 즉, 원불교가 민중 종교로서 삶과 밀착되어 그 진리를 전개한다는 점이다. 이와 같은 점이 무대 위에 직접적으로 표현되지 않았다 하더라도 관객은 말로 표현되지 않은 말, 배후에 있는 행위를 체험하게 된다. 말해지지 않은 것은 극에 있어서 행위이자, 동시에 성격 묘사로서 말해진 것만큼이나 중요하다. 그러므로 필자와 같은 비교도(非敎徒)들까지도 이 극을 통해 원불교의 근본 진리를 전달 받을 수 있었던 것이다. 그래서 관객이 기대하는 것은 극중의 말이 아니라 말이 행해지는 상황이라고 할 수 있다.

그리고, 민족·민중 종교인 원불교 대중사의 일대기를 서구적인 연극 형태가 아닌 민족극, 전통극인 창극의 형식으로 표현했다는 점은 한국 종교의 극예술화에 새로운 가능성을 제시했으며, 대종사의 일대기와 원불교의 원리에 적절한 것이었다고 할 수 있다. 우리의 전통극은 서민 예술 내지 민중 예술의 일환으로 발전된 것이다. 17·8세기에 본격적으로 발전하기 시작했던 우리 전통극은 당시 민중의 삶과 자유를 억누르는 온갖 비민중 세력과의 투쟁 과정, 나날의 고달픈 생활과 갈등 속에서 싹트고 자라게 되었다. 즉, 전통극은 과거의 낡은 의식에 대치될 만한 새로운 가치와 질서에 대한 진지한 모색이었다. 그러나 오늘날의 연극들은 대개 전통극을 바탕으로 한 창조적인 연극으로서의 승화력이 결핍되어 있음을 흔히 볼 수 있다. 이렇게 볼 때, 소태산 대종사의 전기를 창극화하여 종교극의 새 형태를 창출한 것은 매우 가치있는 일이라 아니할 수 없다.

결국, 이번의 창극『소태산』은 종교가 소리와 춤을 통하여 예술적으로 승화될 수 있는 가능성과 방법을 여실히 보여주었다고 할 수 있다.

원래의 종교는 예술과 별개의 것이 아니었다. 그리고 과거의 전통 종교들이 포교와 그 명맥을 유지하기 위해 끊임없이 강창(講唱)과 연극으로 꾸며져 왔다. 그 결과로 종교적인 이념을 이해시켜 믿게 하거나, 혹은 그 이념을 벗어나 관객에게 삶의 교훈을 부담감 없이 제공해 왔던 것이다. 이러한 측면에서 볼 때, 창극『소태산』은 종교가 일반인의 예술 감각에 깊이 녹아들어 그 구체적인 의미를 전달시킬 수 있었다고 본다. 특히 이번 공연은 아직도 정착되지 않은 현대적 감각의 창극이라는 형식임에도 불구하고 종교와 사상적 기반을 토대로 하여 완결된 창극의 가능성을 보였다는 점에서 앞으로 한국의 창극 발전에 한 디딤돌이 되지 않았나 생각한다. 더불어 일제 강점기라는 혼란한 시대에 역경 끝에 대각을 이루고, 한국의 새로운 신념체계와 가치 질서를 제시하여 우리 민족의 정신 문화의 기반이 된 소태산 대종사의 일대기를 창극화하여 국악 예술 문화의 진수를 펼쳐 보인 것은 한국 예술계에 값진 것이었다 하겠다.

끝으로, 중견 국악인 신영희 씨의 독창과 소년 대종사 역의 김성애 씨, 명창 조상현 씨 등이 열연한 창극『소태산』은 국악인과 현대 연극인이 한 목소리로 앙상불을 이루어내 새로운 극예술의 가능성을 제시해 줬다는 점에서 그 의미가 매우 컸다고 본다.

가락으로 읊조린 조국애

필자는 전국 국립대학 신문사 주간 교수 해외 학술 교류단의 일원으로 소련을 10일간 방문할 기회를 가졌다. 닫힌 세계에 대한 호기심을 갖고 소련을 방문하게 된 필자에게는 그곳에 살고 있는 교민들의 생활상과 특히 동포 문인들의 활동 상황이 어떠한가에 대한 탐색도 여행의 부수적인 목적으로 꽤나 기대가 되었다.

다행히 필자의 이번 여행 일정에는 모스크바, 레닌그라드뿐만 아니라 우즈백 공화국의 타시켄트와 카자흐 공화국의 알마아따 방문도 포함되었다. 그 중 타시켄트와 알마아따를 방문하게 된 것은 필자에게는 커다란 행운이 아닐 수 없었다. 왜냐하면, 이 두 지역은 30여만의 한민족(韓民族 : 高麗族)이 살고 있는 곳이기 때문이다. 이들은 1937년 스탈린의 소수민족 강제 이주 정책에 의해 시베리아 화이스트(far east)로부터 수십만의 민족이 갖은 고난의 역정을 겪으면서 그곳에 이주·정착했던 것이다. 따라서 그들의 생활상과 문화 활동 상황 등 가려진 우리 동포의 실상을 점검하는 것은 필자에게 가슴 벅찬 일이었다.

특히, 알마아따는 동포 문화의 중심지로서 한민족의 문화가 잘 보존, 계승되고 있을 뿐만 아니라, 『레닌기치』 신문(한국 교포 신문)의 기자들 중심으로 문학 활동도 활발히 전개되고 있었다. 필자는 현재 활동중인 작가 리진, 한진 등을 만나 오랜 시간 동안 그들의 입을 통해서 동포 문인들의 활동을 상세히 전해들을 수가 있었다. 현재 그곳에서 활동중인 대표적인 작가는 시(詩) 분야에 김광현, 량원식, 리진, 소설 분야에 송라브렌찌, 박미하일, 강낀리에따, 허진, 희곡과 소설 분야에 한지, 평론 분야에 박일, 시와 희곡 분야에 연성용 등이었다. 이들 중 주목할 만한 작가는 소위 3진이라고 일컬어지는 리진, 한진, 허진 세 사람이었다.

본고에서 필자는 이들 중 한진 시인을 중심으로 재소 동포 작가들의 작품 세계의 실상을 고찰하고자 한다. 이 결과로 재소 동포 작가들의 작품 수준이 어느 정도인지, 그들의 삶이 지향하는 바가 무엇인가가 어느 정도 밝혀질 것으로 기대한다.

제소 동포 작가들의 작품 세계를 살피기 전 먼저 시베리아 유이민(流移民)의 발생 배경과 이들의 작품을 어떠한 시각으로 고찰해야 할 것인가를 살펴보자.

일제의 조선 침탈이 본격화되면서 한층 확대 심화된 극심한 경제적 궁핍과 일제에의 완전한 정치적 예속이 이루어진 합방(1910)을 계기로 현저해진 정치적 탄압 등의 이유로 국내외 유랑민과 유이민이 대규모로 발생하였다. 국외 이주자들은 특히 만주, 시베리아로 일단 이주한 뒤에도 그곳에서 유랑의 악순환을 거듭해야 했다. 일제의 완전한 조선 식민지화에 따라 조선 농민은 급속히 분해되어 소작농·농업 노동자 혹은 화전민·도시 노동자로 전락하거나, 만주·시베리아 등지로 유랑길을 떠났다. 시베리아의 유이민은 이처럼 갈갈이 분해된 농민의 몰

락에서 발생된 것이다. 시베리아 조선인 이주의 특징적인 것은 그 유
이민의 출신지가 주로 관북(함경북도) 지방이라는 점이다. 그리고 조선
인의 시베리아 이주는 한국이 일제의 식민지로 완전히 전락한 정치적
계기를 이루는 한일합방(1910)에서 1921년까지 이루어졌으며, 특히
레닌 혁명의 혼란기(1918~1921)에 이르는 기간 동안에는 '러시아령의
극동이 점점 더 국제화되리라는 희망' 때문에 더욱 많은 조선인들이
그곳으로 이주하였다. 그러나 1922년 이후 극동 러시아령의 소비에트
화가 구체화되면서 일제의 국경 봉쇄가 극도로 삼엄해짐에 따라, 이
방면으로의 집단 이주는 사실상 불가능하였다.

제 나라 땅을 남에게 빼앗긴 채 남의 나라 땅에 얹혀 욕된 삶을 연명
해 가던 시베리아의 조선인들은 1937년에 전혀 연고가 없는 중앙 아시
아 파미르 고원에 근접한 타시켄트와 알마아따로 강제 이주되었다. 따
라서 그들의 문학도 한국 근대 유이민사의 비극적 단면에 초점을 맞추
어 해석되어야 한다고 판단된다. 그러나 오늘날 그곳에서 살며 작품
활동을 하는 세대는, 당대의 비참한 유이민의 삶을 체험하지 못한 유
이민의 제2세대라고 할 수 있다. 그러므로 그들이 현실적 삶을 어떻게
인식하는가 하는 몫도 그들의 작품 해석에서 놓쳐서는 안 될 부분이
다. 이러한 시각으로, 리진의 시를 살펴보기로 하자.

리진의 시집『해돌이』(알마아따 : 사수식출판사, 1989)를 중심으로 그
의 작품 세계를 탐색해 보자.

이 시집은 3부로 나뉘어져 있는데, 제1부는 '가르산시초에서'로 21
편의 시, 제2부는 '봄에도 가을에도'로 170편의 시, 제3부는 '이야기
시'로 6편의 시 등 197편의 작품이 실려 있다. 제1부는 창작 시기를 밝
히고 있지 않지만, 제2부는 1949년부터 1987년까지 40여 년간의 작품
이 창작 시기의 순서에 따라 편집되었으며, 제3부도 1961년부터 1982
년까지 쓰여진 작품들이 창작 시기에 따라 실려 있다.

원래 고향은 모태와 같은 것이어서 삶의 안락함과 편안함을 주는 공간이다. 따라서 유동의 삶을 영위하는 사람들에게 고향은 더욱 정신적 안식과 위안을 주는 체험적 생활 공간이 되는 것이다.

이른봄에
사시나무무늬로 덮인 하늘을
이 동네 아이들과 쳐다보며는
두고 온 우리 마을 우리 집 생각
아닙니다. 생각만이 아니랍니다.
파랑눈 아이들이, 눈을 감으면,
감장눈 아이들로 보인답니다.

—「이른봄에」 제2연

위 부분은 "파랑눈 아이들"과 "감장눈 아이들"을 대비시켜 고향에 대한 그리움을 표출시킨 것이다. 그 간절한 향수는 파란 눈의 러시아 아이들까지도 고향의 검정 눈을 가진 한국 아이들로 착각하는 환영을 만든다. 두고 온 마을, '우리 집'이 더욱 그리워지는 것은 긴 여로의 떠돌이 생활, 혹은 피곤한 노동의 고역으로부터 고달픈 봄을 편히 쉬게 하는 정신적 고향이기 때문이다.

소나무의 자라등에
　　귀를 대었다.
아련한 시절이
　　머리속에 되살아났다.
뒤산에서 그러안고 엿듣던
　　소나무의 노래,

소리개 날아도는
　　　하늘이 전하던 노래
단 한 노래도
　　　기억에는 바로 없으나
틀림없이
　　　수십수백가지였을 그 노래,
오늘 그러안은 찬 소나무는
　　　바람에 울뿐
옛애기도 노래도 없다.
　　　나도 늙어가는지?

— 「소나무노래」 제2연

　화자(話者)는 자신도 몰래 버릇처럼 외따로 높이 솟은 소나무에 다가가서 귀를 대었다(제1연). 그가 껍질이 자라등과 같이 거목이 된 소나무를 버릇처럼 반복해서 끌어안는 행위는 가슴 가장 깊숙한 곳에서 저미어 오는 고향에 대한 그리움 때문이다. 그러나 세월이 흘러 화자는 수십 수백 가지였을 고향의 노래에 대한 기억이 점차 희미해져 가고 있음을 안타까워한다. 고통스러운 이국(異國)의 삶 속에서 현실에 대한 좌절감을 고향의 노래로 무화(無化)시키기 위해, 오늘 소나무를 끌어안았지만, 소나무에서 풍기는 따스한 고향의 온기는 간 데 없고 냉기뿐이며, 옛 이야기도 노래도 없이 바람에 울 뿐이다. 그러나 화자는 그 고향의 노래를 "노래도 딸애더러/소나무에 귀를 대"고 "소나무가 얼마나 신비로운/얘기를 하는지" 들어보라고 한다. 여기에서 우리는 화자의 뿌리 뽑힌 유랑의 삶과 함께 고향을 후대에도 망각하지 말라는 준열한 게시의 음성을 내밀히 들을 수 있다.
　이러한 고향에 대한 향수는 '어머니'로 전이되기도 한다.

새물내 풍기는 깊은 산 상점에서
목인들의 태평스런 웃음소리 들으려니
나들이벌 한벌없이
때를 보내신
어머님 생각
갑자기 가슴에 뭉클

— 「이동상점에서」 마지막 연

어머니 그리운 생각
간절해지게 합니다.
〔…중략…〕
그러나 오늘
우연히
안해의 눈귀의
주름살에 눈길이 가자
어머님 생각 갑자기 더욱
가슴에 치밀어 올라

— 「어머님에게」에서

　현실적인 좌절이나 역경에 처하면 누구나 본능적으로 회귀하거나 도달하고자 하는 곳은 고향과 같은 어머니일 것이다. 위 시에서 화자는 깊은 산 상점에서 들은 목인들의 한가한 웃음소리에 어머니를 생각해내고 가슴이 뭉클하기도 하고, 아내 눈귀의 주름살에도 어머니를 발견해내고 그 그리움에 어찌할 바를 모른다. 화자가 사소한 사물에서도 쉽게 어머니를 찾는 것은 현실의 고통을 벗어나 편안한 안식처를 찾고

자 함이 그만큼 더 간절하기 때문이다.

　물론, 이들의 현실적 고통은 유랑과 강제 이주에서 비롯된 것이다.

　　그러나 절벽위에 거멓게 솟은
　　절벽의 계속 같은 저 산양들은
　　양떼들을 소리 없이 굽어들 본다
　　생각탓인지 잡혀가는 겨레를 보듯

— 「산양」 제3연

　"여름 한철을 살찌며 보낸 산"에서 양떼들은 눈보라와 추위에 몰려 "먼 호수가의 벌판으로" 몰려간다(제1연). 여기에서 '양떼들'은 말할 것도 없이 우리 겨레를 상징한다. 한민족은 시베리아의 극동에서 중앙 아시아의 벌판으로 쫓겨 온 것이다. 이와 같이 이 시는 국외 유이민의 비극적 삶의 노정을 형상화시키고 있다.

　이러한 비극적 삶의 노정 속에서 그들은 기쁨의 노래를 모두 잊고 산다.

　　어제 들은 옛 전설의 여운이
　　은근히 네 소리와 함께 부른다
　　동방의 다른 기슭에서 온
　　이 길손에게
　　가슴을
　　에는 노래를

　　나도 벌써부터 안다
　　어떤 노래나

다 즐겁지 않다는 것을,
어떤 기쁨이나
다 노래일 수도 없다는 것을.

—「검정종다리」 제5 · 6연

화자는 "동방의 다른 기슭에서 온" 절망스러운 유랑의 '길손'이다. 그는 검정 종다리의 노래에서 가슴을 에는 듯한 슬픈 노래를 발견하고, 현실의 어떤 노래나 기쁨도 즐겁지 않다는 절망감을 토로한다.

그러나 이들은 결코 그 절망에 빠져 몰락하지 않는다. 그들은 뿌리 뽑힌 채 남의 나라 땅에 얹혀 욕된 삶을 연명해 가면서도 어기찬 생명력으로 새 삶의 뿌리를 내리고 있다.

아니다. 정말 긴 뿌리의
덕이 아니다!
제 몸으로 모래를 세우겠다는
제 사명의 자각이
저 나무의 힘이다.
그래 자란다!

보라 저 떨기나무를
싹싸울이다!
한해에 한번 겨우 비가 내리는
마른 모래땅에서
저 할 일을 다한다.
싹싸울이다!

—「챠반의 노래」에서

이 시는 척박한 모래땅에 긴 뿌리를 박고 자라는 나무의 끈질긴 생명력을 찬양하고 있다. 화자는 나무의 이러한 생명력이 긴 뿌리의 덕이 아니라, 스스로의 자각과 힘에 의해 자란다고 인식한다. 이는 소수민족인 한민족이 마른 모래땅과 같은 황무지(원래 알마아따는 삭막한 모래땅이었다)에서도 쓰러지지 않고 사명의 자각과 제 할 일을 다해 튼튼히 뿌리를 내리고 있음을 암시한다. 그래서 화자는 작은 물방울 하나를 "힘을 합치면/굳은 돌에/구멍을 뚫고/모여서는 강을 이루어 소문 없이/세월을 벗삼아/기슭을 깍아세우는/물방울"(「물방울」에서)로 믿는다.

따라서 이들은 고통스러운 현실을 딛고 새로운 진전을 이룩해야겠다는 확고한 신념을 갖기에 이른다.

그는 새벽마다
가을갈이 둔덕찐 밭에 나서서,
맨 먼저 마르는
수림가의 둔덕진 밭에 나서서
땅의 맥을 짚듯이
한줌씩 흙을 부비며
봄을 기다린다.
뜨락또르를 내여몰
농작의 봄을 기다린다.
〔…중략…〕
삼대를 내려오며 삐째르의
굴뚝연기에 끄스려온 사람임에도
〈2만 5천명〉중 한 사람으로
그는 이 고장의 밭에 나섰다.

 3부 예술과 삶의 여울목

그 날부터
땅의 맥을 짚어왔다.
대를 이어 땅냄새를 맡아온
이 고장 농부들의 앞장에 서서.

—「땅의 주인」 제1 · 3연

오랫동안 기민(棄民)처럼 내동댕이쳐졌고, 척박한 땅에 강제로 이주되었지만, 그들은 그 고통의 세월 속에서도 끈질긴 생명력을 원천으로 하여 그만큼의 일정한 터전을 남의 땅에서 이룩해 놓은 것이다.

한편, 오늘날 재소 동포 작가들의 경우, 그들이 살아남기 위해서는 현실을 직시하면서 생활에 접근하며, 필연적으로 사회주의의 길을 가지 않을 수 없다. 따라서 그들은 사회주의의 이상을 자기 이상으로 하지 않을 수 없다. 사회주의에서 문학의 가장 높은 사명은 국민의 행복에 대해 봉사하는 것이다. 그래서 소련 작가들은 현실 생활의 모든 사상(事象)으로부터 노동 인민의 구제와 행복을 증대시키는 본질적인 문제를 묘사하고, 이를 국민에게 이익이 되는 방향으로 끌고 간다. 이러한 상황은 동포 작가들에게 사회적 입장을 결정할 것을 요구하게 된다. 이 시집의 여러 작품에서 이러한 문제들을 묘사하고 있음을 볼 수 있다.

리상과 빵을 잇는
뿌리 깊은
슬기—

—「악싸칼」에서

이 땅에 대한 나의 정

더 깊어졌다.
리성의 목소리가
          대 10월로 말하고
인간의 슬기와
          넋이 또다시
제 아픔을
          겁내지 않은 이 나라…….

—「20」에서

땀으로 다룬 땅이
          귀중하다면
피로 지킨 땅은
          곱절로 귀중하리.
아직은 풍작만의
          땅이 아닌 이 고장,
오늘도 이른새벽부터
          발동기소리…….

—「사그라진 탄피」에서

빵 하나만으로는
살 수 없다고
그 누가 말하였을 때
그가 바란것
곧 선이였다.

—「선을 행하라」 제1연

위에서 인용된 시들은 노동에 대한 찬미나 러시아인의 의욕과 정열을 나타내고 있다. 시 「20」에서 '20'은 1956년 2월 제220차 당대회를 의미하며, 「선을 행하라」에서 첫 두 귀절은 1956년 가을 러시아의 『신세계』지에 연재되어 오랫동안 베스트 셀러가 되었던 블라지미르 두진째프의 소설 「빵만으로는 살 수 없다」를 지칭한다.

이렇게 재소 동포 작가인 리진은 조선인의 고유한 영역을 지키면서도, 그의 작품에 당대 사회의 일반적인 시대 기운과 사고 방식을 표현하였으며 사회 내부의 전반적 경향을 드러내고 있다.

다음으로 한진의 희곡 세계를 살펴보자. 한진이 창작한 장막 희곡은 「의부어머니」(1964), 「고용병의 운명」(1967), 「량반전」(1972), 「봉이 김선달」(1974), 「어머니의 머리는 왜 세었나」(1976), 「산부처」(1979), 「토끼의 모험」(1981), 「너 먹고 나 먹고」(1983), 「폭발」(1985), 「나무를 흔들지 마라」(1987) 등이 있다. 이들 중 『한진희곡집』(알마아따 : 사수식 출판사, 1988)에 실린 작품은 「산부처」, 「의부어머니」, 「나무를 흔들지 마라」, 「토끼의 모험」 등 네 편이다. 위 희곡의 제목에서 알 수 있듯, 그의 희곡의 소재는 한국의 역사, 고전에서 취재한 것이 대부분이고, 그 외에도 한국인의 삶을 중심 무대로 하여 극화하였다.

「산부처」는 후삼국 시대 말기의 궁예를 중심으로 온당치 못한 이념과 행동, 이에 대항하여 그의 신하들이 그를 내쫓는 과정을 극화한 것이다. 3막 11장의 장막극인 이 극의 1막은 궁예가 량길을 불러들여 죽이고 스스로 왕이 되는 것으로 꾸며졌다. 제2막은 궁예가 넓은 영토와 큰 세력을 차지하게 되자 교만해지고 포악한 행동을 취하여 그의 부하 장수인 하이가 사랑했던, 간신 원회의 딸 옥화를 빼앗는 사건으로 구성되었다. 제3막에서는 궁예가 스스로 산부처라 칭하고 무고한 중과 백성, 신하를 마구 죽이는 등 포악한 행동이 극심해지자 백성들과 하이가 궁예를 몰아낸다.

　이 극은 작가가 밝히고 있듯이 "신채호 선생의 「일목대왕의 철퇴」를 참고 인용"하여 "력사와 전설과 허구의 산물"로 극화한 것이다.

　이와 같이 작가가 한국의 역사를 소재로 하여 희곡을 창작한 것은 이러한 작품의 공연을 통하여 재소 조선족에게 민족의 혼, 민족의 정신을 불러일으키고 민족사에 대한 인식을 되새기게 하는 자극제가 될 수 있도록 하기 위한 목적이었을 것이다. 그러면서도 이 작품은 악의 편은 역사의 심판을 받는다는 평범한 진리를 일깨우고 있다. 사실상 이 작품은 허구성이 별로 드러나지 않고 사실을 충실히 극화하고 있다. 다음 장면에서 이 작품이 의도하는 것이 무엇인지 명확히 드러난다.

　　하이 : (……) 백성들이여, 몹쓸 임금을 폐하고 어진 임금을 받드는 것이 정당한 일이오니 오늘 우리는 도탄에 빠진 나라를 구하기 위해 정의의 칼로 폭군을 명하였다. 오늘부터 삼년 동안 농민들에게서 일체 조세를 면제하고 부역을 중지한다. 백성들이여, 허리를 펴고 머리를 쳐들라, 썩은 나라의 뿌리를 뽑고 새 나라를 심자. 우리 모두 힘을 합하여 우리 조국을 가꾸자.

　위 인용은 이 작품의 마지막 부분이다. 이러한 주제의 표출은 등장 인물의 갈등을 통하여 그 세계의 내면적인 강렬성이 표출되어야 하는데, 드라마 다루기의 미숙성으로 직접 작가의 목소리가 작품 표면에 드러나고 있다. 그러나 모든 유형의 전체주의 사회에 있어서 극은 사회적 정치적 변혁의 도구로 이용되어 왔으며, 그렇찮은 사회일지라도 극이 한 사회의 일반적인 신념을 제시한다고 생각한다면, 이 작품에서 작가의 의도적 주제 표출을 어느 정도 납득할 수 있다.

　4막극인 「토끼의 모험」은 우리 고전인 『별주부전』의 내용을 그대로

　3부 예술과 삶의 여울목

수용하여 극화한 작품이다. 이 작품의 창작 동기도 역사극인 「산부처」
와 동일 선상에 있다고 할 수 있다. 작가가 한국 고전에 관심을 가지는
것은 민족 문화 및 한국적인 것이며, 이를 통해 작가는 민족 정신을 추
구하고자 의도한다. 재소 동포들이 아무리 한국의 고유한 문화를 계승
하는 데 노력을 기울인다 하더라도 소련의 문화적 풍토에 한국 고유의
문화가 흡수되어 한국 민족의 정신적인 표백화 내지는 말살이 되고 말
것이다. 따라서 정신과 사상을 선도해 나가는 그룹인 작가들은 끊임없
이 작품을 통하여 한 민족의 혼을 일깨우고, 불러일으키고자 의도한
다.

　이러한 민족적 관심의 환기뿐만 아니라, 이 작품에는 작가의 강한 고
향에 대한 그리움이 내포되어 있다.

　　옥토끼 : 이 맑은 공기, 푸른 하늘……, 이것이 얼마나 귀중한 것
　　　　　　인지 너희들은 아느냐? 고향을 떠나서는 살 수 없어. 우
　　　　　　리 동산이 세상에서 제일 좋은 곳인 줄을 너희들은 미처
　　　　　　모를거다.

　　바다나라 물속 깊이
　　가보고서야
　　내 고향이 좋은 것을
　　나는 알았다.

　　(합창)
　　멀리멀리 천리길을
　　가보고서야
　　동무들이 그리움을

나는 알았다.

목숨보다 귀중한건
이 세상에서
나서 자란 고향임을
나는 알았다……

내 고향이 잔디풀과
진달래꽃이
세상에서 제일임을
나는 알았다.

이는 작품의 마지막 부분으로 옥토끼가 거북이의 꾀임에 빠져 용궁에 갔다가 다시 육지로 돌아와 고향을 찬양하는 장면이다. 이러한 작가의 고향 의식은 리진의 시에서와 마찬가지로 현실의 고통스러움과 뿌리를 잃은 채, 남의 나라 땅에서 얹혀 살아가는 서글픔에서 연유된 것으로 파악할 수 있다.

한편, 「나무를 흔들지 마라」는 다른 작품과 경향이 같지 않은 것으로 1950년에서 1953년까지의 '조선 전쟁'을 시대적 배경으로 삼고 있다. 이 작품의 서두는 전쟁 중, 한 전호에서 남조선군인 '김남수'와 북조선군인 '김기복'이 대치할 찰나에 갑자기 홍수가 져 강물이 불어, 서로 싸울 기회도 없이 한 나무로 두 사람이 기어오르는 사건으로 시작된다. 두 사람은 나무 위에서 남북 이데올로기에 대한 설전, 주먹다짐을 계속하다가 떠내려오는 지구의를 건져올리면서 화해의 실마리를 찾는다. 그러나, 그러던 중 떠내려오던 처녀를 건져 나무 위에 끌어올려 놓은 다음부터 그 처녀로 인하여 두 사람 사이에 갈등이 일어난다. 이러

한 다툼 속에서 서로 생명을 구해 주게 되어 두 사람이 화해를 하는 과
정에 홍수진 물이 빠지게 된다.

춘희 : 나무가 새를 고루나요? 새가 나무를 고루지. 나무가 우리를
앉힌 것이 아니지요. 우리가 나무 위에 오른거지요. 우리가
서로 죽일려고 달려들면 이 나무 위엔 한 사람도 남지 않을
거에요. 좋던 궂던 참아가며 물찔 때까지 기다려야지…….
우리는 사람들이 아니에요? 같은 피가 흐르는 동족이 아니
에요?
기복 : 다 이놈의 전쟁 때문이야. 전쟁이 아니였다면 왜 동씨동본
인 너를 죽이려고 하였겠니.
남수 : 통일도 좋고니와 백성을 다 죽이고 통일은 해서 뭣해?
춘희 : 이것 봐요! 물이 쭐어요!
남수 : 정말! 이젠 살았구나!

남수 너무나 감격하여 기복을 껴안는다. 춘희가 두 사람을
끌어안는다. 세 사람은 머리를 부비며 기뻐서 운다.

기복 : (……) 남수, 너도 빨갱이인 나를 피에 굶주린 승냥이라고
만 생각하지 말아라!
남수 : 나도 사람이야. 네가 말하듯 「악질반동」이기보다 먼저 조선
사람이야. 아, 난 오늘 이 나무 위에서 어른이 된 것 같다.

위 인용 부분에는 작가의 의도가 집약적으로 나타난다. 작가는 남·
북 그 어느 쪽에 편향됨이 없이 객관적인 시각으로 화해 방식을 선택
한다. 그 화해는 서로 생명을 구해준 데서 극적으로 이루어지는데, 두

사람이 동족이면서도 같은 경주 김씨임을 강조시킴으로써 그 화해가 급속히 진전된다.

이 작품은 실제로 무대화하기가 어려울 뿐만 아니라 관념적이고 산만한 구성이 단점으로 지적된다. 그럼에도 불구하고 재소 동포 작가의 시각으로 민족의 동질성 회복을 위해 이데올로기 문제를 제거시키고 핏줄을 강조한 점에서 이 작품의 가치를 찾을 수 있다 하겠다.

지금까지 재소 동포 작가 두 사람의 시와 희곡을 중심으로 그들의 작품 세계를 살펴보았다.

재소 한족은 일제 시대에 시베리아로 유랑의 길을 갔고, 그곳에서 강제로 알마아타와 타시켄트로 이주된다. 이러한 고통의 세월 속에서 한인들은 끈질긴 생명력을 바탕으로 남의 나라 땅에서 뿌리를 내리게 되었다. 리진의 시는 바로 이러한 우리 민족의 고통과 향수, 그리고 어기찬 생명력에 대한 결정체라고 할 수 있다. 그리고 한진의 희곡은 주로 한국의 고전과 역사를 대상으로 극화하여, 재소 동포에게 조선의 혼, 민족의 정신을 불러일으키고자 하는 의도를 엿볼 수 있다. 또한 그는 남북 분단에 대한 그의 시각을 극화하여, 같은 피를 나눈 동일 민족임을 강조하여 통일의 방식을 찾고 있다.

이상에서 살펴본 바와 같이 공산주의 국가인 소련에서 소수민족으로 살아가고 있지만, 그들의 문학은 프롤레타리아의 편협한 사상성에 경도되어 있지 않다. 오히려 그들은 고향에 대한 향수와 어기찬 생명력, 조선의 혼을 문학 작품에서 강조함으로써 우리의 문화와 정신을 계승시키고 있다. 또한 알마아따나 타시켄트에서 우리 민족의 말과 글이 온전히 사용되고 있는 점으로 보아 오늘날 소련내의 조선족은 앞으로도 소련내의 소수민족 중에서 으뜸가는 민족적 명성과 발전을 과시할 것으로 전망된다.

마지막으로, 그들의 힘찬 뿌리와 생명력을 강조하는 리진의 시를 인용하면서 이 글을 맺기로 한다.

정말 나무를 보며
그 뿌리생각을 하지 않듯이
흔히 사람을 보며
그의 뿌리를 생각하지 않아도
사람에게도
뿌리가 있다.
제각기 제 땅이 있고
제 깊이, 제 힘을 가진
뿌리가 있다.

고향이라는,
겨레라는,
력사라는,
인류라는
미더운 땅에 박은
뿌리가 있다.
그 땅에서 피어날 힘을 주는
뿌리가 있다.

―「봇나무」에서

문학과 환경

현대인은 과학의 발달에 따른 생활의 편리함을
마음껏 구가하고 있다. 그러나 그 이면에는 모든 과학의 산물은 필연
적으로 오염 물질을 배출한다는 부정적인 요인도 내포하고 있음을 간
과할 수 없다(푸른 초원은 실제로는 농약에 찌들어 있고, 산골짝 시냇물은
기름에 절어 졸졸 흐르며, 시골 마을에서도 악취나는 유독 물질이 퍼져 있어
서 새들을 쫓아내고 나무들을 죽게 한다. 이러한 인식하에 기존의 자연시와는
전적으로 다른 자연시를 등장시켜 파괴되고 오염된 자연시가 전면에 나오게
되었다. 이들은 현 상황을 고발하고 비판하는 정치적 성격을 강하게 지닌다.
김용민, "독일 생태시의 또 다른 가능성: 예리히 프리트의 기술비판사와 반전
반핵시", 『현대시세계』 참조).

자연은 어느 정도의 자정 능력을 지니고 있기 때문에 지금까지 자체
자정을 이루어 왔지만 현대에 접어들어 인류 문명의 발달은 이러한 자
연의 자정 능력을 넘어서는 많은 오염 물질을 배출하게 되어 작금에

들어서는 생태계의 파괴와 더 나아가 인류의 존립에 위협을 줄 정도로 심각한 위기에 직면하게 되었다. 따라서 오염의 문제는 현대에 이르러 세계가 당면하고 있는 심각한 문제인 인구 문제, 식량 문제, 자원 문제와 함께 현대 세계가 당면한 세 문제의 하나로 부각되고 있다. 이들 세 문제는 각기 시급히 해결해야 할 문제를 내포하고 있기 때문에 오늘을 살아가는 우리는 이 문제들에 대해 심각한 고민과 함께 그 대응책 마련에 부심하고 있다. 이에 필자는 주어진 제목에 따라 환경의 문제를 문학의 관점에서 고찰해 보기로 하겠다.

주지하는 바와 같이 환경오염 문제는 크게 대기 오염, 수질 오염, 토양 오염으로 구분하여 생각할 수 있다. 그러나 문학적 관점에서 볼 때 환경은 외면적이고 가시적인 관점에서의 환경이 아니라 정서적, 인간적인 관점에서 작품을 다루는 배경으로서의 역할을 하는 요소로 인식되고 있다(80년대 참여문학 진영에서는 노사 문제에 대한 접근 방식으로 공해 문제를 작업 환경의 문제나 대기업의 횡포 차원에서 현장 르뽀 등을 통해 다룬 적이 있다. 이러한 움직임도 일종의 체제 비판 내지는 문명 비판의 차원에서의 환경문학이라 할 수 있다). 관점은 다르지만 결론은 대동 소이하게 나온다는 점에서 문학적 관점에서 환경의 문제를 천착해 보는 것도 의미있는 일일 것이다. 왜냐하면 그것은 환경 문제에 대한 일반인들의 관심을 강화시키고, 보다 다양한 문제 제기를 통해 환경 문제에 대한 관점의 다양화를 가져올 수 있기 때문이다.

그러나 우리 문학에서는 지금까지 이 환경오염의 문제가 관심 밖에 있었다. 우리 문학은 그것을 밀어둔 채 주로 정신적, 물질적 환경의 피해만을 다루어 온 것이 사실이다. 비록 때늦은 감이 있으나 근자에 이르러 김지하 등이 주축이 되어 환경 보호 캠페인을 벌인 바도 있으며, 최근에 환경 문제에 지속적인 관심을 보이고 있는 최승호, 정현종 등의 시인과 이남호의 「바다로부터의 긴 이별」, 정도상의 「겨울꽃」 등이

보다 적극적인 접근을 시도하고 있음은 주목할 일이다. 그러나 이 문제에 접근하기 위하여 이들은 직접적으로 현실 참여의 입장에서 예술성보다는 직설적으로 환경오염 문제를 다루고 있다는 한계점을 지니고 있다(한겨레신문 1991. 4. 23, 고종석. 장석주, 「환경과 시」, 『현대시세계』 등에서 이러한 결론을 도출한 바 있으며, 이러한 문제점은 아직도 해결되지 않고 있다). 김수용의 장편소설 『이화에 월백하고』, 고형렬 시집 『서울은 안녕한가』 등에는 환경의 문제가 현시대를 살고 있는 문학자들에게도 시급한 문제가 되고 있음을 시사해 주는 여러 현상들이 포착되어 있다. 그러나 그들은 문학보다는 환경의 문제에 경도되어 있기 때문에 환경 보호론자나 공해 추방론자의 주장을 풀어 설명하는 차원에 머무르고 있다는 한계점을 보이고 있다. 이는 한국문학 속에서 환경문학이 하나의 체계를 가진 흐름이나 일관성을 지닌 경향으로 대두되기보다는 아직도 그 전단계인 단발적인 징후의 형태를 보이고 있는 것으로 보인다(장석주, 「환경과 시」, 『현대시세계』, p.23).

환경의 문제에 대한 천착에서부터 현대 문학이 비롯되었다고 하여도 과언이 아닐 것이다. 인간은 환경을 만들어내고 동시에 환경의 지배를 받는다. 따라서 환경은 문학의 소재로서의 역할을 수행함과 동시에 그 자체가 하나의 주제로서 자리잡을 수 있다. 현대와 근대의 차이점은 첫째, 기계 문명의 발달을 그 준거로 삼을 수 있다. 둘째, 이러한 기계 문명의 발달은 인간들이 현대에 적응하면서 살 수 있는 새로운 생존 양식을 요구한다. 셋째, 기계 문명은 대량 생산과 대량 소비, 그리고 인간의 존엄성보다는 업무의 효율성을 중시하는 방향으로 나아감으로써 인간성을 회복시키는 작업도 필요해지게 되었다. 본고에서는 이러한 세 문제들이 왜 발생하게 되었으며, 문학에는 어떻게 대응하고 있는가를 예를 들어 설명해 보고자 한다.

1. 기계 문명에 대한 비판

기계 문명 그 자체는 인간의 삶을 보다 편리하게 해준다. 따라서 기계 문명 그 자체가 비판의 대상이 되는 것은 아니다. 다만 기계 문명의 발달이 인간의 소중한 자산을 볼모로 하고 있다는 점에서 비판 대상으로 떠오른 것이다. 전후 독일에서는 패전 후에 침체된 국민들의 사기를 돋구기 위한 방도를 찾기 위해 국민들이 가장 좋아하는 단어를 수집한 바 있었다. 이때 '고향'이라는 단어가 1위를 차지하였기에, 독일은 고향 찾기 운동을 통해 침체된 국민들의 사기를 앙양시켰다. 여기에서 알 수 있는 것처럼 고향은 어떠한 대가를 지불하고도 바꿀 수 없는 소중한 정신적 자산이다. 그러나 현대인들은 발전을 위해 댐을 축조함으로써, 많은 사람들의 고향을 수장시켰다. 기계 문명에 의해 인간들은 소중한 정신적 자산을 잃은 것이다. 이러한 고향의 상실은 정도의 차이는 있으나 현대를 사는 모든 사람들의 공통된 운명이다. 도시는 헌 집이나 벌판들 위에 아파트나 공장을 지음으로써 어렸을 때의 추억을 빼앗아 간다. 그리하여 도시에 사는 사람들은 그곳에 살아도 역시 어렸을 때의 추억을 느낄 수 없다. 이러한 정황은 시인들에 의해 이미 소재로 사용되고 있다.

> 빈집이 헐린단다.
> 무궁화꽃이 피었습니다.
> 무궁화꽃이 피었습니다.
> 한낮 술레에 울먹울먹 뒤돌아보면 단수수대 몇 개
> 집도깨비처럼 흔들리던 그 빈집이 헐린단다.
>
> —유하 「그 빈집」

아파트의 기저귀가 壽衣처럼 바람에 날릴 때
길바닥 돌 틈의 풀은 목이 마르고
풀은 초록의 고향으로 손 흔들며 가고
먼지 바람이 길 위를 휩쓸었다 풀은 몹시 목이 마르고

— 이성복 「새들은 이 곳에 집을 짓지 않는다」

연탄재 담은 상자를 안고
문을 나선다 죽음의 경계선을
넘은 뒤에 누가 내 불꺼진 뼈들을 절굿공이로 빻을 것인가
〔…중략…〕
상자에 식은 해골들이
굴러떨어지며
부스스 먼지를 일으킨다.

— 최승호 「저녁의 식사」

　　기계 문명에 의해 이루어진 정서적 차원에서의 고향 상실은 이성복의 시에 나타난 것처럼 자연 파괴를 가져오고 더 나아가 최승호의 시에서처럼 인간의 생존을 직접적으로 위협하는 방향으로까지 나아가고 있다. 최승호의 '공장지대'는 상상력을 통해 "산모는 무뇌아를 낳고", "젖을 짜면 폐수가 흘러내리고" 등의 시구를 통해 그로테스크한 기계 문명의 풍경을 묘사함으로써 문명의 부정적 측면을 부각시켜 환경오염에 대한 경각심을 불러일으키고 있다.

2. 새로운 역사의 창조

인간은 과거의 역사를 통해 현재의 위치를 확인하며, 역사의 가르침에 따라 현실의 문제점을 파악하고 해결책을 찾아왔다. 그러나 자연과학의 발달은 인간이 과거의 역사 속에서 접하지 못했던 새로운 것들을 만들어냄으로써 더 이상 역사 속에서 교훈을 얻을 수 없게 되었다. 예를 들면 원자탄 같은 경우이다. 인간은 자연과학을 통해 할 수 있는 일이면 무엇이든지 해왔다. 그것이 비록 인류를 멸망시킬 수 있는 괴물일지라도 인간은 끊임없이 과학에 의한 창조의 힘을 믿었다. 이러한 인간의 어리석음을 대표적으로 표상하는 것이 원자탄이다. 역사는 이들을 어떻게 사용할 것인지를 말해 주지 않는다. 따라서 현대는 역사를 창조하는 시대라고 말하기도 한다. 이때 문학에서는 인간이 그 문제를 어떻게 해결할 것인가를 제시해 준다. 우주 여행을 하고 지구에 도착해 보니 인류는 멸망하고 원숭이들이 인간을 사냥하는 이야기, 핵폭발 이후 오염된 공기를 피하기 위해 지하에서 고립되어 생존에 급급하는 이야기 등은 흥미를 유발하기 위해 만들어낸 이야기가 아니다. 문학이 핵무기의 공포를 인류에게 전하고자 하는 강력한 메시지가 그 속에 담겨 있는 것이다.

이러한 연장선상에서 자연을 거스르는 인간의 행위에 대한 반발이 문학을 통해 나타나고 있다.

정주의 소쩍새가 울지 않아도
먹구름 천둥이 울지 않아도
국화는 시도때도 없이
나돌게 되었다.
살구피는 봄에도 한여름에도

국화는 죽지 않고 피어 있으니
연주회나 혼례식에서
주고받는 꽃다발에도
매양 감초처럼 국화는 끼어 있으니
보기에도 저윽이 딱한 일이다.
시대가 변했으니 그런 거라면
할 말은 다했으나
그런데도 언짢은 마음을 숨길 수 없다.
일 년 열 두달 아무데나
인공의 국화는 피어도
무서리 내릴 무렵 비로소 眞香은 핀다.

— 신동집

　무당들은 종이로 만든 꽃을 사용한다. 생화가 비싸다든가, 조화가 아름다워서가 아니라 생화는 시들지만 조화는 영원히 시들지 않기 때문이다. 그러나 시들지 않는다는 사실은 생명이 없다는 이야기가 되는 것이다. 마찬가지로 사람들은 계절 감각을 잃게 할 정도의 많은 과일들을 제철이 아닌 때에 생산해서 비싼 값을 받고 판매하는 것도 조화처럼 그 과일의 참된 가치를 상실하게 하는 것이다. 이는 자연의 섭리를 거스르는 것이다. 인간도 자연의 일부이다. 그리고 자연은 신의 피조물이다. 인간이 자연을 보호한다는 것은 인간이 자연 위에 군림하는 자세를 지니고 있음을 보여주는 단적인 실례이다. 인간이 자연 앞에 겸허할 때, 그리고 자연의 섭리를 거스리지 않겠다는 의식을 바탕으로 자연을 대할 때 비로소 환경오염의 문제가 해결될 수 있을 것이다.

　이만한 알아 둘 일

우리가 욕보면 당신들도 욕본다고
우리가 망하면 당신들도 망한다고

— 신동집 「제비의 노래」에서

이처럼 자연과 인간은 공동 운명체인 것이다. 자연을 스스로 존재하도록 할 때 자연은 본래의 모습을 찾을 수 있는 것이며(근대의 생산 방식과 소비 방식은 자연을 능멸해 온 것이다. 도정일, 「시인은 숲으로 가지 못한다」, 『녹색평론』, 1993. 5~6월호, p.17), 이러한 토대 위에 인간도 인간다운 생활을 영위할 수 있는 것이다.

3. 새로운 생활 태도의 확립

과거에는 교통이 불편했으며, 물자도 부족했다. 이러한 시대에는 인간 관계의 지속성과 자기의 물건에 정을 주고 아끼는 마음을 지니고 있었다. 그러나 현대는 교통의 발달과 물자의 풍요로 말미암아 늘 전근, 전직, 이사 등으로 이별을 염두에 두고 살며, 물건에 대한 애정도 식어 한번 쓴 물건은 수명을 다 하기도 전에 새로운 상품의 출현으로 대체 구매한 후에 버리고 만다. 늘 새로운 상품은 보다 좋은 상품이라는 인식이 널리 확산되어 있다. 이러한 인식은 환경오염을 배가시킨다. 과거의 인간 관계가 고목과 같은 인간 관계였다면 현대의 인간 관계는 묘목과 같은 인간 관계로 비유될 수 있을 것이다. 이는 생활용품의 사용에도 영향을 미쳐 사람들이 일회용품들을 선호하는 풍조를 보편화시켰다. 특정 인간이나 물품에 대한 애정보다는 자신의 필요성만을 중시하게 된 것이다. 이는 사람들에게 소외감과 고독감을 불러일으킨다. 많은 사람들 속에서 풍요를 구가하면서도 늘 허전함을 느끼며 살게 되는 것이다(임희섭, 「한국 사회구조의 변화」, 『한국사회론』, 민음사, 1980, p.256. 한국의 경제 구조는 산업화의 방향으로, 생태 구조는 도시화의 방향으로 나아가고 있음을 지적하고 있다).

이러한 허전함을 충족시키기 위해 현대인들은 물질적인 풍요를 통해 보상 받으려 한다. 이러한 욕망이 최승호의 시 「밥숟갈을 닮았다」에 잘 나타나 있다.

움푹해라 내 욕망은
밥숟갈을 닮았다.
천만개의 숟가락이 한 냄비에 덤비듯
꿀꿀거리고 더그럭대는 서울에서
나도 움푹한 욕망 들고 뛰어가고
보름달 뜨면 먹고 싶어라
둥근 젖
움켜질 그 때부터 나는 아귀였던가

— 최승호 「밥숟갈을 닮았다」에서

다른 사람이 소유하고 있는 것을
소유하고 있지 못하면, 금세 외로워지는 서울

— 장정일 「서울에서 보낸 3주일」에서

이들 시에서는 후기 산업사회의 인간이 직면하고 있는 환경오염 문제의 상당 부분이 이러한 인간의 병적인 과도한 욕망에서 비롯되었음을 시사해 주고 있다(장석주, 앞의 책, p.28).

환경오염 문제의 심각성(한국에서의 이러한 오염 문제가 특히 심하게 나타나고 있다. 그 이유에 대해 미국의 미주리 대학 정치학 교수는 "한국의 수출 지향 정책은 심각한 환경오염을 초래했다"고 지적하고 있다. 패트릭 페리토어, 「한국인의 환경 의식」, 『녹색평론』, 1993, 3~4월호, p.113)과 그 문제 해결의 어려움을 거시적 안목에서 다룬 작품으로 시드니 셀던의 『최후 신판이 낱이 음모』가 있다. 이 작품에서는 우주인들이 환경오염에 의해 파멸의 구렁텅이로 빠져 들어가는 것을 보고 안타까워하면서 메시지를 보내고자 한다. 그러나 세계 각국의 보수적 지도층 인사들은 그러한 메시지의 전달을 막기 위해 이데올로기와 국경을 초월해서 서로 협력하며, 관광 도중에 우주인들의 우주선을 목격했던 선량한 사람들을 암살한다. 이는 오염을 방지하기 위한 시설 등을 설치할 때 경제적으로 심각한 문제에 당면할 것이며, 경제적 기반이 흔들릴 때 정치적으로도 심각한 문제를 야기시킬 수 있다는 보수적 세력의 위기 의식과 환경오염 문제 해결의 어려움을 잘 보여주고 있다. 그리고 각국의 암살 과정을 통해 이러한 환경오염 문제 해결을 반대하는 세력의 비인간적인 잔인성을 통해 환경오염의 문제가 현대의 도시화, 산업화에 따른 인간성 상실을 기초로 하고 있음을 보여주고 있다.

이 작품은 거시적 측면에서 환경오염 문제가 단순히 쓰레기를 처리하는 문제의 범위를 넘어서 진보와 발전의 이면 곳곳에서 경제적, 정치적으로도 심각한 영향을 미치는 것이며, 국제적인 차원에서 전인류에게 당면한 과제임을 보여주고 있다. 그러나 인류의 미래가 달려 있는 환경오염의 문제는 어떠한 대가를 치루고서라도 반드시 해결해야 할 것이다. 이러한 중요성을 바탕으로 컴퓨터, 통신 산업의 도래를 성공적으로 예측했던 미래학자 엘빈 토플러는 앞으로의 산업은 환경 관련 산업이 주도하게 될 것임을 예견하고 있다. 그리고 그렇게 되어야 할 것이다.

지금까지 우리는 쾌적한 자연 환경을 지배하면서, 그것을 누리는 데 급급하였다. 환경오염을 막는 것은 일차적으로 인간도 자연의 일부라는 겸허한 생각을 지니고, 현대를 살고 있는 개개인이 환경 보호에 앞장을 서는 데에서 출발할 수 있다. 그러나 이는 개인의 차원을 넘어서 경쟁과 이윤 추구 과정에서 기술 개발을 통해 환경오염 문제를 해결하고 경쟁에 이길 수 있는 기업인의 노력, 그리고 이익보다는 환경 보호에 앞장서는 정부의 자세, 자국의 환경만을 보호하고자 오염 유발 업종을 후진국에 넘기는 선진국들의 태도 반성 등 국제적인 문제까지 포함하고 있다는 점에서 자신의 문제 이외에도 관심을 지니고 감시자가 되어야 한다. 환경오염이 심각한 오늘날 문학인은 새마을 운동의 자연 파괴에 대한 비판 등으로 정부의 탄압을 받은 이래로 환경 문제에 대해 끊임없는 관심을 지녀왔다. 그러나 이제부터는 하나의 장르로 확립된 독일처럼 이 문제에 대한 지속적인 관심과 예술성보다는 주의, 주장이 앞선 현 상황을 극복하여 문학성을 확립하기 위해 노력해야 하겠다.

그렇다고 우리가 과거의 문학처럼 문학을 통한 계몽성, 목적성을 강조하라는 이야기는 결코 아니다. 문학을 통해 독자로 하여금 스스로 감동을 일으켜 환경 보호에 관심을 지니도록 정신적 자세 확립을 유도하는 예술적 작품 활동을 하도록 해야 할 것이다. 문학의 목표는 인간이 인간다움을 상실하지 않게 하는 데 있다. 이는 인간이 자연과의 전체적 관계를 회복하는 문제라는 점에서 문학과 환경오염의 문제가 문학의 중요한 테마가 되어야 한다는 당위성을 지닌다(도정일, 앞의 책, pp.20~21).

리얼리즘 그 너머에 펼쳐진 영상 세계

훤칠한 키에 갸름한 얼굴, 눈가에는 언제나 잔잔한 미소가 떠나지 않는, 인정 많은 시골 아저씨를 연상시키는 분위기를 풍긴다는 것이 내가 사진 작가 윤필수 씨로부터 받은 첫인상이다.

그와 내가 친숙하게 지내게 된 것은 그다지 오래지 않지만, 그러나 그를 일정한 거리에서나마 깊이 이해하고 지내게 된 것은 꽤나 오랜 세월을 거슬러 올라간다.

내가 그를 알게 된 것은 나의 죽마고우이자 이 고장에서 사진 작가로서는 최초로 미술대상을 수상한 성기인으로부터였다. 항시 과묵하기로 소문난 성기인이었지만, 윤필수 씨의 됨됨이와 사진 작품 세계의 이야기가 나오면 언제나 입에 침이 마르도록 칭찬을 아끼지 않았기 때문이다.

사실 그는 남이 추종할 수 없을 만큼 왕성한 정력으로 활동하는 작가다. 그는 작품 활동 이외에도 한국예총 대전광역시 지회장, 한국사진 작가협회 부이사장, 대전일보 사진동우회장 등, 현재 전국 규모의 굵직한 직함을 수없이 많이 가지고 젊은이 못지않게 수준 높은 창작 활동을 계속하고 있기 때문이다.

우리나라 그 어느 지역보다 낙후되어서, 가히 불모지라고 지칭하리만큼 척박한 지역 사단(寫壇)에서 60년대 이후 의욕 있는 작가들이 한데 뭉쳐 한국사협에 대거 입회함으로써 지역 사단이 활기를 띠게 되고 나아가 대전 사단을 전국적인 수준으로 부상시키는 데 그는 중심적인 역할을 하였다. 이 같은 사실은 그의 탁월한 지도력을 입증하고도 남음이 있는데, 그 배후에 숨겨진 따뜻한 인정과 섬세한 성격이 그것과 조화를 이루면서 남을 위해 헌신하는 봉사 정신으로 승화되었음을 나는 기억한다. 이 같은 인성을 가졌기에 지난날 한의섭 씨가 회장으로 재임할 때는 3년간 부회장직을 역임하면서 차디찬 겨울 날씨에도 사무실에 난로를 땔 수 없는 궁핍한 협회 살림을 민망히 여기고 스스로 사재를 털어 연탄을 구입함으로써 몇 해 겨울을 따뜻하게 보낼 수 있었던 것이다. 어찌 그뿐이랴? 모처럼 외지에서 손님이 찾아오면 궁핍한 협회 사정으로 변변히 차 한잔을 대접할 수 없었음에도 그는 언제나 앞장 서 개인적으로 그 손님을 후하게 접대해 보내는 인정을 베풀기도 했던 것이다.

그러한 그의 헌신적인 봉사가 있었기에 대전과 충남의 사단이 오늘처럼 전국에서 주목받는 수준 높은 사단으로 부상했다고 할 수 있을 것이다.

이러한 사진 작가 윤필수 씨가 이번에 두 번째로 작품전을 열게 되었다는 소식을 한국사진작가협회 대전지회장 이운영 씨가 내게 귀띔하면서 그의 작품에 대하여 몇 마디 언급해 달라고 부탁해 왔다. 원래 사진 감상을 좋아하지만 그 심오한 작품 세계까지 언급할 수준이 못 되는 나인지라 몇 번을 사양했으나 모두 허사여서 붓을 들어 몇 마디로 면책할까 한다.

내가 알고 있는 지식으로는, 이 지역 사회에서는(그 어느 지역 사단이나 거의 비슷하겠지만……) 자고한 사진 자가 이해선 씨가 실험적으로 추구한 바 있는 리얼리즘계의 작품을 추종하는 경향이 거의 일반화되어 있었다. 윤필수 씨도 처음에는 이러한 궤도에서 크게 벗어나지 않았었지만, 최근에 이르러 그는 거기서 한 단계 높은 차원의 풍경화를 앵글에 담는 데 열중하고 있다. 따라서 그는 섬세하면서도 날카로운 촉수와 밝은 시각으로 대상을 좁은 화면 속에다 자연스럽게 안배하는 경지로까지 끌어올리고 있는 것이다. 그뿐 아니라 그는 앵글의 폭을 이제 국내뿐 아니라 세계의 도처로 넓혀 나가고 있다. 그러면서 그는 흔히 우리가 지나쳐 버리고 가는 부분까지 놓치지 않고 포착하여 형상화하는가 하면 어떤 대상 하나에만 초점을 맞추는 차원에서 벗어나 훨씬 높은 차원, 즉 전체를 하나의 구도 속에 수용하면서 각 부분은 부분대로 특색 있게 부상시켜 부분과 전체를 조화시키는 신비로운 기법을 함께 구사하고 있다. 이번에 전시된 거의 모든 작품은 이러한 경향을 짙게 풍기고 있다. 이것이 사진 작가 윤필수 씨만이 포착하고 형상화할 수 있는 독특한 경지인 것이다.

그러면서도 그의 작품을 보고 있노라면 문득 잃어버린 고향을 회상하게 되는 착각을 갖게 한다. 파란 하늘에는 점점 하이얀 구름이 뭉게뭉게 떠 있고, 드넓게 펼쳐진 초원의 저 멀리에는 아득히 이어진 설원과 눈 덮인 고봉 준령, 아니면 시원하게 펼쳐진 바닷가 등.

어쩌면 그것은 윤필수 자신이 추구하고 있는 이상 세계의 일단을 우리에게 보여주는 것인지는 모르지만…….

진정 그것이 사진 작가 윤필수가 지닌 마력이 아니겠는가?

고향 **회귀**(故鄕回歸)에의 **서정**(抒情)
— 임봉재 화백(任奉宰 畵伯)의 작품 세계

임봉재 화백(任奉宰 畵伯)과 나는 근 40년 개성상(個星霜)에 걸친 오랜 세월 동안 수많은 애환을 함께 나누어 온 죽마고우 중의 하나다. 내가 그에 대하여 남다른 애정의 시각을 쏟아 온 것은 그와 나는 같은 고향 출신의 중·고등학교 동문으로서, 한때 같은 직장의 동료로서, 그리고 비록 분야는 다르지만, 지방 예술계의 일원으로서 서로가 허심 탄회하게 흉금을 털어놓을 수 있는, 나의 주변에 몇 안 되는 마음의 벗 중의 하나이기 때문이다.

항상 과묵하면서도 상대방에게 정감을 안겨 주는 인상을 지닌 임 화백은 어린 시절부터 타고난 화가의 재질을 지니고 자랐다. 그 임 화백이 어느덧 환갑을 맞으며 스승을 존경하는 여러 미술계 제자들이 주축이 되어 이번에 갑년(甲年)을 기리는 열한 번째 작품전을 준비한다며 나에게 '임 화백의 화풍(畵風)'을 써 달라는 전갈이 왔다.

그림에 대한 전문적인 안식이 없고 다만 작품을 감상하는 것으로 즐

 3부 예술과 삶의 여울목

거움을 느끼는 수준에 머물고 있는 나인지라, 처음에는 망설여지기도 하였지만, 그러나 한편으로 생각해 보면 이번 기회에 내 나름으로 느낀 임 화백의 화풍을 몇 줄의 글이나마 피력하는 것도 임 화백의 수연(壽筵)을 기리는 일이러니 생각하여 감히 붓을 들었다.

확실히 임봉재 화백은 개성이 있는 독특한 색채미를 지니면서 자신이 추구하는 세계를 화폭에 담아온 기질이 있는 우리 고장의 대표적 화가의 하나다. 일찍이 김기숙(金基淑), 고(故) 이동훈(李東勳) 두 스승님의 각별한 지도를 받으며 청소년기의 그림에 대한 꿈을 구체화시키고 기초를 다져온 그는 1957년 '무엇인가 끊임없이 실험하는 면모가 엿보인다'는 고(故) 이동훈(李東勳) 화백(畵伯)의 평(評)을 받은 대전 문화원에서의 첫번째 개인전(個人展) 이후 60년대까지는 주로 사실적(寫實的) 풍경(風景)의 묘사에 주력하였다. 이 같은 그의 초기 경향은 작가 자신이 평소에 입버릇처럼 이야기한 '작가로서 갖추어야 할 미적 시각 위에 성실성을 더해 가야 작업에서 발전으로 드러나게 된다'는 그 신념이 우리 주변에 널려진 자연 풍경을 그대로 지나쳐 버리지 않고 그것이 던지는 아름다움을 리얼한 텃치로 화폭에 담고자 한 데서 온 결과라고 추측된다.

이러한 화풍(畵風)을 지닌 임 화백이 일차적(一次的)으로 작가적(作家的) 변모(變貌)를 보이기 시작한 것은 1970년대에 들어서였다. 그것은 그의 캔버스에 인물화(人物畵)가 등장한다는 사실인데 그 캔버스 속의 인물은 현재까지도 변함없이 작품의 주요 모티프로 채택되고 있다. 그가 이처럼 그의 작품 속에 인물을 주요 모티프로 등장시키고자 의도한 것은 아마도 그 시절 자신의 건강 악화로 말미암아 삶과 예술에 대한 애착과 고뇌의 끝없는 갈등 속에서 얻어진 철학, 즉 인간 생명의 존귀함을 예술로써 승화시켜 보자는 의도로 자연의 섭리 속에 살아가는 인간의 모습들을 상징적으로 화폭에 담고자 한 때문일 것이다. 하지만

70년대까지 그의 화풍은 인물과 풍경이 조화를 이룬 사실적인 경향에서 멀리 벗어나지 못하고 있다.

80년대에 들어서면서 그의 작품 세계는 구상(具象)의 기법이 도입되면서 그만의 독특한 「인간」 연작을 선보이게 된다. 그의 화폭은 빽빽히 메운 각종 공해에 시달리는 군상들이 주류를 이루는 데 80년대 중반에 들어서면서 통일과 꿈을 향한 희망찬 나아감으로 다소 경향이 바뀌게 된다. 이 같은 경향은 한 시대를 요란하게 뒤흔든 우리 모두의 관심사들을 그도 화폭에다 반영함으로써 그림도 사회와 무관할 수 없음을 보인 것이다. 하지만 이 시기에 그의 작품에서 빼놓을 수 없는 특성은 볼륨이 있는 여성상을 작품 속에 등장시켜 모성애에 대한 신화를 만들어 내고자 의도한 점이라 하겠다.

최근에 이르러 그는 지금까지의 기법(技法)과는 달리 「고향」 연작에 몰입하고 있다. 그러나 그가 관심을 집중하여 그리고 있는 그 「고향」이란 우리가 생각하는 단순한 고향이 아니라 꿈의 고향, 우리가 그리워할 수 있는 아늑한 고향, 어릴적 회상으로 더듬는 고향으로서의 평화로움을 표현하고 있다. 거기에 어울려 등장하는 가족과 물고기, 하늘과 산과 들은 모두 사실적으로 그려진 것이 아닌 눈을 감고도 그릴 수 있는 변형으로서 우리네 향수의 깊이를 더해 준다. 그렇기 때문에 그의 작품을 조용히 감상하노라면 우리들로 하여금 자연히 시적 · 서정적 향수를 자아내게 한다. 더욱이 이러한 효과를 더해 주기 위해 그는 지난날에 보여주었던 강하고 어두운 색깔을 절제하고 밝고 따뜻한 화면을 구성해 나가고 있다.

이처럼 최근의 고향에 대한 그의 관심은 60고개를 넘은 나이에 누구나 가지게 되는 고향 회귀 본능(故鄕 回歸 本能) 내지는 귀소 본능(歸巢 本能)을 작품으로 구체화(具體化)한 것이라고 봄이 타당할 것이다.

화력(畵歷) 근 40년의 노화가(老畵家) 임봉재(任奉宰) 씨는 위에서 살펴본 바와 같이 10년을 주기(週期)로 하여 자신의 기법이 변모되어 왔다. 하지만 그 같은 변모는 단순히 수평적인 것이 아니라 점차 원숙에의 길로 접어드는 발전의 단계를 보여주는 것이라는 점에서 우리의 주목을 끌게 된다.

그러나 이처럼 그의 작품 기법의 변모에도 불구하고 그의 작품 세계를 관류하는 것은 '그림은 순수하고 아름다움이어야 한다'는 고집이다. 그는 캔버스를 하나의 우주로 삼아 조화를 이루어내고 있다. 그것이 곧 그의 예술 창작 작업에서 가장 중요한 목표인 것이다. 따라서 그의 작품은 연륜이 더해 감과 더불어 더욱 젊고 밝은 빛을 우리에게 던져 줄 것이다.

우리를 슬프게 하는 것들

교과서와 노트 없이 수강(受講)하는 학생들은 우리를 슬프게 한다. 어느 열강(熱講)하는 교수의 강의실 한구석에서 멍청히 입을 벌리고 오수(午睡)를 즐기는 얼굴에 초춘(初春)의 양광(陽光)이 떨어져 있을 때 대체로 봄은 우리를 슬프게 한다.

그래서 반갑지 않은 지루한 봄비는 연일 처량히 내리고 그리운 이의 인적(人跡)은 거의 일 주일이나 끊기고, 데이트 밑천은 떨어져 그녀를 찾아가 볼 수도 없는 삭막하고 따분한 입장이 마치도 '너 때문'이라는 듯이 강의중에 못마땅한 표정으로 노려보는 살벌한 얼굴을 볼 때.

아무도 지워 놓지 않은 전 시간 강의 내용의 판서. 그래서 어느 짖궂은 학생이 그 판서(板書) 주위에다 거의 판독(判讀)하기 어려운 글씨로 인생 철학(?)을 무질서하게 덧붙여 놓은 것을 볼 때. 몇 해고 몇 해고 지난 후에 문득 서재의 한 모퉁이에서 졸업한 옛 제자의 편지가 발견될 때. 그곳에 씌어 있으되 "괴수(교수) 씨여! 당신의 소행(所行)이 내게 얼마나 많은 괴롭고 답답한 밤을 가져오게 했던가요?" 대체 나의 소행이란 무엇이었던가?

학기말 고사에 컨닝을 했다고 학점을 주지 않았던 일, 출결이 무상(無常)하다고 재수(再修)를 시킨 일, 써클 지도 교수 청탁을 거절한 일, 이제는 벌써 그 많은 죄상(?)을 기억 속에서 찾아볼 수도 없으되, 그러나 그는 나 때문에 애를 태운 것이리라.

중간고사 시간에 들어온 재수생의 불안 초조가 또한 우리를 슬프게 한다. 그의 눈동자는 언제보다도 안정감이 없다. 그의 창백한 표정, 그러면서도 애써 지우는 가엾은 낙천(樂天)의 얼굴, 그의 펜을 쥔 손끝의 한없는 절망, 간간히 내뿜는 괴로운 부르짖음, 미친 듯이 내는 선착(先着)의 백지 답안지, 이 모든 것이 우리를 말할 수 없이 슬프게 한다.

강의실 책상에 걸터앉아 괴성으로 내뱉는 패티 김의 「이별」, 동료간의 대화 속에 수시로 튀어나오는 저속한 상소리, 스승의 날, 선생에게 점심을 사달라고 조르는 얌체 학생, 복도에 버려진 담배 꽁초들, 캠퍼스 여기저기 흩어져 있는 빵과자 봉지들, 잔디밭 아무 데나 뱉어 놓은 껌 조각들, 이런 것을 보고도 태연히 지나쳐 버리면서 언필칭(言必稱) '지성(知性)의 광장 속에 지성인'으로 자처하는 사이비(似而非) 지성인을 볼 때, 그리하여 그는 앞으로 졸업과 동시에 사회에 나가면 모든 사람들로부터 우러러 존경을 한몸에 받을 유망한 장래를 가진 엘리트라는 자부심(自負心)에 스스로 도취하여 길에서 우연히 옛 초등학교 동기 동창생을 만났을 때, 그가 한갓 찌들은 농사꾼이라는 이유로 그에게 손을 주기는 하지만 벌써 그를 알아 보려 하지 않는 듯한 태도를 취하는 것 같이 보일 때, 경찰서 정문 앞에서 붙들린 시위에 가담한 학생의 겁먹은 눈초리, 강의 도중에 조심스럽게 문을 밀고 들어오는 지참 학생(遲參學生)의 상기된 얼굴. 그의 입에서 풍겨나는 알코올 냄새, 이것은 항상 나에게는 도회지로 유학 간 자식의 향토 장학금(학비)을 마련하기 위하여 농협(農協)에서 신용 대부하는 영농 자금(營農資金)이나 입도 선매(立稻先賣) 자금을 기웃거리는 가엾은 시골 농부를 생각하게 한다.

대학 방송국에서 흘러나오는 간지러운 팝송, 그것은 으스름 달빛이 비치는 가을 밤에 불량기 많은 학생들이 너무나도 일찍이 배운 성(性)의 이야기로 꽃을 피우며 골목길을 지나가는데, 순이는 벌써 근 열흘이나 침울하고 옹색한 자취방에서 앓는 몸으로 결석하고 있을 때. 그러나 우리를 슬프게 하는 것들이 어찌 이뿐이랴?

'배꼽티'에 대한 이야기가 캠퍼스의 최대 화제로 등장할 때. 총학생회 회장 선거에 입후보한 후보의 연설을 들을 때. 과락(科落)을 맞은 볼멘 여학생의 얼굴, 소란을 피우다 붙들려 가는 제자의 모습을 볼 때—이 모든 것이 또한 우리의 마음을 슬프게 한다.

 3부 예술과 삶의 여울목

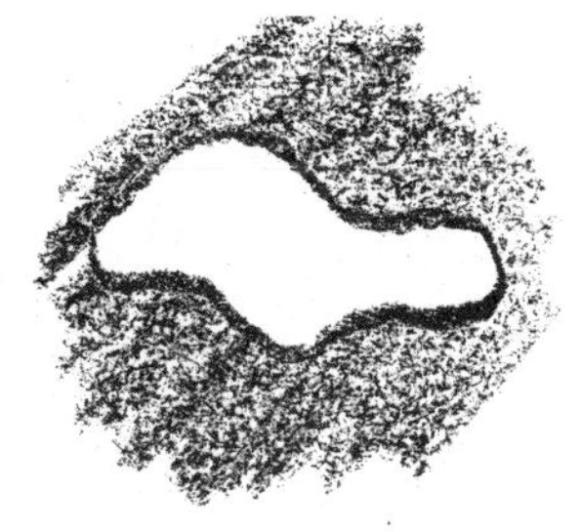

4부 지역 문화예술의 갈 길

풍년축원기인 농사장원기(전남 진도).

지역 문화의 위상 정립

지금까지 우리는 지역 문화를 통념적으로 수
도권(중앙) 문화의 하위 개념 정도로만 받아들여 왔다. 이 나라 정치,
경제 등 그 어떤 분야이든 간에 지나친 수도권 편중 현상은 상존하고
있지만 특히, 문화예술 분야에 있어서의 그것은 더욱 두드러진다. 따
라서 조국 광복 이후 그 동안 지역 문화는 질식 상태에 있었다고 해도
지나치지 않을 것이다.

그것은 일제가 36년 동안 식민지 통치를 자행하는 동안 한국의 고유
문화를 거의 말살 · 왜곡시킨 데서, 그리고 조국 광복, 6 · 25, 5 · 16을
거쳐 60년대 중반에 이르는 동안 우리 문화는 무비판적으로 미국을 위
시한 서구 문화를 받아들여 온 데서 기인한다. 따라서 조국 광복 후 약
50여 년간 한국 문화는 서구 문화, 특히 미국 문화 일변도의 영향하에
놓이게 되었고 그 결과 모든 문화 행정은 중앙집권적인 형태를 낳게
된 것이다. 이 와중에서 다행히 60년대 후반에 이르러 한국의 전통 문

화와 고유 문화에 대한 반성이 일어나기 시작했지만, 그러나 그 문화 창달의 역할마저 관이 주도함에 따라 민족의 예지가 발휘될 수 없었 다. 한 나라의 문화가 직접적으로 정치의 영향권에 소속되어 있을 경 우, 그 문화는 획일화와 경직화 현상을 보이게 됨은 물론이다. 따라서 과거 관 주도형의 전통 문화 제창은 집권당의 정치적 계산이 은밀히 내포되어 있었던 것이다.

이와 같은 문화의 수도권 편중화와 획일화는 지역의 문화적 고유성 을 빼앗아 갔고, 지역 문화를 실종 상태에 이르게 했다. 이는 문화예술 의 기초 자원인 인적 자원의 측면에서 문인의 3분의 2, 미술인의 절반 이상, 음악과 무용인의 40% 이상이 거주하고 있는 데서도 잘 나타나 고 있다.

이러한 시각으로 지역 문화의 문제점을 살펴보기로 하자.

첫째, 과거 정부의 모든 정책이 경제 성장 최우선으로 일관하다 보니 지역 사회인들에게 있어 지역인의 문화에 대한 관심의 부족과 문화예 술 의식이 낮아졌다. 작가가 아무리 훌륭한 작품을 생산하여 내놓는다 할지라도 그것을 감상해 줄 사람이 없는 것이 우리의 현실이다. 한 지 방의 작가들에 의해 창조된 예술 작품은 적어도 그 지방에서 원활히 유통되어야 한다. 그러나 이 지역에서 만들어진 작품이 이 지역에서 원활히 유통되지 못함에 따라 작가의 자존심에 손상을 안겨 줄 뿐만 아니라 창작 의욕이 떨어져 가능한 한 수도권 지역으로 이주해 가는 현상이 두드러지게 나타나고 있다. 이는 이 지역에 사는 시민의 문화 수준까지 의심받는 부끄러운 일이 아닐 수 없다.

둘째, 지역 문화의 활성화를 위한 제도적 재정적 뒷받침이 빈곤하다. 현행 지방 문화예술 행정은 지역 문예진흥위원회, 문화예술 전담 행정 기구, 문화원, 예총 산하 지회 및 지부 등으로 짜여 있다. 1982년 12월 문예진흥법에 추가 신설된 지역 문화예술진흥위원회가 1983년 6월부터 구성되기 시작하여 특별시, 광역시, 도지사 밑에 설치되어 있어 여기서 지역 문화예술 진흥에 관한 중요 시책을 심의하도록 되어 있다. 그러나 지역 문예진흥위원회는 대부분 연 1~2회 정도의 형식적인 회의에 그치는 정도이다. 그 내용에 있어서도 시, 도 문예진흥 계획이나 사업에 대한 설명을 듣는 것이 대부분이다. 문화원의 경우에도 6·25 동란 이후 주한 미국 공보원의 산하에 사설 단체로 출발하여 현재 전국에 150여 개소가 분포되어 있으나 몇 곳을 제외하고는 지역 문화 활동에 크게 기여하지 못하고 관의 지원과 지시에 의존하고 있는 문제점을 안고 있다. 이러한 제도적 문제점 개선과 함께 중앙 정부의 재정 지원 강화와 문예 진흥 기금 확충 및 분권화, 지방 정부의 재원 조달 능력의 강화 등이 이루어져야 하겠다. 이러한 지방 문화 진흥을 위한 노력이 정착되지 않은 토대에서는 지역 문화예술의 발전은 기대하기 어려울 것이다.

셋째, 각 지역에는 각기 독특한 문화를 형성해 왔음에도 불구하고 그 창작의 열의에 비해 그 보존이나 창조적 계승의 성의가 부족하다. 그러했기에 우리가 내세우는 문화라는 것은 항상 과거 회상적이거나 복고적인 것이었지 그것의 발전이나 성공적 계승의 면모를 갖추지 못했다. 그렇기 때문에 지역적으로는 수도권 문화에 흡수되었으며, 민족적으로는 조수처럼 밀려오는 외래 문화 앞에 약하고 침식당하기 쉬운 체질을 갖게 되었다.

넷째, 흔히 각종 문화적 행사가 관례적으로 작년에 있었으니 올해도 해야겠다는 안이한 생각으로 치루어져 그 행사를 통해 의미를 부여하지 못하는 경우가 많다. 이러한 공연, 전시회, 연주회 등의 각종 행사를 통해서는 문화적 의의를 찾아볼 수도 없고 창조적인 뜻도 결여되기 마련이다. 문화라는 것이 우리가 영위하는 삶의 질, 계량화하기 어려운 삶의 가치와 직결되는 것이라고 볼 때, 이 같은 획일, 집약성과 단

1997년 시작된 춘천 만화축제 행사장 모습(위쪽)과 홍보물(오른쪽).
춘천은 1997년부터 매년 1회씩 만화축제를 개최하고 만화 관련
업체와 작가들을 유치함으로써 만화도시로의 변신을 꾀하고 있다.

기성, 그리고 정기성은 문화적 가치를 손상시키게 된다.

다섯째, 지역 문화예술이 활동할 수 있는 공간이 절대적으로 부족하다. 아무리 양질의 문화예술의 창조자들이 많다고 하여도 발표 매체, 무대, 공연장, 전시장 등 활동 공간이 제공되지 않는다면 그들의 활동은 정지될 수밖에 없다. 이 지역에는 많은 문화예술 단체를 비롯한 문화예술인들이 활동하며, 그 후진을 양성하고 있다. 그리고 이 지역의 대학에서 많은 문학인, 미술인, 음악인 등을 배출해내고 있다. 그런데 그들에게 활동 무대가 마련되지 않는다면 그들은 어디에서 무엇을 할 것인가.

여섯째, 지역의 상공인이나 기업가들이 이 지역에서 축적한 부를 문화 예술 발전을 위해 환원해야 한다는 자각이 미흡하다. 문화를 향유하는 소비자는 사회의 모든 구성원들이다. 적어도 문화의 소비자가 사회의 모든 구성원이라는 점을 생각한다면, 그 구성원들에 의해 직·간접적으로 축적된 부는 최소한이라도 그들에게 문화적 가치로 되돌려 주어야 한다. 그러나 지방 도시의 경우 거대한 빌딩과 아파트 단지가 도심에 집중적으로 건설되고 있지만, 시민의 휴식 공간이나 예술 공간을 배려하는 경우는 거의 없다.

이제, 지방자치제의 부활로 그 동안 실종 단계에 이르렀던 지역 문화가 그 지역의 특성에 맞게 다시 꽃필 수 있게 될 것이라는 기대가 커지고 있다. 30년 만에 부활되는 지방자치제는 현재 수도권에 집중되어 있는 우리나라의 문화예술을 적극적으로 분산시켜, 장기적으로 볼 때 낙후된 지역 문화의 활성화를 도모할 수 있는 일대 전환점이 될 것으로 전망되고 있다.

그러나 이 같은 기대나 전망은 지역 문화를 놓고 볼 때, 막연한 것임을 부인할 수 없다. 지방자치제가 실시된다고 해서 금방 지역 문화예술이 발전하리라 기대하기는 어려우며, 지방자치제에 있어 제도적, 재정적 보완 조치가 뒤따르지 않으면 지역 문화의 창달을 꾀할 수 없을 것이다. 따라서 지방자치제의 실시를 낙후되고 획일화된 지역 문화에 활력을 불어넣는 계기로 삼기 위해서는 본격적인 지방화 시대에 걸맞는 문화 정책의 전환과 지역 문화를 육성하기 위한 다각적인 지원 시책이 선행되어야 한다. 이 같은 제도적 재정적 뒷받침이 따르지 않을 때, 지방자치제가 지역 문화의 활성화를 위한 전제로서 가능성을 열어 주는 계기가 될 것은 틀림없지만 그것이 지역 문화의 발전적 활성화에 필요 충분 조건이 되지는 못할 것이다.

이와 관련해서 가장 시급한 문제는 그간 문화 발전의 과정에서 날로 심화되었던 문화의 중앙집권화를 해소시키고 각 지역적 특성에 알맞은 문화예술을 육성하기 위한 여건을 조성하는 일이라 볼 수 있다. 그 동안 문화 중앙집권화의 심화는 모든 경제 활동, 금융기관, 사회·문화시설, 각종 편의시설 등이 수도권에 집중되어 있는 현재와 같은 여건하에서 지극히 당연한 결과라고 볼 수 있다.

지방자치제 실시를 계기로 문화의 탈중앙집권화와 지역 문화를 활성화할 수 있는 여건을 조성하기 위해서는 무엇보다도 먼저 이 지역의 문화 유산과 문화예술의 고유성 및 가치의 발굴과 시민의 가치 인식, 지역 문화예술의 발전을 위한 지방 재정 및 금융 기반 확충, 문화예술 체계의 다양화, 분권화를 통한 지역 문화 발전의 효율화 등의 시책이 추진되어야 할 것이다. 이 같은 시책들이 효과를 거두기 위해서는 지방자치단체가 지역의 특수성과 실정에 알맞은 문화예술 개발 계획을 수립하여 추진할 수 있도록 현재의 중앙집권식 행정체계를 과감히 지역 위주로 전환하는 개혁이 선행되어야 할 것이다. 그러나 이 같은 지역 문화의 활성화 대책도 결국 현재와 같은 수도권 집중화 현상이 해소되지 않는 한 실효를 거두기 어렵다. 그러므로 수도권 집중 억제 시책을 보다 강도 높게 추진하는 한편, 사회간접시설, 지방의 교육기관 및 문화시설 등 대폭적인 확충 노력이 함께 병행되어야 할 것이다.

 4부 지역 문화예술의 갈 길

　이러한 선결 조건과 함께 먼저 지방자치단체와 시민들이 해야 할 일은 각 지역의 정신적 뿌리와 우리가 새롭게 지향해야 할 정신 문화의 가치를 새롭게 창출하여 인식하는 일이다. 문화는 결국 하나의 정신체계이다. 물질 문화를 창조할 수 있는 힘과 질서가 바로 정신이요, 예술품의 생명도 바로 정신의 소산이라고 할 수 있기 때문이다.

　대전 지방에는 신석기 시대부터 인류가 정착한 이래로 각종 수많은 유물과 산성, 유적지가 산재해 있다. 또한 이 지역에는 충절 정신, 선비 정신 등의 뿌리인 수많은 선열들이 탄생하여 이 지역 문화체계의 정신적 근간이 되기도 했다. 이처럼 대전에는 역사적 유물과 문화재가 산재해 있고 정신적 뿌리가 될 수 있는 훌륭한 선열들이 많음에도 불구하고 흔히 시민들조차도 대전에 무슨 문화재가 있으며, 정신적 뿌리와 전통이 있느냐고 반문하면서 대전을 뿌리 없는 지역으로 비하시키기도 한다. 이는 대전을 교통도시, 상업도시 혹은 신흥도시로 인식했던 과거의 인습탓이기도 하지만, 그보다도 문화재와 정신 유산에 대한 발굴 미비, 보존 부실, 더 나아가서는 그 가치에 대한 홍보의 미비에서 기인했음은 부인할 수 없는 사실이다.

　따라서 지방자치제가 실시되는 이즈음에 관계 당국을 비롯한 각종 민간단체, 뜻있는 시민들이 우리 지역의 전통 유산을 새롭게 인식하고 그것을 발굴, 보존, 계승시키는 작업을 체계적으로 실천해야 할 것이다. 더불어 이 지역에 사는 사람들은 어느 지역의 출신을 불문하고 향토애를 가질 수 있는 여건이 마련되어야 한다. 다른 분야도 마찬가지지만 특히 지역의 문화예술 분야의 발전은 그 지역민들의 애향심을 바탕으로 하지 않고는 기대하기 어렵다. 대전은 다른 도시에 비해 문화예술 분야에서 낙후성을 띠고 있는 것이 사실이다. 이 지역인들은 근대화 이후 급속히 성장한 도시인 까닭에 전국적으로 다양한 지역민들이 모여 구성된 이질 집단이다. 그래서 이곳에 오래 뿌리를 내리고 살아온 사람들은 한밭 특유의 인심과 전통 문화예술이 사라져감을 개탄하기도 한다. 따라서 시민들은 이 고장 출신이 아니라 하더라도 철저한 이 지방인이 되어 문화예술적 가치에 관심을 두어야 할 것이다.

이렇게 지방자치 시대에 이르러 지역 문화의 독창성과 개별성을 강조하는 까닭은 일본이나 미국을 비롯한 천박한 외래 문화에 침식당하는 한국 문화를 재창조하기 위함이다. 지역의 독창적인 문화가 조화를 이루어 특색 있는 한국 문화를 이루고 더 나가서는 그것이 세계 문화를 형성하게 된다. 끊임없이 밀어닥치는 외래 문화의 충격 앞에서 자국의 전통 문화를 수호하기 위해서는 지역의 독창적인 문화 시민으로서 자부심을 갖는 동시에 우리 시민 스스로가 전통적인 문화를 수호 발전시키기 위한 시민 각자의 슬기로운 마음가짐이 절실히 요청된다.

이제 지방자치제가 실시되기에 이르렀다. 그리고 대전 지역은 '93 EXPO 개최를 비롯하여 둔산지구 행정타운 건설, 신도시 개발, 유성지구 첨단 과학단지 건설, 제 3·4공단 건설, 지하철·전철 건설 등 괄목할 만큼 한국의 중핵도시로서 그 발전 가능성을 내보이고 있다.

그러나 이 지역 사회를 주도하고 있는 정치인, 경제인 등을 포함한 많은 중산층이 문화의 가치를 소홀히 하고 있다. 이 지역 사회도 점차 산업화, 기술화 사회로 이행되어 가고 있음에 따라 우리 시민은 문화예술이야 말로 인간적 가치를 보호하고 회복하는 최후의 보루임을 인식해야 할 것이다.

이와 같은 시대적 상황에서 대전 지역의 문화예술을 계승 발전시키기 위한 자생력을 어떻게 기를 것인가 그 위상 정립의 과제에 당면하게 된다. 지역 문화예술의 발전을 위해서는 문화예술의 창조자, 매개자, 향수자, 지원자 등의 요소가 필수 조건이다. 이러한 관점에서 지역 문화의 위상 정립의 좌표를 살펴보자.

첫째, 이 지역 문화예술의 창조자는 향토 문화예술의 본질과 목적을 철저히 인식하여 특색 있고 새로운 문화예술의 전통을 창출할 수 있어야 한다. 지역의 문화예술 창조자들이 지역의 낙후성, 쾌적하지 못한 환경, 작품 유통의 비원활성 등의 이유로 이 지역을 떠난다면 지역 문화는 쇠잔해지고 말 것이다. 그러므로 이 지역의 문화예술 창조자들은 비록 외롭고 넉넉치 못한 어려운 여건이라 할지라도 향토를 지켜야 한다는 확고한 정신적 결심을 갖추어야 한다. 그들이 영혼을 불어넣어 예술품을 창조하면서 이 지역을 지켜 줄 때, 이 지역 문화는 뿌리를 찾게 되고 맥이 이어질 것이다.

둘째, 문화예술을 전파하고 향수자에게 전달할 수 있는 공간 매체의 확보는 시민의 평균적 문화 향수권을 제고시키는 첩경이다. 대전의 시민회관, 도서관, 박물관, 화랑, 소극장, 전시실, 공연장, 그외 문화 공간이 대전과 시세가 비슷한 다른 도시보다 그 규모면에서 열세를 면치 못하고 있다. 이러한 문화 공간이 확충될 때, 시민들의 생활 문화적 질을 높이고 아울러 대중들 사이에 그 결과가 보편화될 수 있다.

셋째, 지역의 문화예술을 발전시키기 위해서는 지역 시민들의 문화 수준을 높여야 한다. 제아무리 훌륭한 작품이 공연되고 전시된다 할지라도 그것을 감상해 줄 사람이 없다면 작가의 창작 의욕이 저하될 것은 분명하다. 따라서 이 지역에 사는 예술인 자신들을 비롯하여, 언론인, 교육자 등이 힘을 결집하여 일반 시민들의 문화 의식 향상을 위한 노력을 지속적으로 전개해야 할 것이다.

넷째, 문화예술의 창조를 위한 경제적, 정신적 지원체계가 이루어져야 한다. 지방자치 시대라 해도 당국의 지원에는 한계가 있다. 그러므로 이 지역 경제인들이 사회에의 환원이라는 의미로서 문화예술 발전을 위한 경제적, 정신적 지원을 아끼지 말아야 한다. 경제 발전이 문화 발전과 병행할 때, 경제적 변화의 순환과 성장을 사회적 문화적 가치 창조에 공헌할 수 있을 것이다.

　이상과 같이 지역의 문화 발전을 위해서는 네 요소 모두가 균형적으로 결집된 힘을 모아야 한다. 즉, 관계 당국과 정치·경제인 등 이 지역을 이끌어 가는 지역 인사들의 강한 의지와 철학이 선행되고, 이들을 포함한 전 시민들의 애향심과 문화에 대한 의식이 제고되어 하나로 응집될 때 문화예술의 발전은 가능하다.

예총 분리에 따른 지역 예술문화의 발전 방향

충청 지역은 산천이 수려하고 풍광이 명미할 뿐 아니라 기후가 온화하고 토지 또한 비옥하여 일찍부터 동경 문화 (銅鏡文化)가 발달한 고장이었다. 이에 따라 이곳에 사는 사람들은 넉넉한 인심을 가꾸고 학문과 예술을 숭상하며, 상대 이래 유구 천여 년에 걸쳐 풍요로운 문화예술의 꽃을 피워 왔다. 이는 충청도 복판을 가로지르고 천하의 영산 계룡산과 칠갑산을 굽이 돌아 유유히 흐르는 충청인의 젖줄인 1,000리 장강 금강이 이루어낸 이 고장 특유의 문화예술 양식인 것이다.

백제는 이 비단강을 끼고 공주와 부여에 도읍을 정하였고 삼국 중에서 가장 찬란한 문화를 꽃피웠던바, 그 문화예술은 바다를 건너 일본에까지 크게 영향을 끼친 사실만으로도 우리는 이 고장에 대한 긍지를 지니게 된다. 여기에 다만 아쉬움은 남는다. 그것은 당시에 찬란했던 백제 문화가 나당 연합군의 침공으로 말미암아 거의가 불타고 약탈되어 오늘에 남아 전해지고 있는 것은 그 양이 극히 적기 때문이다.

그러나 외형적인 문화 유산은 이처럼 소진되고 약탈·유실되어 많이 전해지지 않는다손 치더라도, 선조들의 빛나는 예술혼만은 결코 끊이지 않고 면면히 이어져 왔다. 백제 이래 수많은 역사의 굽이를 거치면서 이 고장에서는 헤아릴 수 없을 만큼 많은 석학 거유(碩學巨儒), 의사(義士)와 열사(烈士), 그리고 예술인들을 배출했으니 "충절의 고장" "문화의 고장"이라는 이 고장에 붙여진 칭호는 절로 우연히 얻어진 것이 아님을 알 수 있다.

그러나 근대 이후 일제 강점기(日帝 强占期)를 거쳐 현재에 이르는 동안 이 나라의 정치, 경제, 산업, 문화 등이 모두 수도권을 중심으로 하여 집중됨에 따라 지역 문화는 상대적으로 중앙 문화의 하위 개념으로 전락하였다. 그리하여 향토 문화로 지칭되는 것까지는 일단 수긍할 수 있으나 그것이 결국 촌놈 문화를 대신하는 용어로 쓰이고 있음에 우리는 커다란 저항을 느끼지 않을 수 없다. 또한 이 지역 문화도 역시 이러한 추세에 따라 그 지역의 대도시 중심으로 집중되는 경향을 보여 왔던 것이 현재까지 나타난 지역 문화의 실상이다.

충남 역시 예외는 아니어서 대전이 직할시로 분리되기 이전에는 이 고장의 많은 문화예술의 인구가 대전에 편중되어 있어 상대적으로 대전 이외의 지방도시 문화예술은 열악한 환경 속에서 자립력을 기를 수 없는 상태에 놓여 있었다. 1989년 대전시가 충청남도로부터 직할시로 분리, 독립되었음에도 불구하고 예총만은 지금까지 3년간을 양측이 통합된 체제로 운영되어 왔다. 그러나 이에 대한 불만의 소리가 크게 일지 않았던 것은 예총을 곧바로 분리할 수 없었던 위와 같은 이유가 크게 작용했던 것으로 보여진다.

드디어 1992년 3월부터 두 개의 예총이 분리 독립되어 충남예총은 이제 역사적인 독자 운영체제로 들어갔다. 그것은 곧 충남 예술 발전의 새로운 이정표가 된다는 점에서 매우 중요한 의미를 지니게 된다. 왜냐하면 지금까지 있어 온 대전권 중심의 충남 문화가 아닌 각 시·군 문화예술의 균형적인 발전을 통한 새로운 충남 문화예술의 위상을 정립하는 데 중요한 계기를 마련할 수 있기 때문이다.

사실 지금까지 충남의 예총은 지회장은 물론 예총 산하의 각 지부장들마저 거의 대전 지역에 거주하는 예술인들에게 주어졌기 때문에 예술 분야의 도(道) 지원 예산 배정이나 각종 포상에 있어서도 자연적으로 이들에게 우선적인 혜택이 돌아감으로써 여타 지역에 거주하는 많은 예술인들은 대전 지역에 거주하지 않는다는 이유만으로서 그 자신이 지니고 있는 역량과는 관계없이 순위에서 밀려나는 경향도 과거에는 종종 있었던 것이다(물론, 충남도와 대전직할시가 분리된 이후에는 비록 명목상 통합적 운영체제라고는 하나 실제적으로는 독립체제의 방식을 취해 왔기 때문에 과거의 그 같은 부득이한 폐습은 거의 불식된 것이 사실이기도 하지만).

그러나 이제 충남의 예총도 오늘로서 완전히 독자적인 운영체제를 갖추고 출발한 만큼 도내 각지에 거주하는 예술인들에게는 각자가 새로운 활력을 찾을 수 있는 계기를 마련하게 되었고 각 지역의 예술단체에는 균형 있고 지역의 실정에 합당한 예산 배정을 하게 됨으로써 조화로운 충남 예술의 창출에 새로운 활기를 불어넣게 되었다.

하지만 충남예총의 바람직한 발전을 위해서는 앞으로 각 지역 예술인들이 충분히 고려해야 할 몇 가지 사항이 남아 있다.

그것은 첫째 지역 이기주의에 집착하지 말자는 것이다. 오늘날 우리 사회에 만연되고 있는 이른바 '님비' 현상, 즉 지역 이기주의는 가위 망국적이라고 할 만큼 사회적 우려를 낳고 있다. "우리 지역에는 ○○이 우선적으로 반드시 유치되어야 하고 ○○만은 결사 반대다" 하는 식의 풍조는 하루 속히 이 땅에서 사라져야 할 것이다. 그럼에도 불구하고 지성인을 대표하는 예술인들마저 이에 편승하여 가령 예총지회는 반드시 우리 고장에다 못박아 두어야 하겠다느니, 이 예술 분야만은 결코 타지역에 지부를 빼앗길 수 없다느니 하는 아집으로만 일관할 때, 상대 지역의 반감을 고조시킬 가능성이 크기 때문이다. 만약 이렇게 될 경우 지방 예술계에도 달갑지 않은 지역 감정이 유발되고 분열을 자초(自招)하는 결과를 가져올 수 있기 때문이다. 그러므로 앞으로 충남예총만은 이러한 조류(潮流)에 휘말리지 말고 호양(互讓)의 정신을 발휘하여 지금까지 예술 발전이 상대적으로 낙후된 지역에 보다 많은 예산을 우선적으로 배정한다든지, 그 지역에다 문화예술 행사를 대대적으로 벌여 그 지역의 주민들로 하여금 예술문화 분야에 관심을 기울이도록 노력하는 안배 정신(按配精神)이 필요한 것이다. 뿐만 아니라, 각 시군마다 문화 행사가 봄, 가을 빠짐없이 거행되고 있는 실정이다. 이웃 고을에서 이러저러한 행사를 하니, 우리 고장인들 빠질 수 있으랴, 작년에도 이런저런 행사를 했으니 올해는 더 성대하게 치루어야 하지 않겠느냐 하는 발상에서 막대한 군(郡) 재정을 축내어 가면서 그저 꽹과리를 치고 미스○○를 선발하고 각종 특색 없는 민속놀이를 구색으로 넣어서 먹고 마시고 즐기는 일과성 행사는 예술단체가 앞장서서 시정해 나가야 할 것이다. 즉, 그 지역에서 행하여지는 문화 행사는 관례적으로 치루어질 것이 아니라, 그 고장을 특징지울 만한 행사로 계획하고 지역민을 대표하는 사람들과 예술인들의 단합된 의견으로 추진해야 할 것이며, 반드시 그 개최 시기를 봄이나 가을로 잡을 것이 아니라 행사에 걸맞는 시기로 조정함도 또한 필요한 것이다.

또한 이러한 행사를 추진함에 있어서는 예산의 뒷받침이 충분히 이루어져야 할 것이기에, 당국의 재정적 지원이 절대적이기는 하나 지역 예술인들은 관 주도형의 이 같은 행사에만 의존해서는 안 된다. 만약에 예산이 모자랄 경우, 자기 고장만 단독으로 행사를 치를 것이 아니

라 두세 개의 시군이 공동으로 개발하고 대거 참여하는 행사를 계획함
도 바람직한 방법의 하나일 것이다.

셋째, 각종 전시회, 음악, 연극, 문학 발표회 등의 행사는 각 지역에
서 윤번제로 실시함으로써 충청도민의 문화예술에 대한 관심을 고루
갖도록 유도해야 한다는 점이다. 대도시보다 생활·문화 수준이 떨어
지는 지방에 갈수록 그 지역 사람들은 대개의 경우 문화예술이라고 하
면 배부른 사람들이나 하는 사치스런 것으로 오인하는 경우가 많다.
이러한 지역민들의 고정 관념을 깨뜨리고 그들의 문화 의식 수준을 향
상시키기 위해서는 각종 행사를 많은 지역에서 펼쳐 나갈 필요가 있
다.

넷째, 문화예술은 궁극적으로 개인의 창작 능력이 신장될 때 지역 문
화예술도 함께 발전한다. 그러한 점에서 볼 때 예총은 도내의 산천이
수려한 몇 곳에 예술인의 창작마을을 계획·추진함으로써 그들이 안
락한 분위기 속에서 풍요로운 창작 활동에 전념할 수 있도록 하는 한
편, 그들을 지원하는 재정의 조달도 관에만 의존할 것이 아니라 민간
차원에서 과감한 모금 운동도 아울러 전개해 나갈 필요가 있는 것이
다. "하늘은 스스로 돕는 자를 돕는다"는 속언처럼 예술인 스스로가 자
구적(自救的)인 노력을 기울일 때 주변의 호응은 쉽게 얻을 수 있을 것
이기 때문이다.

따라서 새로이 출범하는 충남예총은 그 앞날이 무한히 밝음을 우리
는 점치고 있지만, 그만큼 넘고 거쳐야 할 장애물도 산적해 있는 것이
다.

한국 **문화**예술의 발전을 위한 **제언**

　　인간이 인간다운 생활을 영위하기 위해서 벌이는 행위는 실용적이고 실제적인 것과 그렇지 않은 것이 있다. 단체와 종족을 보존하고 의식주를 위한 것이 전자의 대표적인 행위라면, 생명의 연장과 직접 연결되어 있지 않은 비실용적인 문화 활동은 후자의 대표적인 행위가 된다. 이 두 가지 활동 중 어느 하나가 결여되었을 때, 그것을 우리는 인간다운 생활이라 보기 어렵다.

　인간은 문화라는 울타리를 벗어나서는 인간적인 삶을 영위할 수 없다. 이는 문화가 오랜 세월을 거치고 무수한 시행 착오를 거치는 동안 인류가 터득하고 축적하고 전승시킨 삶의 지혜이자 동시에 생활의 지식이기 때문이다. 이처럼 우리 인간의 삶은 문화와 아주 밀접한 관련을 맺고 있으며, 또한 문화 역시 인간의 삶을 떠나 존재할 수 없는 것이기도 하다.

　그럼에도 불구하고, 과거의 정부가 경제 성장 최우선주의로 정책을 펴온 결과 문화예술의 발전은 제자리 걸음을 하고 있으며, 그것도 군사정권하에서 상대적으로 위축되었다. 이러한 현실에서도, 다행히 문민정부 시대가 개막되면서 문화체육부에서 '문화 창달 5개년 계획'을 발표하고 신한국 문화 창달의 획기적인 방향을 제시하였다. 더욱이 그이듬해에 '기업 메세나'가 창립되어 기업들의 문화예술 지원 활동이 자못 기대되었다. 그러나 문민정부의 문화 창달 계획이 발표되고 나서도 피부에 와닿는 가시적인 문화예술의 발전은 체감하기 어려웠고, 문화예술 진흥 재원도 정부 재정 규모의 0.5% 수준에도 이르지 못하는 형편이었다. 지역 문화의 열악성 극복, 국민의 문화예술 향수층의 확대 등에서도 기대에 못미치고 있었다.

정보화 사회 또는 후기 산업사회라고 불리고, 문화의 개방 압력이 드세지며, 더욱이 일본 문화의 완전 개방이 코앞에 다가와 있는 현시점에서 우리는 다가올 21세기의 미래 문화예술 환경에 대한 철저한 대비를 해야 한다. 그렇지 않고는 우리의 문화가 몰락의 위기에 처할 가능성이 다분하다고 할 수 있다.

이러한 관점에서 우리 문화의 획기적인 발전을 위해 몇 가지를 제언하고자 한다.

정부에서는 당초의 계획대로 정부예산 1% 이상의 문화예산 확보를 가능한 한 빨리 실천해야 한다. 그리고 정부의 역할은 문화예술 종사자들이 창작 활동에 몰두하여 자유로운 창의성을 발현할 수 있도록 지원해야 한다. 즉, 문화예술의 창조적인 활동을 보장하기 위해서는 문화 창달이 민간 주도로 이루어져야 한다. 과거의 문화예술 정책이 관 주도형으로, 그리고 규제 위주로 이루어져 왔음을 우리는 수없이 체험하였다. 한 나라의 문화 창달의 역할을 관이 주도하게 되면, 그 문화는 직접적으로 정치의 영향권에 귀속되어 획일화와 경직화 현상을 벗어나기 어려울 뿐만 아니라, 민족의 예지가 발휘될 수 없다. 특히, 우리나라 10개 예술단체(건축, 국악, 무용, 문학, 미술, 사진, 연극, 연예, 영화, 음악)의 회원으로 구성된 한국예술문화단체총연합회(예총)와 같은 민간 단체를 적극 지원하여 하나의 문화예술 중흥의 구심체로 육성 발전시킬 필요가 있다.

그리고 경제와 문화는 별개의 것이 아니고 상보적으로 발전하며, 문화는 기업과 함께 활동해야 하는 시대가 되었다. 문화 창달에 대한 정부의 경제적 지원은 한계가 있다. 그러므로 기업인들은 축적한 부를 사회에 환원한다는 자세로 문화예술 발전을 위해 적극적인 지원을 아끼지 말아야 한다. 기업이 이러한 일을 수행할 때, 명심해야 할 것은 문화 지원 활동을 자기 기업의 홍보 차원 또는 기업의 보상을 기대하거나 기업 목표에 따라 끌고 가서는 안 된다는 점이다. 현대 프랑스어의 '메세나'가 문화 옹호 또는 문화예술 지원을 뜻하는 것으로 '보상을 기대하지 않는 문화 지원 활동'을 의미한다고 할 때, 우리 기업들은 그 근본 취지를 벗어나서는 안 될 것이다.

국제화, 정보화 시대라는 미명하에 오늘날 전통 문화는 실종되어 가고 있다. 국제화 시대에 범세계적인 동질 문화를 인정한다 하더라도 개별성을 지닌 고유한 우리 문화는 살려야 한다. 우리는 과거 우리 조선(祖先)이 문화체계를 이루어 왔던 전통을 오늘날까지 계승·발전시키지도 못했을 뿐더러, 그것을 혁신적으로 대체할 만한 다른 문화체계도 이루지 못했다. 따라서 취약한 전통 문화가 문화의 국제화, 산업화 추세에 편승했을 때, 우리 전통 문화는 외래적인 요소에 쏠려 마침내 그 고유성을 상실할 가능성이 높다. 외래 문화의 창조적 수용이란 단순한 논리적 계산이 될 수 있다. 연한 물감이 진한 물감에 흡수되듯이 특히 외래 문화에 익숙한 신세대에게 우리 문화는 한낱 구시대의 유물로 간주될 수 있다. 만일 전통 문화가 외래 문화에 흡수되어 버린다면 이는 우리 민족성의 말살이나 다름없다. 물질적 삶을 풍요롭게 하는

제1회 전국농악경연대
회 공연 모습(1951년).

현대 고도의 기술 문화는 수용하여 재창조의 길을 열 필요가 있다. 그러나 과거에 일관성 있게 흘러왔고 현재에 살아 숨쉬며 미래에도 끊임없는 근원적 주제를 뒷받침할 수 있는 민족 정신 내지 민족 정서를 지니고 있는 하나의 독자적인 정신이 되는 전통 문화는 그 고유한 생명을 영원히 보존 계승시켜야 한다.

그러므로 정부의 문화 정책 수립자, 문화예술의 창조자, 그 전파자들은 우리 전통 문화의 핵심이 무엇인지를 철저히 파악하여 그 취약성을 극복하고, 그것을 일관성 있게 전수, 보존, 발전시키는 일에 전력을 다해야 할 것이다.

우리의 문화예술은 다수의 국민이 쉽게 향수할 수 있어야 한다. 이를 위해서는 문화 공간이 대폭 확충되고 열려야 한다. 현재의 문화 공간은 국민의 문화 욕구를 충족시키기에 절대 부족하다. 공공 문화 공간도 부족하지만, 대도시뿐만 아니라 소도시에도 대단위의 아파트 단지가 시각을 다투어 건설되지만 그곳에 변변한 문화 공간이 마련된 경우는 거의 없다. 또한 기존의 문화 공간들은 대부분 폐쇄적이다. 공공 문화 공간의 경우에도, 대부분 많은 사용료를 내야 하며, 향수자는 입장료를 부담해야 한다. 문화의 모든 행위가 공간에 의해 제한 받는 일이 있어서는 안 된다.

그리고 문화예술의 지역간 균등 발전과 그 혜택을 모든 국민이 나누어 가지기 위해서는 지방 문화 육성 지원이 적극적으로 이루어져야 한다. 지금까지 문화 정책 수립 관련자들이 이구 동성으로 지방 문화 육성을 내걸었지만, 적극적으로 실천된 예는 그리 많지 않다. 문화의 탈중앙 집권화와 지역 문화 활성화를 이루기 위해서는 무엇보다도 지역 특수성과 실정에 알맞은 문화예술 개발 계획 수립, 지역의 문화 유산과 예술의 고유성 및 가치 발굴, 문화예술체계의 다양화, 모든 문화 공간에 대한 복합 문화 공간으로의 활성화, 중앙집권식 문화 행정체계의 지역 위주로의 개혁 등이 선행되어야 한다. 그러나 무엇보다도 재정적 뒷받침이 없이는 지역 문화가 활성화 될 수 없다는 점을 깊이 인식하고 지방 문화 예술 기금의 확충 및 과감한 지원이 이루어져야 할 것이다.

지역 문화의 활성화는 국민들의 문화 욕구를 충족시켜 줄 뿐만 아니라, 지역 주민의 정서적 공감대 및 공동체 의식 형성의 바탕이 되어 지역 발전의 활력소가 될 것이다.

무엇보다도 우리가 염려하는 것은 사회를 주도하고 있는 정치, 경제인을 포함한 많은 중산층이 문화예술의 가치를 소홀히 하고 있다는 점과 국제화, 정보화 시대가 급속도로 진전되면서 외래 문화가 걸러지지 않은 채 밀려들어 오는 상황에서 한국 문화예술의 자생력을 어떻게 기를 것인가 하는 문제이다.

따라서 국민 모두가 산업화·기술화 시대에 문화예술이야말로 인간적 가치를 보호하고 회복하는 최후의 보루라는 인식을 가져야 한다. 그리고 문화예술의 발전을 위해서는 문화예술의 창조자, 매개자, 향수자, 지원자 등 네 요소가 균형적으로 결집된 힘을 모아야 한다.

즉, 관계 당국과 정치·기업인 등 한국 사회를 이끌어 가는 인사들의 문화예술에 대한 강한 의지와 철학이 선행되고, 문화예술 창조자를 포함한 전국민이 우리 문화예술을 아끼고 사랑하는 의식이 제고되고 하나로 응집될 때 한국 문화예술의 획기적인 발전의 길이 열릴 것이다.

 4부 지역 문화예술의 갈 길

대전 문화의 발전 방향

지금까지 이 고장의 많은 시민들은 대전의 문화
예술에 대하여 일반적으로 부정적인 견해를 지니고 있었던 것이 사실
이다. 그 이유는 대전이란 도시가 근대 이후 경부·호남선의 개통과 함
께 일본인의 거점 도시로 건설되고, 조국 광복과 6·25전쟁을 거치면
서 교통과 군사의 요충지가 되어 각 지방 사람들이 대거 이주해 와서
급속하게 성장한 신흥도시이며, 인구의 비율 또한 충청, 전라, 경상,
이북 등지의 출신들이 균등하게 구성되어 있어 자연 이 고장의 토착
인구가 차지하는 비율이 극히 적어 전통적인 문화 유산이 부재할 뿐더
러 현재에도 문화예술 및 주민의 편의시설이 시세가 비슷한 다른 도시
와 견주어 외형적으로 열악하기 때문이다.

그러기에 오늘날에 이르기까지 대전은 다만 교통의 중심지라는 점
이외에는 생산 기반이 전혀 없는 소비성 도시, 문화적 전통을 찾아볼
수 없는 신흥도시라는 자조적인 이미지만을 지녀왔던 것이다.

이와 같은 견해는 비단 일반 시민들만 가지고 있는 것이 아니라, 심지어는 사회의 지도층이나 기관을 대표하는 인사들도 이와 비슷한 견해를 피력하는 경우를 종종 보게 된다. 하지만 이러한 논의는 이 지방의 문화적 유산에 대한 정확한 검증을 통해서 개진된 것이 아니라 막연한 인상에서 추출된 주장일 뿐이라는 사실을 이 방면에 관심을 기울인 사람들은 익히 알고 있다. 기실 이 고장 역시 타지방 못지않은 문화예술적 전통이 있다. 다만 그러한 문화예술 유산들이 다른 지역처럼 오늘날까지 보호·유지되고 발전되지 못하였다는 데 문제가 있다고 하겠다.

따라서 지방화 시대를 맞이하여 자치제가 실시된 지금, 지난날 이 고장에서 꽃피웠던 찬란한 문화예술 등의 전통 유산을 점검하여 지방 문화예술의 맥을 찾고, 새롭게 발전하기 위해서는 어떤 방안이 필요할지 제시해 보고자 한다.

대전은 예로부터 산천이 수려하고 풍광이 명미하며 토지가 비옥하여 일찍이 상당한 문화를 이루고 있었음은 이미 이 고장에서 조사 발굴된 유물, 유적을 통해 충분히 짐작할 수 있다.

이 고장은 대전천, 유등천, 갑천 등의 시내 주위에 기름진 너른 들판이 있고 그 사이에는 나지막한 구릉지대가 있어 이미 선사 시대부터 농경 생활을 영위하면서 이와 관련된 고도의 문화를 이루고 있었다. 대전에서 사람이 살았으리라 보여지는 증거는 이미 신석기 시대이다. 대전 가까이에 있는 공주 석장리에서 구석기 시대 유물이 발견되었으며, 대전에서도 둔산 지역, 유성 송강 지역 등에서 구석기 유적이 발견되어 구석기 시대에서부터 사람들이 살았으리란 추정을 가능하게 한다.

또한 갑천을 중심으로 하여 유성 지역에 생활 기반을 두었으리라 보여지는 주민들의 생활 유적이 많이 발견되었다. 무문토기 파편을 비롯하여, 석관묘에서 주로 발견되는 흑노장경병의 목부분, 커다란 숫돌,

돌도끼, 석기반제품 등이 발견되었다. 유물로 보아 구릉에는 청동기 시대의 집자리와 석관묘 계통의 무덤 유적이 있을 것으로 보며, 이외에도 산등성이에서 백제 토기 조각들이 많이 발견되어 대전이 백제인들에게 주요한 생활의 터전이었음을 가늠토록 해준다. 그 외에도 대전이 이미 오래 전에 사람이 살면서 역사를 일구기 시작했음을 구체적으로 입증해 주고 있는 대표적인 유물 유적은 괴정동, 탄방동, 도마동, 문화동, 둔산동 등지에서 발견된 각종의 청동기 문화 유물이다. 이들 유물은 당시 한밭에 거주하였던 청동기인들의 생활상의 일면을 보여줄 뿐 아니라 이미 선사 시대에 이 고장에 청동기 문화의 꽃이 피었음을 보여주는 실증적인 예라고 하겠다. 이러한 선사 시대의 문화적 양상은 이후 마한, 백제를 거쳐 고려, 조선조로 면면히 계승되면서 꾸준한 발전을 거듭하여 오늘에 이르고 있다.

유천동의 산신제, 대동의 장승제, 옥계동의 거리제와 같은 부락제에서 연출되고 있는 가무, 가희로서의 농악이 마한 시대에 거행된 가무백희(歌舞百戲)와 그 전통적 맥락을 이루고 있다 할 때, 이 고장에서도 원시종합예술이 제천 의식의 형태로 상당히 오래 전부터 형성, 전개되었음을 알 수 있다. 그리고 대전은 삼국 시대에 백제 우술군에 해당되는 지역으로 동쪽으로 신라의 고호산군(옥천군)과 접하여 있었다. 그리하여 신라와의 분쟁이 잦은 곳이었는데, 더욱이 백제가 웅진(공주)으로 천도한 이후에는 도성(都城)과의 거리가 단축되고 신라의 공격로 위에 놓이게 되어 백제의 군사 요충지가 되었다. 그러한 관계로 대전시의 시가지를 둘러싼 산악 지역에는 30여 개에 달하는 백제 산성들이 조밀하게 분포되어 있다. 신라와의 경계와 지방행정 거점의 방위를 위하여 쌓여진 법동의 계족산성, 가양동의 질현성, 용운동의 갈현성, 판암동의 삼정동 산성, 대사동의 보문산성, 덕진동, 방현동의 적오산성, 연축동의 우술성, 구성동의 노사지산성, 월평동의 우성산성, 사정동의

우암사적공원. 문향으로서의 한밭의 풍모를 전해 주는 문화 유적 중 하나이다.

산성, 안산동의 산성 등은 백제 시대의 발달된 축성술을 보여주는 사료일 뿐 아니라 당시 한밭의 문화 실상을 짐작케 해주는 귀중한 문화 유적이기도 하다. 또한 식장산에 위치한 고산사, 무수동의 보문사지, 성북동에 있는 봉소사의 석조보살입상 등은 조선조 이전 이 고장의 불교 문화의 실태를 가늠케 해주는 불교 유적들이다. 백제와 신라의 접경 지역이었을 때는 백제의 방위 요충지로서 중요한 역할을 하였으며, 그만큼 문화적인 흔적도 많이 남겨 놓고 있으나 통일신라, 고려 시대의 문화 유산은 미미한 편이다. 그 중에서 성북동·계산동에서 발견된 고려청자 요지는 전국에 걸쳐 매우 희소한 것으로 귀중한 문화적 가치를 지니고 있으며, 진잠 향교 뒷편에서 발견된 석탑 또한 이 당시의 대전의 문화적 유산으로 가치를 지니고 있다.

대전이 조선조에 이르러서는 많은 문장 대가를 배출한 문향으로서, 문화예술의 발달도 상당 수준에 이르렀음은 주지의 사실이다. 넓은 분지 외곽의 경관이 수려한 산기슭에는 선현, 유학자, 관리 등 상류 계층에 속하는 사람들이 기거했던 가옥, 별당, 누각, 강학소, 사당 등 목조 건물이 적잖게 자리잡고 있다. 특히 임·병 양란을 전후해서는 이 고장에 많은 서원과 별업(別業)이 건립되었고, 거기에서 문인들이 속출하여 문향의 전성기를 구가하기에 이르렀다. 당시의 대표적인 문인 학자로는 사암 박순(朴淳), 송애 김경여(金慶餘), 죽창 이시직(李時稷), 설봉 강백년(姜柏年), 탄옹 권시(權諰), 동춘 송준길(宋俊吉), 우암 송시열(宋時烈) 등을 들 수 있다. 이러한 한밭의 문향으로서의 전통은 꾸준히 이어져 오숙재 송익흠(宋益欽), 한정당 송문흠(宋文欽), 성담 송환기(宋煥箕), 유회당 권이진(權以鎭), 연재 송병선(宋秉璿) 등이 배출된 바 있다.

한밭의 이러한 문향으로서의 전통적 면모를 보여주는 유적은 도산서원, 숭현서원을 비롯하여 쌍청당, 옥류각, 남간정사, 동춘당, 유회당 등 현존하는 각종 사(舍), 누(樓), 정(亭), 당(堂), 정각(政閣) 등이다.

이와 같이 이 고장은 선사 시대 이래로 꾸준하게 문화예술을 계승·발전시켜 왔으며, 현전하는 다양한 유물 유적이 이러한 사실을 실증적으로 대변해 주고 있는 것이다.

이 고장 한밭이 상당한 문화예술의 전통을 지니고 있었음에도 불구하고 오늘에 이르러 문화의 불모지니, 낙후지니 하는 오명을 듣게 된 이유는 어디에 있는 것일까? 그 오명을 벗기 위해서는 어떻게 해야 할까?

문화예술은 창작의 주체와 그 창조물을 관리 운영, 소통하는 사회적 교섭 단체와 문화예술을 향유하는 수용주체로 나누어 볼 수 있다. 작금에 이르러 이 지방에서 활동하고 있는 각종 예술인의 수가 1,000명을 헤아리고 있는데 이들은 이 고장의 향토 예술과 전통 문화를 전승하여 발전적으로 계승해 나아가야 한다. 이들 예술인들이 늘 염두에 두어야 할 바는 대전의 문화가 중앙 문화를 따르고 모방하는 것이 아닌 자신의 독창적인 문화를 창조하려는 노력과 자부심을 가져야 한다. 그러기 위해서는 또한 이제까지 살펴본 대전의 문화적 맥락에 대한 이해와 발전적 성찰이 뒤따라야 한다는 것이다.

문화예술 진흥에서 가장 중요한 것은 감동을 줄 수 있는 문화예술 작품을 창조해내는 것이다. 예술인들의 혼과 진지함이 깃든 작품이라야 일반인들에게 감동을 주어 향수자의 정신까지 고양시킬 수 있으며 그로 인해 지역 문화계의 발전이나 예술 진흥이 진작될 수 있는 것이다. 영혼을 울리는 진실한 예술은 문화의 향상과 시민의 문화적 기능을 뛰어넘어 한 사회의 시민 의식과 그들의 삶을 한 단계 높은 차원으로 끌어올리는 내재적인 힘을 지니고 있는 것이다. 예술은 발전된 사회의 내실을 보다 알차게 장식하는 풍요로운 정신 세계를 간직한 대상이다. 그러기에 예술은 사회 발전에 영향을 끼치고 그에 소속된 구성원의 삶의 질을 세련되게 하는 것이다.

예술인은 또한 이러한 예술의 사회적 기능에 대해서 늘 생각해 보아야 할 것이다. 더구나 그것이 중앙 문화에 비하여 상대적으로 낙후되어 있고 중앙 문화 지향적인 경우에 있어서는 지역 예술인에게 부과되는 짐은 한 가지가 더 있다고 할 것이다. 곧 지역의 독창적인 문화를 창조하여 계승할 방도는 무엇인가 하는 주체적인 반성과 성찰이 요구된다는 것이다. 또한 이들이 개성적이면서도 감동적인 창작 활동을 할 수 있기 위해서는 이들의 생존과 예술 행위에 대한 지원, 예술을 향유할 수 있는 공간의 확보, 문화예술을 향유할 여건의 조성 등 관계 기관과 기업의 지원이 뒤따라야 할 것이다. 더욱이 지역 문화를 활성화하기 위한 이러한 제반 여건 조성과 더불어서 과대하게 비대하고 독점적인 중앙 문화 위주의 문화 정책을 지역 문화 활성화를 위하여 안배하여야 할 것이다.

지역 문화 예술을 진흥시키기 위해서는 서울을 중심으로 하는 중앙집권적인 조직보다는 자기 고향을 지키는 예술인들이 모여 자생적인 법인 조직을 구성하는 실질적인 지방자치가 문화예술 분야에서도 이루어져야 한다. 현재 우리나라에서는 서울에 한국예총이 있고 각 지역마다 예총 지회, 지부가 있다. 지방자치제의 실시와 함께 각 지역의 예술주체는 그들의 결집체인 예총 지역 단체가 되어야 하며, 그들을 중심으로 지역 문화예술 발전이 이루어져야 한다.

그런데 현재 우리나라에서는 한국예총만이 예술단체 법인 설립을 허가할 수 있으며 지방예총은 법인 설립을 허가할 수 없게 되어 있다. 더군다나 한국예총의 운영에서 이사회 구성이나 대의원 구성은 지방의 의결권이 중앙에 비해 절대 부족해 지방 예술인의 권익이 옹호되지 못하고 있는 실정이다.

또한 국가와 지방자치단체는 국민의 문화예술 활동을 권장하고 적극 육성 보호해야 함에도 불구하고 국가 예산 지침서의 지방 예술단체 지원 보조금이 불과 직원 2명 정도의 인건비밖에 되지 않는다. 따라서 정액 보조금이 증액되어야 하며 지방 기업이 문화예술 행사에 적극 참여하게 하기 위하여 세제상의 혜택을 받을 수 있도록 하는 제도가 개선되어야 한다.

문예진흥원은 문화예술의 진흥을 위하여 개인이나 법인으로부터 기부금품을 받을 수 있으나 문예진흥원이 전국의 문화예술 활동을 지원하기에는 부족하다. 따라서 지방 예술단체에서도 기부금품을 받을 수 있도록, 또 그 단체의 육성을 위하여 필요 경비는 세제상의 혜택이 돌아가도록 제도가 개선되면 지방 기업체의 참여와 지원을 유도할 수 있으리라 생각된다. 또한 그러한 기업이 수도권이나 어느 한 지역에 편중되지 않고 고루 설립될 수 있도록 이끄는 정책의 안배가 요구되기도 한다. 이와 더불어 문예진흥기금의 활용에 대해서도 재고해야 하지 않을까 싶다. 현재 문예진흥기금의 모집은 전국의 영화관, 공연장, 사적지 등지에서 관람료의 일정액을 모금하는데 대다수의 금액이 서울 지역의 문화예술 활동에 사용되고 있어 지방 문화예술의 활성화는 기대하기 어렵게 되어 있다. 기금에 대한 합리적인 배분법을 모색해야 한다. 그 지방에서 모금된 기금의 1/2은 그 지방 문화예술 활동에 쓰이고 나머지 1/2은 중앙의 문예진흥원에서 취합하여 자립도가 부족한 지역에 적정 배분하는 것도 한 방법이 될 수 있을 터이다.

지자제가 실시된 만큼 지방의회가 좀더 문화예술에 전문성을 가지고 지역 문화예술 발전의 모체는 지역 단체임을 인식하고 정책을 입안하여야 할 것이다. 문화 정책은 행정적 관리의 낡은 습관인 서면상의 계획서라든가 양식 서류상에서 하나의 결과로 보고되고 처리되는 성질의 것이 아니다. 따라서 문화 계획은 어떤 조직이나 기구의 구성과 설치에 앞서서 그것을 경험적으로 체득하고 실천적으로 연마한 일선 지휘관으로서의 전문가의 양성과 확보가 우선되어야 한다. 시행정 당국의 문화예술에 대한 지원은 그 효과가 짧은 시간에 나타나지 않기 때문에 대부분 단시일내에 효과를 보는 여타의 사업에 밀리고 있는 것이 사실이다. 과시 행정이 아닌 지역에 대한 면밀한 검토와 계획 속에 문화 정책은 전개되어야 할 것이다. 실례로 이 고장의 문화예술에 관련된 정확한 자료는 아직도 한곳에 정리, 비치되어 있지 못하며, 이로 인해 시민들도 그것을 활용할 수 없다. 또한 문화예술에 관계되는 시내 대학의 현황과 같은 예비 문화예술인들의 통계도 비치되어 있지 않으며, 이 지역에 있는 문화예술인들이 한곳에 모여 현안 문제를 논의할 만한 문예회관도 건립되어 있지 못하다.

따라서 시행정 당국에서는 이 지역이 경제인으로 하여금 문화 애호 정신을 갖도록 유도함은 물론 이들을 육성할 수 있는 지원책을 마련하는 데 힘써야 할 것이며 동시에 문화예술 사업에 과감하게 예산 부여를 해야 할 것이다. 그리고 예산의 효율적인 집행이 중요함을 인식하고 대전에 뿌리를 두고 있는 문화예술인들의 자문을 받아 그 효과를 보다 높여 시민들에게 실질적으로 혜택이 돌아갈 수 있는 사업을 펼쳐 나가는 것도 염두에 두어야 한다. 아울러 도시 계획에 특색 있는 문화의 거리, 즉 예술의 거리, 고전의 거리, 청소년의 거리 등을 설정하는 것도 고려해 볼 필요가 있다 하겠다.

이와 더불어 예술 작품과 수용자 사이를 이어 주는 중간 전달자, 즉 예술 행정, 예술 경영자들도 양성되어야 한다. 예술도 생산, 유통, 소비의 과정을 거쳐야 하는데 우리나라는 특히 유통 과정이 원활하지 못하다. 유통은 바로 기획, 홍보, 판매 등을 맡는 예술 경영자들이 하는 것이다. 물론 문화예술의 전반적인 규모와 자립도가 취약한 지방에서 이러한 단계까지 고려하기에는 여력이 미치지 못할는지 모른다. 그러나 문화는 단기적으로 이루어지는 것이 아닌 보다 장기적인 안목과 노력으로 이루어지는 것이다. 그러기에 차츰차츰 이러한 보다 거시적인 구도 속에서 진행되어 나가야 할 것이다.

개성적인 문화예술은 합리적인 제도 아래에서 더욱 풍성하게 자랄 수 있다. 문화 정책의 측면에서 합리적인 제도가 수립되고 입안될 때 문화예술에 대한 기업의 지원을 기대할 수 있으며 유도하게 된다.

기업이 문화에 참여한다는 것은 기업이 문화에 참여하지 않으면 살아남을 수 없는 사회의 분위기와 관계 있다. 국민 기업의 축적된 자산은 이미 기업주나 주주의 몫임을 넘어서서 국민 모두의 노력으로 쌓아 올린 국가적 공동 자산의 의미 또한 지닌다고 할 것이다. 그러기에 기업은 국민의 힘으로 성장해 온 자신들이 그 국민을 위해 무엇을 해야 할 것인가를 자문해 보아야 할 것이다. 그리고 국민들은 문화에 참여하는 기업을 그렇지 않은 기업보다 더 신뢰할 때 기업은 자사의 영리를 위해서도 문화에 참여하지 않을 수 없게 될 것이다. 미국 기업의 역사는 이 사실을 잘 증명해 준다. 즉 돈벌이의 어두운 역사를 은폐하기 위해 의도적으로 문화를 지원했으며 요즈음 시장 개척을 할 때에도 상품보다 먼저 그 사회의 문화 프로그램을 상륙시키기도 한다.

오늘날 우리나라 기업도 개개의 상품을 광고하는 것보다 공익성 광고를 게재하기도 하는데 이것은 기업 전체의 이미지를 고양시키기 위해서이다. 이것은 기업 이미지 쇄신뿐 아니라 시민의 문화 의식에 호소함으로써 제 2의 잠재 고객까지 깊이 파고들겠다는 경영전략적인 측면에서 문화예술과의 접맥을 시도하는 것이다. 이론적으로 어떤 문화 행사를 후원하게 될 때 그 유형은 상품 연계형, 상품 이미지 연계형, 무연계형이 있다. 하지만 현실적으로 무연계형은 존재하지 않으니 다시 말하면 기업은 이익이 없으면 문화에 참여하지 않는다는 것이다.

그렇다면 제도적으로 문화에 참여하는 기업에게 세제상의 혜택을 준다거나 기업이 자리하고 있는 지방의 문화 활동에 순이익금의 몇 퍼센트를 후원해야 한다거나 하는 방법을 생각해 볼 수 있다. 이것은 역으로 문화예술 영역에서는 기업과 교환할 수 있는 영역을 개발할 필요가 있다고 하겠다. 예를 들면, 문화는 이제 산업이 되어 가고 있으며 관광 산업의 중심이기도 하다. 경치나 풍광을 둘러보고 가는 관광이 아니라 문화예술과 연계될 때에만 의미있는 관광이 되어 한국의 문화예술을 세계에 널리 알릴 수 있게 된다. 그러기에 단순히 서구의 문화를 모방하고 쫓아가는 그들의 눈에 익숙한 문화가 아닌 우리만이 가지고 있는 우리 고유의 문화를 내놓아야 한다. 예를 들면 1990년 암스테르담에서 있었던 반 고흐전은 일백오십만 장의 입장권을 모두 국외에 판매했다. 전시 기간이 두 달이었기 때문에 고흐전 입장권은 두 시간씩 시간까지 제한했으며 늦게 온 사람은 입장을 거절하기도 했다. 이런 정도의 규모라면 새로운 문화 수요자를 기반으로한 문화 사업이 아니겠는가?

지난 서울 올림픽 문화축전 같은 문화적 사대주의를 재연해서는 안 된다. 올림픽 문화예술 축전이라는 것은 최소한 오늘날 우리의 문화 역량을 세계 각국에 알리는 계기가 되어야 한다. 문화를 인간의 삶의 내용으로 파악한다면 우리의 삶의 내용은 온통 외래적인 서양 문화와 재래적인 전통 문화가 뒤섞여 있다. 예술도 사회 문화의 한 부분이므로 대부분의 예술 분야는 서양적인 것과 전통적인 것이 있다.

그런데 서울 올림픽 문화축전이 펼쳐진 약 보름 동안 국제 무용제에는 살풀이와 승무 같은 전통 무용이 한 번도 무대에 올려지지 않았다. 가장 한국적 진수를 보여줄 수 있는 것들은 빠지고 서양인을 데려와 놓고 그들 흉내를 내었으니 얼마나 우스운 꼴인가. 국제 음악제 기간 중에는 국악을 공연하지 않았다. 이러한 발상은 우리의 문화를 잘못 이해한 탓도 있겠고, 우리의 전통 문화를 경시하는 태도에서 비롯된 것이다. 이제 이러한 모방주의 수준의 외래 문화보다 창조 역량이 잘 발휘되는 전통 문화를 중하게 여겨야 한다.

오늘날 국제간의 문화 교섭은 전쟁으로 비유되기도 한다. 경제 제일

주의에 의해 문화예술이 뒷전으로 돌려지던 시절이 없었던 것은 아니나 문화예술의 뒷받침이 없는 경제는 곧 한계에 부딪칠 수밖에 없게 된다. 경제 발전이 물질적인 풍요와 생활의 편리를 가져다 주는 것이라면 문화예술은 그러한 외적 만족 이면의 사치와 퇴폐성, 물질에의 노예 상태로부터 인간을 구원해 주는 정신적 기제를 담고 있는 것이다. 경제 발전에 새로운 의미와 생명력을 불어넣을 수 있는 공감력 있는 문화예술이 없이는 경제 발전은 하나의 실패담으로 끝날 수도 있다. 이런 사회 변화 속에서 기업은 문화예술과 새로운 관계를 맺게 된다. 기업 발전은 문화예술과의 합작을 통해서 가능하며 또 문화예술에 참여한 기업만이 시장에서의 신뢰도를 얻어낼 수 있게 되었다.

여기에서 우리는 대전 엑스포를 떠올릴 수 있다. 인류가 지향하는 새로운 도약에의 길을 구현하는 미래의 과학 기술 엑스포로 정의했었지만 이것과 더불어 대전의 문화예술이 세계적으로 도약할 수 있는 문화예술의 엑스포를 기업의 참여와 예술인들의 의지로 이루어내야 했었다. 이러한 문화 또한 대전 엑스포란 이름에 걸맞게 대전 지방의 고유한 문화가 무엇인가를 모색하여 대전의 특성을 세계에 알릴 수 있는 계기가 되도록 이끌어야 하는 것이다.

인간의 삶에서 왜 예술 활동이 필요한가라는 근본적인 질문과 함께 인간을 인간답게 살게 하기 위해서는 모든 인간에게 예술을 향유할 수 있는 능력을 길러 주는 것이 국민 교육의 의무이기도 하다. 오늘을 살아가는 우리들은 외형상으로는 지극히 풍요롭고 편리한 삶을 누리고 있는 것이 사실이다. 과학 만능 시대에 살고 있는 현대인들은 고도의 과학적 지식과 능력이라면 무엇이든지 이룰 수 있으리라는 과신 속에서 현실에 안주하고 있는 것도 사실이다. 더구나 의학 지식의 발전은 이제 인류의 질병 퇴치에 획기적인 공헌을 하여 마침내 생명의 연장을 도모하였고, 과학적 지식의 축적과 그 활용은 인류의 생활에서 불편을

대전 엑스포 행사장과 그 주위를 끼고 도는 갑천의 모습.

추방하고 생활에 여유를 찾게 하였다. 하지만 이와 같은 풍요로움과 편리함을 긍정적으로만 평가할 수 없는 요소들도 많이 있다. 이것은 우리가 물질적 풍요로움을 누리고 기계의 편리함을 활용하고 있지만, 거기에 반비례하여 인정과 사랑까지 기능화하여 정신적으로는 황폐화되어 가고 있다. 사실 우리들의 가정과 사회에서 인정이 고갈되고 사랑마저 기능화되었다면 이는 인류가 심각한 정신적 위기에 봉착했음을 말해 주는 것이다. 이 원인이 기능과 지식 중심의 교육, 과학 편향의 발달에 있음을 상기하면 문제는 더욱 심각하다.

지식과 과학 중심의 획일화된 사회는 자본주의 사회 제도와 결부되어 모든 인간 관계를 경쟁 속에 몰아넣었다. 이 경쟁의 속성이란 '내 창고 속에 남보다 많은 것을 가두겠다는 것'이니 그렇게 하기 위해서는 너의 사정이나 처지를 이해하기에 앞서 내 앞에 놓인 이익이 우선해야 한다. 개인의 욕망 추구가 자본주의적 이윤의 추구라는 말로 미화되어 수단과 방법을 가리지 않고 자본의 축적에 이성과 도덕을 상실해 버린다. 이런 자본주의의 거대한 수레바퀴 속에서 도시의 소시민조차도 인간의 소외의 상징이라 할 수 있는 화폐의 노예가 되어 인간 본래의 삶을 잃은 채 기계의 부품처럼 살아간다. 조금 극단적인 논리이긴 하나 이런 경쟁의 결과는 필연적으로 불신과 증오를 낳기 마련이다. 이 위기를 슬기롭고 신속하게 극복하는 길의 하나는 예술의 향유이다. 예술의 법칙은 경쟁으로 허영심과 증오심을 유발시킨 인간의 정신을 화해시킨다. 그리고는 더 나아가서 인간의 창의력을 혁신시키고 기계적 관계의 인간 구조를 도덕적이고 정서적인 차원으로 순화시킨다.

특히 대전 시민들의 경우는 각 지역에서 모여든 사람들로 구성되어 있어 이 고장에서 사는 긍지를 지니지 못하는 경우가 있었던 것이 사실이다. 많은 시민들이 돈만 벌면 이 고장을 떠나 서울이나 다른 도시로 가겠다는 생각을 가지고 있으며, 고위 공직자마저도 일단 관직을 떠나면 거의 이곳을 떠나는 경우가 허다했기 때문에 소비성 도시, 거쳐 가는 도시가 되어 버린 감이 있다. 이런 점에서 이 지역의 전통적 기반에 바탕을 둔 고유한 민속놀이 등을 주축으로 하는 문화 행사를 주최하고 향유함으로써 이 지역민들이 동질감과 유대감을 확인할 수 있도록 유도해야 한다. 물론 이런 문화 행사는 시민들이 자발적으로 참여하여 신명을 발산하고 화합 단결할 수 있어야지 행정력에 의해 인위적으로 계획되거나 강제 동원된다면 문화 행사를 통해 거두려는 자긍심과 애향심, 단결과 협동은 이루어질 수 없는 것이 불을 보듯 뻔한 사실이다. 자신이 태어나고 성장하고 생활하고 있는 지역에 대한 강한 애착과 귀속감을 끌어낼 때 문화는 그 지역 발전의 원동력이 될 수 있다.

이러한 지역 중심의 문화 활성화는 중앙 행정부의 정책 방향과 지방 관청의 계획과 지시 속에서는 결코 이루어질 수 없다. 이들 관청은 보조적인 후원의 입장에 머물러 있고, 결국 그 주도적 추진 세력은 지역 문화인이 되어야 할 것이다. 그들은 대부분 이 고장에서 성장해서 살고 있기 때문에 시민의 의식 수준, 취향, 그리고 이 고장의 전통적 특성과 문화의 미래 지향점에 대해서 누구보다도 더 잘 알고 있다. 또한 향토에 대한 이러한 이해는 그만큼 애정과 열정을 지니고 지역 문화의 활성화를 위하여 헌신하게 하는 것이다.

그리고 이들 토착 문화예술인들의 지역 문화에 대한 모색과 창달을 통해, 다른 지역에서 유입되어 온 시민이라 할지라도 곧 자신들이 현재 살고 있는 지역 대전에 대한 이해와 정감의 폭을 넓히게 될 것이고, 이를 계기로 하여 대전에 차츰 애착을 지니게 될 것이다. 문화예술의 창달은 이렇듯 시민의 의식을 공동체로 아우르는 웅혼한 힘을 지닌 것이다. 시민을 의무나 규율에 의하지 않고 자연스럽게 대전이라는 한

도시의 시민으로 사회화시키는 것이다.

　국민들의 예술 향유 능력은 보통 교육에서 충분히 이루어져야 하지만 우리나라 교육 제도상 불충분하다면 지역마다 있는 평생 교육의 장을 활용하는 것도 한 방법이 될 것이다. 노인대학이나 주부대학, 청소년 캠프 등에서 예술 감상 능력을 배양할 수 있다면 일반 국민의 삶의 질을 높이는 데 기여하게 될 것이다. 물론 이때 간과해서는 안 될 것이, 그들로 하여금 예술은 엄숙하고 고절한 것이 아닌 그들 곁에 항상 함께 할 수 있는 것이며 즐겁고 유익한 것이란 생각이 들도록 해야 한다. 그러기 위해서 그 예술 감상 대상층에 대한 충분한 고려가 있어야 할 것이다.

　정책적으로 배려된 국민 교육을 통하여 보통 사람들의 문화 감수성의 질을 향상시키고 그 감각을 대중매체들이 자극하고 충전시킴으로써 자발적인 수요 증대가 일어나야 한다. 이러한 수요 증대를 통하여 지역마다 고유한 문화를 개발하여 자연스럽게 접하도록 하는 것이다. 이는 그들로 하여금 지역 공동체 의식을 공고히 함은 물론이거니와 시민 의식을 고양시켜 보다 밝은 사회 환경을 이끌어낼 것이다.

　현대 사회를 특징짓는 것 중의 하나가 매스 미디어이고 특히 그 위력이 대단함을 염두에 둘 때 언론은 일반 국민의 수준 때문에 오락적인 프로그램을 양산할 수밖에 없다는 평계만 댈 것이 아니라 국민들의 삶의 질을 향상시키는 공기로서의 기능을 완수해야 한다.

　언론은 문화의 한 유형으로 문화가 가지는 특성을 그대로 가지고 있다. 문화는 언론의 사회 속에서 기능할 수 있는 필수 조건이 된다. 즉 언론 활동이란 개인적인 차원에서건 사회적인 차원에서건 반드시 문화적인 환경에서만 이루어질 수 있다. 또한 문화는 커뮤니케이션의 속성을 그대로 지니고 있으니 한 사회에서 공유하고 있는 상징이 문화이기도 하다.

따라서 문화와 언론은 상호작용의 관계에 있다. 문화의 내용과 형태
는 언론의 구조와 성격에 영향을 주고 이와 마찬가지로 언론의 구조와
성격은 문화의 내용과 형태에 영향을 주게 된다.

그 동안 우리나라의 경우 경제 우선주의 때문에 문화가 파행성을 면
치 못했으며 분단과 정치의 소용돌이 속에서 국민들에게 불안감과 무
력감을 자극시켜 현실 도피적 성향을 가속화시켜 왔다. 대중문화는 이
들의 도피처가 되었으며 정부와 기업은 대중문화를 통해 국민 의식을
조작하려 했다. 또한 언론 자체가 공익성보다 기업성을 앞세워 저질
화, 오락화, 상품화하였으며 윤리성보다 통속성에 치우쳐 왔음이 사실
이며 모든 체제가 중앙집권화하였던 시절에 지역 언론은 단순히 중앙
의 정보를 묘사하는 데 그쳤던 것도 사실이다.

이제 특히 지역 언론은 그 지역 주민들의 문화적 욕구를 자극하면서
그 지역만이 가지고 있는 독창적이며 향토적인 문화를 홍보하는 작업
은 물론 문화예술과 관련되는 정보를 제공하여 문화의 민주화가 평등
화에 기여해야 할 것이다. 또 그 지역의 문화 환경에 대하여 환경 감시
의 기능을 수행하여 관계 당국과 기업의 지원을 촉구하며 사회적 공기
로서 자신의 문화적 토대를 정립해야 할 것이다. 이런 기능이 활발해
지면 이 지역의 문화 현상이나 문제에 관해서도 사회 교육의 기능을
수행하게 된다. 문제를 고발하기만 하는 것이 아니라 문제를 진단하고
파악하며 그 해결 방법을 모색하여 문화 교육의 영역을 확장하는 데
기여해야 한다. 학교에서의 문화 교육의 중요성을 촉구할 뿐만 아니라
언론 스스로 문화의 평생 교육의 장이 될 수 있어야 한다는 것이다. 대
전에 있는 신문사들이 백제 문화 탐방이라는 목적 기행을 실시하는 것
은 그 좋은 예가 될 것이다. 언론이 우리 문화의 파수꾼 노릇을 하게
될 때 우리 문화의 총체적인 전승과 발전이 보다 폭넓게 이루어질 것
이다.

대전의 보문산에서 바라본 대전직할시 전경.

시간적인 차원에서 보면 문화예술은 고정된 것이 아니라 항상 변하는 유동적인 것이다. 이러한 문화예술의 변동을 보다 발전적으로 이끌기 위해서는 어느 특정한 한두 사람의 노력이 아니라 관계 당국과 문화예술인, 시민, 지역 언론, 지역의 기업 등이 합심해야만 비로소 가능해질 수 있다. 행정 당국이나 기업은 문화예술에 대해 적극적으로 관심을 가지고 과감하게 투자하며, 이 고장의 시민들은 이 고장 문화 전통에 대한 자긍심을 지니고 문화예술을 깊이 이해하며, 지역 언론 예술인들은 하나된 마음으로 결집하여 문화예술의 발전을 위해 정진해 나갈 때 이 고장의 문화예술은 다시 찬란한 빛을 발하게 될 것이다.

대전은 많은 사람들이 피상적으로 가지고 있는 이 땅에 철도가 깔리면서 시작된 신흥도시라는 인상과는 달리 그 연원이 깊다. 이미 신석기·청동기 시대부터 인간은 대전에 터전을 잡고 삶을 영위했으며, 그러한 문화적인 잔재들이 곳곳에서 발견되고 있다. 더욱이 백제의 요충지로서 쌓여진 산성, 고려의 청자 도요지, 조선조 명사들이 학문을 논하고 후학을 기르던 고택, 서원 등 지금까지 대전에 전해지고 있는 유적들은 대전의 문화적인 깊이와 유래를 대변해 준다.

우리는 바로 이러한 유서 깊은 한밭의 유형적인 문화 유산을 잘 관리하고 보존해야 할 뿐만 아니라 이러한 외적 유물에 담겨진 정신적 가치를 찾아서 그것으로 시민 정신을 함양하는 데 힘써야 할 것이다. 그리고 또한 우리는 이러한 대전의 과거가 지닌 정신사적 의미를 뒤돌아보고 그것을 통해서 현재 우리의 위치를 성찰하는 데서 지역 문화의 위상이 모색되어야 할 것이다. 이렇게 될 때 대전의 독창적인 문화 창달의 작업이 시작되는 것이다. 그러한 과업이 많은 어려움을 지니고 있음은 사실이다. 왜냐하면 외래적인 서구 문화와 전통 문화의 관계, 서울 편중의 중앙 문화와 소외된 지역 문화와의 관계를 아울러 고려하면서 진정한 우리의 문화는 무엇인지에 대한 전망이 요구되기 때문이다.

5부 그리움을 가슴에 새기며

대전 계족산의 민속 마을인 산디 마을의 숲길.

상산(常山)과 주도(酒道)

상산(常山) 이재수(李在秀) 박사가 타계(他界)
하신 지도 어언 10여 개 성상(十餘個 星霜)이 흘렀다. 그럼에도 불구하
고 그분의 문하(門下)에서 수학한 우리 모두의 가슴마다에는 학덕(學
德)과 인정(人情), 그리고 술과 관련된 많은 일화들이 깊숙이 자리하고
있어 세월이 흐름에도 불구하고 오히려 그리움을 더해 가고 있다.

　더구나 젊었던 시절부터 그분의 가장 가까운 자리에서 '상산(常山)
의 삶', 그 궤적을 지켜 보았던 필자로서는 '스승에 대한 추억'에 앞서
남다른 추모(追慕)의 정(情)과 함께 만단(萬端)의 감회가 교착(交錯)함
을 누를 길이 없다.

　사실 타인(他人)들 중에는 상산(常山)을 지칭하여 한 시대를 자유 분
방(自由奔放)하게 살다 가신 희대의 기인이라 평하기도 한다. 그러한
세평(世評)을 지닐 만큼 상산(常山) 자신이 살았던 혼란(混亂)한 시대—
일제 강점하(日帝 强占下), 해방 공간(解放空間), 전후(戰後) 등—에도

세속(世俗)에 물들지 않고 학같이 고고하게, 어린이처럼 천진무구하게, 주선(酒仙)처럼 호탕하게 일관(一貫)된 생(生)을 영위(營爲)하신 분임은 우리 모두가 익히 알고 있는 바다. 상산(常山)의 그 같은 기인성(奇人性) 생활(生活)은 당시에 있어 교수(敎授)라는 특수 신분이 누렸던 치외법권적(治外法權的) 생활 태도(生活態度)에서 연유된 것인지, 혹은 시대 변동에 따라 비슷한 성향(性向)의 벗들이 운집(雲集)했던 탓인지, 아니면 자신이 천래적(天來的)으로 지닌 품성에서 연유된 것인지, 이 모두가 복합된 것인지 아직도 필자 자신이 그것을 명확히 진단해낼 수는 없지만, 아무튼 한 가지 분명한 사실은 일상인(日常人)의 생활 태도로 보아서 상산(常山)은 확실히 낙제생(落第生)임에 틀림이 없다. 왜냐하면 상산(常山)은 요즈음 우리 생활 주변에서 운위(云謂)되는 알뜰 경제의 구축이라든가 소득 증대에 대한 관심, 더 나아가 권력에 대한 동경 등 이른바 세속적(世俗的)인 명리(名利)와는 한참 거리가 먼, 말하자면 명정(酩酊)에 탐닉한 자유인(自由人)이었기 때문이다. 따라서 상산(常山)의 생활 속에는 오직 이 현대판 삼락(三樂)이 있을 뿐, 여타의 모든 것은 부질없는 허욕에 지나지 않았다. 그 결과 가정에서는 쌀값과 양복, 넥타이 값을 모르는 낙제 점수의 가장으로, 학교에서는 30여 년의 동일교 봉직 중 학처장은 물론 학감(교무과장), 연구소장 등 단 한 번의 학내 보직에도 참여하지 않은 무능 직장인으로, 그리고 사회에서는 세상 돌아가는 물정을 모르는 현대판 도인(道人)으로 비추어진 것이 사실이다. 상산(常山)으로 하여금 이러한 생활로 이끌게 한 원인은 전술(前述)한 '삼락(三樂)'에 있겠지만 그 주인(主因)은 어디까지나 '술'임에 틀림이 없다. 그만큼 상산(常山)에 있어 술은 젊은 시절부터 불가 부리(不可不離)의 이미지 형성 요인(形成要因)이었다. 따라서 그 술로 말미암아 얼마나 많은 일화가 창출되었으며, 그로 말미암아 여러 가지 억측과 화제 또한 얼마나 많이 따랐던가.

하지만 진정 그분의 생활 가까이에서 관찰해 보면, 상산(常山)은 그분 나름의 생활 철학과 주도(酒道)를 구축하고 실천했음을 알 수 있다.

상산(常山)은 확실히 천성적으로 술에 적합한 체질을 지니셨다. 일생을 술과 벗하면서도 음주 뒤에 약을 복용하거나 술병이 나서 몸져눕거나 음주 뒤에 토하거나 하는 일이 절대 없었기 때문이다. 이는 선천적으로 타고난 체질 외에 또한 그만큼 자신의 건강 관리에 평소 배려가 있었음을 의미한다. 사실 환절기가 되면 상산(常山)은 어김없이 일 년에 두 차례씩 보약을 복용한다. 따라서 그때만은 그분에 있어 절대 금주 기간이 된다. 이처럼 타고난 체질 외에 보약으로 축적된 힘이 있기에 많은 세월을 술과 더불어 살아도 건강에 지장을 초래하지 않았는지 모른다.

얼핏 보아 상산(常山)의 음주 생활은 무절제한 것으로 타인에게 비길지 모르지만, 그분의 음주 생활에는 소박하나마 몇 가지의 철학이 있음을 확인할 수 있다.

첫째, 술은 항시 소박하고 즐겁게 든다는 점이다. 그분에게 고급 요정은 걸맞지 않고 항상 찌그러진 대포집 안방에서 늙수그레한 주모가 따라 주는 막걸리 속에서 즐거움을 찾았다.

둘째, 그 막걸리를 마심에 있어 절대로 빨리 마시거나 폭음을 하는 일이 없이 한 컵의 막걸리를 다섯 번 이상 끊어 마시면서 그분 특유의 건주정을 섞어 가며 한 되들이 술이면 두어 시간에 걸쳐 비운다는 점이다. 그렇기 때문에 항상 거나한 상태로 며칠간을 지속할 뿐 결코 인사불성의 만취 상태는 아닌 것이다.

그분이 일단 음주에 발동이 걸리면 그런 생활은 여러 날 동안 계속되는데, 대개 그분이 그 같은 음주의 시동을 걸게 되는 동기는 부탁한 일이나 뜻한 일이 잘 풀리지 않아 몹시 기분이 언짢다거나, 주변의 돌아가는 일이 못마땅하거나, 아니면 역으로 몹시 기뻤을 때 발생하는 것이다. 그럴 때면 동석한 사람이 거의 해독하기 어려운 독특한 언어와 몸짓으로 되풀이하여 되뇌이며 상대방에게 당신의 심정에 대한 동감을 확인하는 것이다. 따라서 불행히(?) 그분과 동석하게 되는 사람(제자인 경우가 거의 대부분이지만)은 매우 따분하고 지루하여 진저리를 치게 마련인 것이다.

셋째, 안주는 육류보다는 어류나 채소류를 즐기되 진수 성찬이 아닌 소박하고 맛갈스런 두어 접시면 족한 것이다. 그러니 안주값이 엄청나게 소요되는 것은 아니었다. 그러나 그러한 생활이 여러 날 계속되다 보면 항시 외상값은 간혹 제자들이 갚아 주는 경우도 있지만 대부분의 경우 당신이 반드시 직접 가서 갚는 것이다. 따라서 그분에게 외상값을 떼일 염려가 없다는 사실을 안 주모들은 상산(常山)을 언제나 대환영하게 마련이었다. 더구나 외상값을 자진해서 갚으러 온 그분에게 주안상을 조촐히 차려드리지 않을 주모가 어디 있겠는가? 이에 감격한 상산(常山)은 또다시 음주의 행각을 되풀이할 수밖에…….

이처럼 특유의 음주 생활 속에서도 상산(常山)에게 있어 몇 개의 금기 법칙이 있으니 그것은 첫째, 상산(常山)이 가장 아끼는 제자에게는 절대로 술값을 내라는 일이 없다는 것.

둘째, 제자들의 인사 청탁을 하러 가거나 정중한 자리에 갈 때는 단정한 복장차림에 항상 맑은 정신으로 임했다는 점.

셋째, 연구중이거나 논문을 쓸 때에는 열흘이나 보름이고 단금(斷禁)한다는 점.

넷째, 주석(酒席)에서는 절대로 학문에 대한 논의를 삼가한다는 점 등이다.

이처럼 상산(常山)은 그분 특유의 음주 생활 속에서도 그분 나름의 음주 법칙을 지니고 그 실천 방법에 따라 술 마실 때는 자유 분방히, 학문의 연구에는 진지하게, 제자에게는 지극한 사랑으로 일관(一貫)되

게 살았던 것이다. 이미 상산(常山)은 생전에 많은 일화를 남겨 놓고
타계하셨지만, 그 상산(常山)을 추모하는 많은 제자들은 오늘도 그 유
업을 되새기며 소중하게 그 추억을 반추하게 되는 것이다.

나의 스승 난정(蘭汀) 남광우(南廣祐) 선생님

일찍이 W. A. 모짜르트(Magart)가 교육에서부터 연주 여행에 이르기까지 자신의 생활 일체를 음악이라는 테두리 안으로 엄격히 규제했던 그의 아버지를 지칭하여 '하느님 다음에는 아버지(After God, papa)'라고 했듯이 내 학자적 생활의 초기부터 오늘에 이르기까지 가장 가까이에서 보호해 주시고 이끌어 주신 선생님이야말로 내게 있어 '하느님 다음에는 나의 선생님(After God, My professor)'이라고 해도 결코 망발된 언사(言辭)는 아니리라.

세상의 많은 스승들이 그러하겠지만, 특히 우리 난정(蘭汀) 남광우(南廣祐) 선생님께서는 제자들에게 남달리 정을 많이 주신 분이었다. 그렇다고 그 정이란 세속적으로 말하는 그런 것이 아니라 냉철한 이성에 바탕을 둔, 말하자면 학문적 성취욕이 충만하고 장래성이 있는 제자들에게만 쏟으시는 그러한 사랑의 정이었다.

그처럼 살뜰한 정으로 40여 성상(星箱)을 보살펴 주시던 스승님을 여윈 나는 회한(悔恨)과 비탄(悲嘆)과 아쉬움으로 점철(點綴)된 착잡한 심정을 어찌할 수 없다. 그러기에 지난날을 돌이켜보고자 하니 무엇부터 먼저 써야 할지 두서없는 추억의 편린(片鱗)만이 머릿속을 맴돌 뿐 좀처럼 실마리가 풀리지 않는다. 그래서 차일피일 미루다가 어렴풋이 지난날의 애환이 주마등(走馬燈)처럼 떠올라 여기 그 몇 토막의 일화를 적어 본다.

나와 선생님과의 첫 만남은 1954년 4월 초 내가 경북대학교 사범대학 국어과(현재 국어교육과)에 입학하면서부터였다. 입학 후 첫 강의가 마침 선생님이 담당하신 '국어학개론'이었는데 그때 처음 선생님을 뵈온 인상은 그리 크시지 않은 키에 우렁찬 목소리를 지니셨고, 후덕하신 얼굴에 정확한 표준어를 구사하시는 분으로 기억된다.

조금 뒤에 안 사실이지만 경기도(京畿道) 광주(廣州)가 고향이신 선생님께서는 우리가 다니는 사범대학의 전신인 대구사범대학교의 졸업생으로서 서울대학교를 졸업하신 뒤 얼마 안 있어 6·25전쟁이 터지자 대구로 피난오시어 대구교육대학교의 전신인 대구사범학교(선생님이 졸업하신 대구사범학교가 해방 후 대구사범대학, '경북대학교 사범대학'으로 승격하자 대구에 새로이 사범학교를 세운 깃이 이 학교임)에 재직하시면서 1952년부터 당신의 모교이시기도 한 우리 대학에 출강하시는 강사이셨다. 그러니까 선생님은 나에게 있어 스승님이자 선배님이 되는 셈이다.

그 무렵 우리 사범대학 교수님으로는 김사엽(金思燁), 이재수(李在秀), 이상헌(李商憲) 세 분 교수님이 계셔서 당시로서는 교수 자리가 꽉 찬 상태였다. 반면에 문리과대학에 국어국문학과가 신설된 지 2년밖에 되지 않아 마침 그곳에 자리가 새로 생겨서 선생님께서는 내가 입학한 지 한 달 뒤인 1954년 5월에 그 과의 전임 강사로 발령받으셨다. 이처럼 선생님의 소속은 비록 문리과대학 국어국문학과이셨지만 같은 경북대학교였기 때문에 사범대학에 선생님의 '국어사', '국어학사' 강의가 설강되어 우리는 강의를 계속 수강할 수 있었고, 또 사범대학 국어과 행사에도 선생님은 빠짐없이 참석함으로써 우리는 타과의 선생님이라는 생각을 추호도 갖지 않고 지냈다.

선생님은 강의 시간에 수강생을 결코 지루하게 하지 않는 독특한 화술과 해박한 지식, 그리고 학문에 대한 정열과 진지함을 함께 지니고 강의하시는 분이었다. 이 점이 나에게 충격으로 다가왔다. 그래서 나 또한 장차 선생님과 같은 학자가 되고 호탕한 성격을 지닌 인격자로, 그리고 명강의를 하는 교수가 되겠노라고 다짐하며 선생님을 닮으려고 무던히 노력했다. 그러기에 생전에 백사(白史) 전광용(全光鏞), 일모(一茅) 정한모(鄭漢模) 두 스승께서 "송 교수는 기질적으로 난정(蘭汀)을 많이 닮았어!"라고 갈파(喝破)했음은 내가 무던히도 선생님의 기질을 닮으려는 노력의 결과라고도 볼 수 있을 것이다. 하지만 그것은 나의 몸짓이 잠시 피상적으로 그렇게 비쳤을 뿐이지, 사실 엄밀히 관찰해 보면 내 모든 행동거지가 어찌 스승의 그것에 만의 하나에라도 미치리오.

한편, 당시에 나는 선생님에 대한 학자적(學者的) 흠모(欽慕)와 국어학에 대한 집념은 대단하였다. 그러기에 지금도 그때 선생님께 수강한 빛바랜 '국어학개론', '국어사', '국어학사' 노트가 내 서가의 한구석에 꽂혀 있으며 당시에 모은 국어학 전공 서적 마에마교사꾸(前間恭作)의 『한어통(韓語通)』, 『용가고어전(龍歌故語箋)』, 오구라신페이(小倉進平)의 『조선어학사(朝鮮語學史)』, 고오노로꾸로(河野六郎)의 『조선방언학시고(朝鮮方言學試攷)』, 최현배의 『우리말본』, 『한글갈』, 양주동(梁柱東)의 『고가연구(古歌研究)』, 『여요전수(麗謠箋註)』 등 500여 권이 상기도 내 연구실의 한쪽 공간을 장식하고 있다.

대학 생활을 하는 동안 나는 가끔 선생님의 부름을 받아 댁을 방문할 기회가 있었다. 당시에 사모님께서 대구 동인국민학교에 근무하셨기 때문에 선생님은 자연 동인동에 사실 수밖에 없었는데 선생님은 그 옹색한 전세방에서두 방종현(方鍾鉉) 선생이 이룩하신『고어재료사전(古語材料辭典)』을 확대하여 새로운 고어사전(古語辭典)을 만드시는 일을 착수하기 시작한 것이었다. 따라서 우리 제자들은 그 기초 작업을 도와야 했다. 기초 작업이란 대학 노트를 1/4로 자른 카드 한 장에『고어재료사전(古語材料辭典)』에 수록된 단어를 하나씩 쓰고 그 내용까지 적어 넣는 일이었다. 내가 그 영광스런 대열에 참여하게 된 것은 선생님이 '국어학 개론'의 기말시험 답안지를 보시고 내 필적이 마음에 드셔서 나를 발탁하셨다고 근래까지도 종종 말씀하였다.

하지만 선생님과의 이러한 인연은 잠시일 뿐 1956년 봄에 선생님은 중앙대학교로 전근을 가셨기 때문에 허망하게 되고 말았다. 내게 있어 선생님의 타교 전출은 가위(可謂) 하늘이 무너지는 듯한 충격이었다. 물론 국어학 분야의 전공이야 이상헌(李商憲) 교수님이 전출하신 후임으로 새로 부임하신 천시권(千時權) 교수님과 강사로 강복수(姜馥樹 : 姜昌浩), 유창균(兪昌均) 교수님들이 오셔서 보강된 편이지만 내가 그렇게 따르고 싶었던 선생님의 갑작스런 전근은 나를 한동안 걷잡을 수 없이 방황하게 만들었다.

그러나 그 방황은 한 학기가 지나기 전에 타의에 의해 진정되고 말았다. 아니 차라리 체념했다는 편이 나으리라. 왜냐하면 나를 누구보다도 가까이에서 지켜 보시던 상산(常山) 이재수(李在秀) 선생님이 당신께서 전공하시는 국문학의 자료를 정리하도록 지시하셨기 때문이다. 면앙정(俛仰亭) 송순(宋純)의 작품(1959, 8.『思想界』발표), 무라이겐자이(村井弦齋)의 「지노나미다(血の淚)」와 이인직(李人稙)의 「혈(血)의 누(淚)」를 비교한 「'血의 淚' 연구」(1968, 『東洋文化』 6 · 7號 : 嶺南大學校

附設 東洋文化研究所), 도꾸도미로까(德富盧花)의 「불여귀(不如歸)」와 이인직의 「치악산(雉岳山)」을 비교한 「'치악산(雉岳山)' 연구」 등 실로 학부의 상급 학년 학생으로서는 감당하기 벅찬 과제들이었다. 그러니 어디 좌절이고 절망이고 할 시간이 있었겠는가? 결국 이 작업은 내가 대학을 졸업하고 고등학교에서 교편을 잡는 동안(1963년까지)에도 계속되었다. 그 과정에서 내 졸업 논문을 신소설 연구인 「누자소설연구(淚字小說研究)」로 잡았고 그 뒤 구니기다돕보(國木田獨步)의 「少年の悲哀」와 이광수(李光洙)의 「소년(少年)의 비애(悲哀)」의 비교 연구라는 수확을 거두었다는 것은 다행스런 일이 아닐 수 없다.

내가 다시 선생님을 뵈온 것은 1963년 봄 서울대학교 문리과대학(당시 동숭동 캠퍼스)에서 개최된 전국 국어국문학 발표대회장에서였다. 당시에 나는 비록 고등학교 교사의 신분이었지만, 오직 학문에 대한 열기가 식지 않았을 뿐 아니라 선생님의 '국어학개론' 시간에 '국어국문학' 학회지(국배판 3호부터 8호까지로 기억됨)를 직접 보급하셨기 때문에 학회에 대한 호기심과 선망이 컸었다. 그래서 교장 선생님께 간청하여 출장비가 없는 출장으로 학회에 참석하게 된 것이다(학회가 주말에 개최되었기 때문에 이후 3, 4년간 같은 조건으로 참석할 수 있었다).

오랜 만에 뵈온 선생님은 잊지 않으시고 친절히 나의 근황을 물으시고는 계속 학문에 정진하라는 격려의 말씀도 빠뜨리지 않으셨다. 이때부터 나는 자주 상경하여 선생님을 뵙기로 했는데 그 만나 뵙는 장소가 종로에 있었던 유명한 술집 '낭만'에서였다. 그 무렵에 선생님과 동석하셨던 분으로는 전광용(全光鏞), 정한모(鄭漢模), 조병화(趙炳華), 한노단(韓路檀) 선생님들이었다. 그때마다 비록 주석(酒席)이지만 선생님은 언제나 나의 진로에 대하여 걱정하여 주셨다. 그 이후 한남대학교 전신인 숭전대학교(崇田大學校) 대전 캠퍼스에 당신의 둘째 서랑(壻郞)인 윤홍노(尹弘老) 교수가 부임해 왔고, 충남대학교 교양과정부에 당신의 사촌 처남인 이종철(李鍾徹) 교수가 와 있어서 선생님은 대전에 내려오실 기회가 전보다 많아지셨다. 그때마다 선생님께서는 대학 진출을 하기 위해서는 반드시 대학원에 진학을 해야 한다고 강조하시면서 우리 내외에게 진학을 적극 권유하시었다.

하지만 나의 경우 당시에 해마다 고등학교 3학년 진학 담당을 맡았기에 서울 지역의 대학원 진학은 상상할 수도 없었고 그렇다고 지방대학의 진학은 내키지도 않아 차일피일 미룰 수밖에 없었다. 하지만 선생님께서는 윤홍로(尹弘老), 이종철(李鍾徹) 교수와 같은 연배(年輩)인 내가 처져 있음에 심히 안쓰러워 하시는 모습이 역력하였다.

그때부터 남달리 가까이 지냈던 윤홍로 교수와 나 사이는 지금껏 친형제처럼 우정을 나누며 지냄도 다 선생님의 후광이라는 생각에 새삼 고개 숙여진다.

1968년 봄 나는 조연현(趙演鉉) 선생 추천으로 『현대문학(現代文學)』지에 비평가로 등단하고, 곧이어 대전공업전문학교로 자리를 옮기자 이제는 선생님께서 본격적으로 진학을 권유하시더니 그 다음해에는 중앙대학교 대학원의 입학 원서까지 손수 사서 보내시고, 시험 전날에는 흑석동의 선생님 댁에서 자고 시험을 보도록 배려해 주셨다. 어디 그뿐이랴. 낭일 시험 시간에는 걱정이 되셨던지 세 번이나 내가 시험 보는 시험장에 들어오셔서 내 답안지를 살펴보시고 안심하시는 것이었다. 그때 마침 내 옆자리에는 연극영화과를 지원한 영화 배우 윤정희(尹靜姬 : 본명 손미희자)가 시험을 치르고 있었다. 시험이 끝난 뒤 교수 휴게실에서 선생님을 뵈었는데 그때 선생님은 동료 교수님들에게 "아, 윤정희가 시험을 본다기에 얼마나 예쁜가 보기 위해 세 번이나 시험장에 들어가 보았어!" 하시며 호탕하게 껄껄 웃으시는 것이었다. 이처럼 내가 중앙대학교 대학원에 입학하여 학업을 마칠 수 있었던 것은 순전히 선생님의 성화(?) 때문이었다.

대학원을 마치자 선생님께서는 나를 4년제 대학에 취직시키고자 적극 나서셨다. 충남대학교를 비롯한 여러 대학에 몸소 쫓아다니면서 애쓰시던 모습이 지금도 눈에 선하여 면구스럽기 그지없다. 그러던 어느 날 갑자기 선생님께서는 나를 서울로 올라오라고 하시더니 "자네, 4년제 대학보다는 차라리 문교부 편수관이나 장학관으로 들어가는 게 어때?" 하고 운을 떼시는 것이었다. 갑작스러운 제의에 내가 어리둥절하는 사이 선생님께서는 일방적으로 여러 곳을 통하여 문교부의 요로에 교섭하시는 것이었다. 생각컨대, 아마도 선생님께서는 추진하시는 어문교육 계획이 매번 문교당국으로부터 제재를 당하는지라 이참에 차라리 사범대학과 대학원을 나온 나를 그 문교부의 핵심 자리에다 심어 놓으려는 의도가 계셨던 모양이었다.

하지만 그때 내 처지가 맞벌이 부부여서 당장 나 혼자 서울에서 하숙 생활을 할 수 없는 형편 등 여러 가지 구차스런 이유를 들어 선생님께 조심스러이 사양하여 없던 일로 돌린 일도 죄송스럽게 생각하는 것 중의 하나다. 그런데 이 같은 상황은 1974년 봄에 또다시 일어났다. 1973년에 선생님께서는 오랫동안 정들었던 중앙대학교를 떠나 인하대학교 사범대학장 겸 교육대학원장으로 직장을 옮기시었다. 나도 그 해 봄 대전공전에서 충북대학교 사범대학으로 전출되었는데 다음해 봄에 선생님께서는 갑자기 인하대학교에 전임 교수 자리를 마련하여 놓았으니 다음 학기에 옮기도록 하라는 말씀과 함께 이번 학기에는 우선 두 강좌를 설강해 놓았으니 즉시 출강하라는 분부이셨다. 하지만 이번에도 위와 같은 이유 이외에도 지금껏 국공립학교에만 근무했던 나인지라 사립학교에 대한 그릇된 편견과 두려움, 그리고 이역(異域) 땅에서 적응하기 어려움 등을 열거하여 다시 자리를 사양하여 그 자리는 서울대 출신인 윤명구(尹明求) 교수가 가게 되었다. 그러나 출강마저 거절할 수 없어 그때부터 2년간 인하대학교에 출강하다가 후배 최태호

(崔台鎬) 교수(현재 목원대 교수)를 추천하였고, 최태호 교수는 계속 출강하면서 학위 과정까지 마치고 그 대학에서 학위까지 받았다. 뿐만 아니라 목원대의 홍희표 교수도 그와의 인연으로 인하대학에서 학위를 받았고, 그 뒤 그 대학원 출신 김영택(金永澤) 교수까지 목원대학에 오게 되었으니 인연이란 실로 이처럼 묘한 것이다.

70년대 중반 이후 이 나라의 각 대학에서는 박사 학위 붐이 일기 시작했다. 문교부는 우리나라 대학이 세계의 대학 수준에 오르기 위해서는 우선적으로 교수의 질이 높아져야 하는데, 교수의 질을 객관적으로 평가하는 기준은 논문과 학위라고 판단하여 10년 이상 대학에 근속한 교수는 일정 기간내에 논문의 제출만으로 학위를 취득할 수 있도록 하는 구제 박사(舊制博士)제도를 마련하였다. 따라서 여기에 해당되지 않거나 미쳐 논문을 내지 못한 교수는 앞으로 신제 박사 과정(新制博士 課程, 석사 2년 박사 3년)을 거쳐야 학위를 취득할 수 있다는 것이었다. 앞으로 구제든 신제든 학위가 없으면 교수는 대학의 교직에 머물 수 없는 시대가 온다고 예견하신 선생님은 또다시 나에게 박사 과정의 진학을 강력히 권고하셨다.

그런데 그때 당신께서 재직하고 계신 인하대학교에는 아직 박사 과정이 설치되지 않았고 당신이 떠나신 중앙대학교에는 권하실 의사가 없으실 뿐 아니라, 나 또한 석사 과정에서 수강했던, 지도 교수이신 백철(白鐵) 선생님께서 정년으로 이미 학교를 떠나셨고, 양재연(梁在淵) 교수님마저 타계하신지라 지도를 받을 분이 마땅치 않았다.

궁리끝에 결국 선생님께서는 나를 단국대학교 대학원에 천거하셨다. 당시에는 아무리 실력이 있어도 대학원에 입학 T.O.가 없으면 들어갈 수 없었는데, 그때에 단국대학교의 부총장으로는 선생님의 친구이신 수당(樹堂) 김석하(金錫夏) 선생님이 계셨기 때문이다. T.O.가 있다고 하여 거저 들어가는 것이 아니라, 전공 과목과 영어, 전공 영어, 제 2

외국어 등의 과목을 시험 쳐서 합격해야만 입학이 허가되는 것이었다. 당시에 대학원에서 나를 지도해 주신 교수님은 일석(一石) 이희승(李熙昇), 수당(樹堂) 김석하(金錫夏, 단국대), 일모(一茅) 정한모(鄭漢模, 서울대), 백사(白史) 전광용(全光鏞, 서울대), 향천(向川) 김용직(金容稷, 서울대) 선생님들이셨다(황패강 교수께서는 교환 교수로 외국에 체류중이어서 강의를 수강하지 못한 점이 아쉬웠다). 내가 서울대학교 전광용(全光鏞) 선생님을 지도 교수로 모시고 무사히 학위를 취득할 수 있었음은 다 선생님의 크나큰 은덕에서 비롯된 것이다. 학위 과정에서 선생님은 내 학비를 염려하여 『대고어사전(大古語辭典)』 편찬을 위한 문교부의 대단위 정책연구비 중에서 많은 양을 나에게 할애해 주서 연구토록 하신 은혜를 내 또한 어찌 잊으랴?

내 박사 과정의 수학 시절은 비록 만학(晩學)이었지만, 천시권(千時權, 전 경북대총장), 고경직(高敬稙, 경희대), 허미자(許米子, 성신여대), 진동혁(秦東赫, 단국대), 유목상(柳穆相, 전 중앙대), 유근조(柳謹助, 중앙대), 이어령(李御寧, 이대 석좌 교수), 성기조(成耆兆, 교원대), 한상수(韓相壽, 대전대) 등과 앞서거니 뒤서거니 입학하여 동문 수학(同門修學)했다는 점에서 영원히 기념될 만한 추억의 하나로 남아 있다.

내 학위가 통과되는 날 당시에 으레 있었던 자축회식 때 꼭 선생님을 모시고 싶어서 심사위원장이신 수당(樹堂) 선생께 말씀드렸더니 전례가 없는 일이나 별 관계가 있으랴만, 심사위원 중의 하나가 선생님의 서랑인 윤홍로 교수라 합석하기가 거북하므로 꺼리시는 눈치였다. 나는 즉석에서 심사위원 중 수당(樹堂), 백사 선생님과 난정 선생님은 세 분끼리 합석하시고 황패강(黃浿江), 신동욱(申東旭), 윤홍로(尹弘老) 교수와 저는 별도로 방을 마련할 터이니, 허락해 주십사 하고 여쭈었더니 쾌히 승낙하셨던 것이다. 그 자리에 참석하신 선생님께서는 자식이 학위를 받은 것이나 다름없다시며 기뻐하시던 모습이 지금도 눈에 선하다.

　선생님께서는 젊은 시절부터 초지 일관(初志一貫)하여 추진해 오신 이대 과업(二大課業)이 있으니 그 하니는 『대고어사전(大古語辭典)』을 편찬하시는 일이요, 다른 하나는 이 나라의 비뚤어진 어문 정책(語文政策)을 바로잡으시는 일이었다. 가위 신앙에 가까우리만큼 확고한 신념과 굳센 의지로 줄기차게 이 사업을 추진해 오신 것이었다.

　먼저 『고어사전(古語辭典)』의 경우를 보면 앞서 언급한 바와 같이 방종현(方鍾鉉) 선생의 『고어재료사전(古語材料辭典)』을 바탕으로 하여 계속 확대, 보완하여 1960년에 동아출판사에서 『고어사전(古語辭典)』을 간행하시더니 이것을 다시 보정(補訂)하시어 1971년 일조각(一潮閣)에서 『보정고어사전(補訂古語辭典)』을 간행하셨다.

　이미 몇몇 학자들에 의해서 한두 종류의 고어 사전이 간행된 바 있지만, 이 『보정고어사전』처럼 수록된 낱말의 수효가 많고 용례(用例)가 정확한 사전이 아직껏 없었다는 점에서 매우 경사스런 일로, 국어국문학을 전공하는 이는 마땅히 서가에 비치해 놓아야 할 책으로 정평이 나 있었다.

　하지만 선생님께서는 이에서 만족치 않으시고 고대 한자어까지 망라된 『대고어사전』의 편찬을 필생의 과업으로 정하시고, 정부의 대단위 연구비를 보조 받아 가면서 방대한 양의 자료를 이미 정리해 놓으셨다. 그러나 막상 원고는 정리된 상태이지만 이 방대한 양의 사전을 햇볕 보게 할 출판사는 이 나라에 아무 곳도 없었다. 사실 돌이켜보면, 초간(初刊) 『고어사전(古語辭典)』이 간행된 것은 당시의 동아출판사 김상문(金相文) 사장이 선생님과 학교 동문이 되시고, 또 그 무렵 선생님의 다른 저서들이 동아출판사의 사익(社益)에 도움이 되었기에 다소의 출혈을 감내하면서 출간하였던 것이다. 보정판(補訂版) 역시 일조각(一

潮閣)의 한만년(韓萬年) 사장이 국학에 대한 깊은 이해자로서 이미 수많은 국학 관련의 서적을 간행한 것이다. 이처럼 작은 단행본인『고어사전』의 경우도 그러하거늘, 하물며 방대한 양의『대고어사전』의 출간은 정부의 정책적 배려가 없고서는 도저히 이루어질 수 없는 형편이었는데 어려운 출판 여건에도 불구하고『대고어사전』을 출판해 준 양철우(陽澈遇) 사장의 배려는 매우 고마운 일이다.『대고어사전(大古語辭典)』은 1997년 4월 10일『교학고어사전(敎學古語辭典)』이라는 이름으로 간행되었으니 우리나라 국어국문학을 위해 참으로 다행스런 일이다.

다음으로 어문 정책의 경우, 우리나라는 8·15광복 후부터 '한글학회'의 주도로 한글 전용 정책을 고수해 왔다. 그 결과 많은 인구가 고등교육을 받고도 신문 한 장 제대로 읽지 못하고 3, 40년 전의 책을 자유로이 읽을 수가 없는 한심한 지경에 이르고 말았다. 이러한 사실을 그 누구보다도 개탄하신 선생님은 젊은 시절부터 국한문 혼용(國漢文混用)을 고수하시면서, 유아기부터 한자 교육을 실시하여야만 그 기대하는 바 성과를 쉽게 얻을 수 있다고 강조하신 것이다.

그러나 한글 전용론자들의 집요한 노력은 정부 요로에 깊숙이 뻗쳐서 한글 전용 정책은 국가의 어문 정책으로 확고히 자리매김하게 되어 있어 선생님은 외로운 투쟁을 전개하실 수밖에 없었다.

박정희(朴正熙) 대통령이 집권할 때, 이선근(李瑄根), 이은상(李殷相) 등 당시에 박 대통령의 신임을 얻고 그 측근에서 맴돌던 이들은 박 대통령과 마주 앉은 어느 기회에 박 대통령에 고하기를, "각하! 남모(南某) 교수는 문교부의 어문 정책을 집요하게 꼬집으며 시비를 걸고 있으니 학교의 선배되시는 처지에서 각하가 따끔하게 나무래주시지요"라고 했다는 것이다. 하지만 박 대통령은 이 말을 듣고 도리어 역정을 내면서 "학자가 그럼 그만한 지조와 소신이 없으면 어디에 쓰나?" 하면서 그들의 간사스런 건의를 일축했다는 일화를 선생님은 종종 말씀해 주셨다.

이 같은 투쟁이 계속되는 동안 다행히 선생님의 뒤에는 선생님의 주장에 적극 찬동하시는 은사이신 일석(一石) 이희승(李熙昇, 서울대), 심악(心岳) 이숭녕(李崇寧, 서울대) 선생님과 학계(學界)의 이상은(李相殷, 고려대), 김상기(金庠基, 서울대) 선생님, 언론계의 유봉영(柳鳳榮, 조선일보) 선생 등이 계셨고, 국어국문학회 등 전국의 수십 개 학술단체마저도 선생님의 뜻에 찬동해 주어 선생님에게 크나큰 힘이 되었다.

이에 힘입은 선생님은 1969년 7월 '한국어문교육연구회(韓國語文敎育硏究會)'를 창립하시고 초대 회장에 이희승(李熙昇) 선생님을 추대하였고, 이어 회지(會誌) 『어문교육(語文敎育)』을 일조각(一潮閣)에서 창간하기 시작하여 30년이 지난 현재에 이르고 있다. 이 『어문교육』지와 각종 성명서, 건의문 등을 통하여 한글 전용론에 반대하고 초등학교부터 국어 교육의 일환으로 한자를 섞은 교과서로 교육할 것과 점차 다른 교과서에도 한자를 섞어야 한다는 것을 골자로 하는 한자 어문 교육 정책 정상화를 위한 운동에 전력을 다하여 활동하시다 1988년부터 작고하실 때까지 제 2대 회장으로 재임하셨다.

그후 1990년 7월 사단법인(社團法人) '한국어문회(韓國語文會)'를 발기하셨는데, 1991년 6월 22일 문화부에서 사단법인으로 인가되었으며, 1992년 9월 14일에는 '한국한자능력검정회(韓國漢字能力檢定會)'를 출범시키기도 하였다.

이 과정에서 선생님은 나를 '한국어문교육연구회(韓國語文敎育硏究會)'의 이사(理事), 상임이사(常任理事)로 임명하셨고, 사단법인(社團法人) '한국어문회(韓國語文會)' 발기인으로 불러 주시는 등 선생님께서 하시는 모든 일에는 항상 나를 가까이 부르셔서 의논하셨고, 최근에는 나를 다시 '한국어문회(韓國語文會)' 대전·충남 지역 지회장으로 임명하시면서 열심히 활동해 달라는 당부까지 하시고 얼마 안 있어 타계하셨으니 내 가슴이 더욱 미어진다. 선생님께서는 운명하시기 전날까지 대통령에게 이 나라의 어문 정책을 바로 세워 달라는 간곡한 호소가 담긴 편지까지 보내셔서 운명하신 다음날 도하(都下)의 각 신문에 크게 보도된 바가 있으니, 이제 선생님의 그 높은 뜻이 이 나라의 어문 정책에 그대로 반영되었으면 하는 마음 간절하다.

선생님과 나와의 인연이 어디 이뿐이랴? 선생님은 국어국문학회 초창기부터 학회의 이사, 대표이사를 역임하시고 그 뒤 평의원(評議員)으로 평생을 지내셨다. 나 또한 1965년 11월에 선생님의 추천으로 학회에 입회하여 1984년 6월 이후 이사로서 10여 년간 학회 운영의 핵심 멤버로 활동하고 그 뒤 최근까지 지역 이사로 활동하면서 선생님의 조언을 받는 등 사제간에 남다른 정을 나누기도 하였다.

세상 사람들은 선생님을 일컬어 막힌 데가 없이 활달한 쾌남이라고 한다. 그것은 선생님께서 본래 지니신 호탕(豪宕)한 성격에다 웃음마저 호탕하게 웃으시며, 또한 두주 불사(斗酒不辭)의 호주가(好酒家)이시기 때문이다.

선생님의 그 꾸밈없이 호탕하게 웃으시는 웃음소리는 그 누구도 모방할 수 없는 100만 불짜리인 것이다. 매사에 긍정적으로 인정하시는 선생님은 당신의 수필집 『살맛이 있다』에서 보다시피 세상 만사를 긍정적으로 보면 아무리 번잡하게 느껴지는 이 세상에도 살맛이 있다는 지론을 간직하고 평생 사셨다. 그러면서 선생님은 세상을 살아감에 비굴함이 없이 당당하게, 그리고 떳떳하게 당신의 주장을 펴시면서 살다 가셨다. 다소 세속과 타협을 하고 살으셨더라면 보다 안락한 생활을 누리시고 또 높은 관직에 오르셨을 터인데, 그러한 것과는 아예 인연을 끊으시고 세상 돌아가는 꼴이 살맛이 나서 약주를 드시고, 제자들을 만나 기뻐셔서 술을 드시는 호주가이셨다.

선생님께서 동부이촌동(東部二村洞)에 사시던 어느 해 양력 정초에 한때 실직했던 선생님의 제자이자 나의 선배 교수 하나가 선생님을 종로의 어느 술집으로 모셔 약주 대접을 해드리고, 헤어질 때 서로 귀가하는 방향이 달라서 선생님을 합승하는 택시에 태워 드렸다고 한다. 합승한 차 안은 만원인 데다가 실내의 온도가 높아 창가에 앉으신 선생님은 갑갑증이 나서 창문을 조금 열고 귀가하셨다는 것이다. 그런데 얼굴의 양쪽 온도차가 생겨 어느 결에 입이 옆으로 돌아가는 이른바 와사증(渦斜症)에 걸리신 것이다. 이후에 오랜 동안 꾸준히 치료를 하셔서 많이 회복은 되셨지만, 완전한 상태는 아니셨고 특히 웃으실 때 얼굴 모습이 많이 일그러지셨다. 내가 선생님의 발병 후 얼마 안 있어 찾아뵈었더니 위와 같은 사연을 말씀하시는 것이었다. "선생님, 그렇다면 그 형이 이 사실을 알고 있습니까? 그리고 문병은 왔습니까?" 하고 연거푸 여쭈었더니 "그 사람은 아직껏 이런 사실도 모를 걸세" 하시며 껄껄 웃으시는 것이었다. 나는 화가 치밀어 그 형을 당장 불러 욕이라도 해줘야겠다고 일어서려니 선생님은 "이왕에 이렇게 된 걸, 욕하면 뭘 해. 자네는 성질이 너무 급해, 세상살이는 다 그런 거야" 하시며 오히려 나를 진정시키시는 것이었다. 그러시던 선생님께서도 얼굴에는 무척 신경을 쓰셨으니 그후 수 년이 지난 어느 날 "아, 제자 아무개가 나를 보더니 '선생님의 입이 전에보다 많이 제자리로 돌아왔네요' 할 때는 이것이 나를 기분 좋게 하려고 하는 아첨의 소리지만 기분이 나쁘지 않은데, 또 어떤 제자가 '선생님은 예전보다 조금도 차도가 없으니 어떡한대요?' 하면 '괘씸한 놈' 하는 생각이 난단 말이야" 하시면서 예의 그 호탕한 웃음을 웃으시는 것이었다.

선생님은 고혈압에 당뇨병까지 지니시고 사시면서 약주를 끊지 않으셨다. 약주를 끊으시라고 말씀드리면 "약술을 끊으면 세상이 너무 심심해" 하시면서 소주보다 맥주를 즐겨 드셨다. "소주를 마시면 고혈압

이 악화될 것이고, 맥주를 마시면 당뇨에 영향이 있음을 내 모르는 바아니나 술을 마셔 이 병 저 병에 다 관계가 된다면 차라리 순한 맥주를 마시면서 병을 평생 지니고 살 테야" 하시는 것이었다.

선생님은 천부적으로 음성이 맑고 우렁차신 데다가 왜정 때 사범학교 출신이시라 노래의 음정이 정확하시고 노래도 맛이 있게 부르셨다. 약주가 거나해지시면 으레 노래를 부르기 시작하시는데 그 중 즐겨 부르시는 곡은 '고향초'와 패티 김의 '이별'이었다. 이렇게 노래가 나오시면 밤늦도록 약주를 드셔도 끄떡 없으셨다. 이처럼 폭음을 하셔도 신기한 것은 그 이튿날 새벽에는 일찍 일어나서 언제 술을 드셨냐는 듯이 일기를 쓰셔 어제를 정리하시고, 책을 읽고 원고를 쓰시는 것이었다. 우리 같은 젊은이도 감히 해내기 어려운 일을 이처럼 선생님은 예사로이 해내시는 것이었다. 생전에 저술하신 그 많은 저서가 이렇게 하여 이루어졌음을 상기할 때 선생님의 체질과 집념과 끈기에 새삼 존경심이 우러나온다.

일찍이 나는 어느 대학신문의 사설에 다음과 같은 내용의 글을 발표한 바가 있다.

무릇 대학 교수라는 직에 종사하는 이들을 엄밀히 분석해 보면 다음의 세 유형으로 분류할 수 있으니, 그 첫째가 강의 교수형이요, 둘째가 연구 교수형이며, 셋째는 보직 교수형이 그것이다.

신은 교수들에게 여러 능력을 고루 갖추도록 하지 않고 대개 그 어느 하나의 기능만을 주었기 때문에 강의 교수형은 강의 시간에서만은 신들린 듯이 학생들의 심금을 울리는 명강의를 하지만, 그에 걸맞는 연구 업적이 거의 없고 보직을 맡겨도 시원스레 일을 처리하지 못한다. 반면 연구 교수형은 외형적으로 많이 발표한 논문과 저서로 세상에 널리 알려져 있지만, 막상 강의 시간에는 무슨 말을 하는지 정확한 의도를 학생들이 파악할 수 없도록 강의하는 교수를 일컬으니, 이런 유형은 또한 보직을 맡아도 능률적으로 업무를 수행하기는 어려운 것이다. 한편 보직 교수형은 강의도 시원치 않고 연구 업적도 별로 없지만, 대학 본부 근처를 떠나지 않고 계속 대학 행정의 핵심 멤버로만 활동하는 교수를 일컫는다.

이 중에 어느 유형의 교수가 낫다고 단언하기는 어려우나 진정 이상적인 교수상은 이 세 가지를 다 겸비한 교수임에는 틀림이 없다.

물론 내가 이 글을 쓸 때의 모델은 우리 선생님이었다. 확실히 선생님은 명강의에, 학계에서 인정하는 대학자이시며, 대학과 학회를 가장 원만하고 능률적으로 운영하는 수범(垂範)을 보이신 교수 중의 교수님이셨기 때문이다.

이러한 선생님이 우리 곁을 영원히 떠나셨으니 빈 자리가 너무 커서 우리 제자들의 마음은 허전할 수밖에 없다.

이제 삼가 선생님의 명복을 빌면서 두서없는 난필(亂筆)을 거두어야 하겠다.

석하(石霞), 그 잣다운 인품이여!

　　마치도 부처님을 연상하리만큼 화색이 짙은 후덕한 얼굴에 큼직한 귀, 작달막한 키에다 알맞게 살집이 올라 뒤에서 보면 태산처럼 중후한 인상을 풍기지만 앞에서 보면 항시 입가에는 미소가 떠나지 않는 정스러운 인품(人品)을 지닌 분이 바로 석하(石霞) 권영철(權寧撤) 박사다. 이처럼 주변에서 흔치 않은 만년 청춘(萬年青春) 석하 형이 벌써 고희(古稀)를 맞으셨다니 진정, 원회 운세(元會運世)의 자연 이법(自然理法)은 어쩔 수 없나 보다.

　　나에게 있어 특히 석하 형은 비록 서로 멀리 떨어져 있어도 항시 가까이에서 나를 지켜 주는 것처럼 든든하고, 만나면 더없이 반가운 분이다. 석하 형과 내가 형제의 연을 맺은 지 벌써 44년의 세월이 흘렀다.

　　1954년 봄 사범대 국어과에 새내기가 된 나는 달성군 가창면의 신입생 환영회 때 동고향(同故鄉)이라는 사실을 발견한 고(故) 상산(常山)

이재수(李在秀) 교수님의 부름을 받아 당시 고등학교 선택 교재인『국문정선(國文精選)』(學友社 刊)의 교정과 보급, 그리고 상산(常山)의 역저(力著)인『윤고산연구(尹孤山硏究)』(學友社 刊)의 교정 등으로 그 댁에 상주하게 되었다. 당시 석하 형은 사범대학의 전교 수석이라는 영예를 안고 졸업과 동시에 뭇사람이 선망하는 부속 고등학교에 교사로 부임한 지 얼마되지 않은 때였다.

어느 날 상산 댁에서 마주친 형은 비록 초면이지만 매우 자상하게 나를 대해 주었다. 이에 상산은 우리 둘을 앞에 앉혀 놓고 "너희 둘은 재주도 있고 똑똑하니 지금부터 형제를 해" 하는 명령을 내리셨다. 우리 둘은 누가 먼저라 할 것도 없이 "예" 하고 대답한 것이 계기가 되어 지금껏 형제의 의리를 변치 않고 거의 반세기를 살아온 셈이다.

이 긴 세월을 살아오는 동안 내 한 번도 형의 령(令)을 거역한 바 없고, 형 또한 나의 행위로 말미암아 얼굴을 붉힌 바가 없으니 이 또한 형의 더없이 넓은 도량에서 연유됨이 아니랴?

그 얼마 뒤 석하 형은 대구의 사립 명문 계성고등학교(啓星高等學校)로 직장을 옮기게 되었다. 당시의 실정으로 보면 일반적으로 교사들의 봉급이 박봉이었다. 그럼에도 계성만은 시내 학교 교사들의 두 배에 해당하는 급료와 연구실, 그리고 사택까지 제공하는 특혜를 준 것으로 기억된다. 그런즉 석하 형은 부속 고교 교사 1년 만에 그리로 옮길 수밖에……

그 무렵 상산은 형이 직장을 옮긴 사실이 못마땅하여 매일처럼 약주만 드시면서 "영철이는 너무 약아, 현실적이란 말이야" 하시면서 주정을 하시는 것이었다. 당시에는 효성여대가 남산동(南山洞)에 있었고 그 학교에는 소설가인 홍영의(洪永義) 교수가 있어서 상산이 그분과의 깊은 인연으로 그곳에 출강하여 국문학개론(國文學槪論)을 강의하고 계실 때였다.

그 시절 형과 나는 거의 매일 대구역전 중앙통 근처에 있는 '몬파리' 다방에서 만나 정담을 나누었다. 하지만 상산의 그 불만스러운 말씀을 나는 한 번도 형에게 전한 바 없지만, 형은 그분의 평소 성격이나 주변의 분위기로 보아 어렴풋이 그 사실을 아는 듯하였다. 그럼에도 형은 나에게 그 국문학개론 강의를 자신이 맡도록 말씀드려 달라는 것이었다. 그러기에 내 어쩌다 기회를 보아 상산이 기분 좋을 때 예의 그 강의 이야기를 꺼내면, 상산은 역정부터 내시며 아예 얘기도 꺼내지 못하도록 주정을 하시는 것이었다. 이러기를 수 개월 만에 드디어 은전이 베풀어져 형은 계성고등학교 교사로서 효성여대에서 '국문학개론' 한 강좌를 맡게 되었고, 그 다음 학기부터는 '희곡론'까지 두 강좌를 맡음으로써 효성여대 교수로의 진입에 발판을 마련한 셈이다.

그러나 교수 자리는 쉽사리 다가오지 않았다. 그 뒤 홍 교수는 효대를 떠나고 그 후임으로 우리들의 대선배인 우석(愚石) 강성일(姜成一) 교수가 포항수산초급대학에서 효성여대로 부임하시면서 우석과 석하의 관계는 선후배 관계로서 새로이 돈독해져 갔다.

1958년 봄 나는 졸업과 동시에 충남 논산군 강경읍에 있는 강경상업고등학교에 부임해서 3학년을 맞게 되었던바, 당시 형은 계성고등학교 선생님 세 분과 함께 『고전정해(古典精解)』라는 고등학교 참고서를 펴낸지라, 나는 비록 초임지에서 처음 맡은 3학년이지만 당시 300여 부를 판매해 드려 크게 칭찬 받은 바 있었는데, 그 해 여름 방학에는 나를 격려한다는 목적으로 우석과 석하, 그리고 효성여대 국문과 4학년인 서숙사, 소대호 등의 학생들과 함께 내가 근무하는 강경을 찾아 주었다. 우리 일행 다섯은 강경에서 잠시 머문 뒤 부여의 부소산, 계룡산의 갑사로, 그리고 공주로 수 일간의 여행을 즐겼다. 이러한 추억이 상기도 나의 뇌리에는 빛바랜 그림으로 남아 있다. 그 이후 형과 나는 이수봉(李樹鳳) 교수의 인사건, 이봉린(李鳳麟) 교수, 서재극(徐在克) 교수와의 잦은 교감, 사림회(師林會, 사범대 국어과 출신 교수 모임. 당시 회원 수가 100여 명에 이르렀음)의 결성, 그리고 사랑하는 후배 김종택(金宗澤) 교수와의 수없이 많은 만남을 통하여 우의를 다지고 정을 나누며 즐거운 추억들을 쌓아 왔으니 이 모두가 사범대학 국어과를 통한 형과 나와의 좋은 만남에서 비롯됨이 아니겠는가.

하지만 내가 형을 존경함은 이 같은 일상적이고 범박한 인연으로만이 아니고 다음과 같은 크나큰 이유 때문이다.

세상 사람들이 다 아는 바와 같이 석하 형은 천재다. 그 큼직한 머리 속에 꽉찬 동서 고금의 해박한 지식은 어느 모임에서나 도도하게 터져 나와 좌중을 압도하고, 특히 자주 있는 주석에서는 두주 불사(斗酒不辭)의 주량으로도 좀처럼 흐트러짐이 없이 재담(才談), 외담(猥談)으로 좌중을 매료시켰다. 뿐만 아니라 형 특유의 현학적이고도 유려한 문장은 진작부터 무애(无涯)와 백중을 다투더니, 세월이 더해 감에 따라 이제 감히 석하를 필적할 문장가가 없으니 이것이 내가 석하를 존경하는 첫째 이유다.

누가 석하 형 앞에서 글씨 자랑 말솜씨 자랑을 하랴. 단정하면서도 달필인 그 글씨는 비록 펜글씨일망정 구슬을 꿴 듯하고 강의실에서 열강하는 석하 형의 모습은 가히 예술의 경지에 이르러, 진작부터 대구 시내 학생들 사이에서는 "영화 한편 구경할래, 권영철 교수 강의 두 시간 들을래" 하는 유행어까지 번졌으니, 이것은 결코 과장된 찬사가 아니다. 이 점이 내가 석하 형을 존경하는 두 번째 이유다.

석하 형은 출천한 효자요, 예절을 지키는 노신사다. 유년에 부친을 여의어 부면(父面)을 기억치 못함을 항시 한탄하면서, 젊은 시절부터 최근까지 조석으로 90노모를 극진히 봉양했음은 물론, 잠시 출타할 때에도 반드시 출필고 반필면(出必告返必面)의 예에 어긋남이 없었고, 내간상(內艱喪)을 당하여는 근래에 드물게 전통 예법에 맞춰 집례(執禮)

하니 석하를 출천한 효자라고 세인이 칭찬했다. 어디 그뿐이랴. 지금
껏 남의 애경사(哀慶事)에 결코 결(缺)한 바 없음은 물론, 특히 남의 집
상가를 조문할 때에는 계절에 관계없이 검정 양복에 검정 넥타이를 단
정히 매고 극진한 예로써 문상하니, 우리 주변에 이처럼 염치와 예절
을 아는 노신사가 다시 있으랴. 이 점이 내가 석하 형을 존경하는 세
번째 이유다.

이 세상에서 석하 형처럼 학문에 정열을 쏟은 이가 어디에도 흔치 않
다. 그 넘치는 정열과 불타는 학구열로 젊은 날부터 규방가사(閨房歌
詞)의 수집과 정리에 심혈을 기울여 이제 그 수집된 양만 해도 수만을
헤아리고, 그 정리된 논문만도 십지(十指)를 굴(屈)하고도 남음이 있건
만 정년 후에도 노익장을 과시하며, 그 정리에 몰두하니 이 점이 내가
석하 형을 존경하는 네 번째 이유다.

학자는 흔히 냉정하다고 하는데, 이 세상에서 석하 형만큼 인정 많은
학자를 구할 수 있으랴. 우리가 세상을 살다 보면 험하고 더럽고 아니
꼽고 볼품 사나운 꼴도 보기 마련인데, 석하 형은 마치도 세상을 통달
한 도인인 양 언제나 정스러운 감정을 어디서나 어느 누구에게나 드러
내곤 한다. 이 점이 때로는 남으로부터 다소의 오해를 사기도 하지만,
그 오해란 따지고 보면 그 달인의 경지에 미치지 못한 이의 속된 푸념
이 아니겠는가? 언제나 긍정적이고 관대한 석하 형의 넓은 금도(襟度),
이것이 내가 존경하는 다섯 번째 이유다.

그러나 세월이 유수 같음을 어찌 막으랴. 이제 석하 형도 고희를 맞
으셨으니 지금껏 달려온 속도를 잠시 줄이시고, 지나온 역정(歷程)에
서 겪으신 그 많은 희로 애락을 반추하면서 다정한 이들과 반주 한잔
에 정을 얹어 나눈다면 이 또한 "경귀 어떠하니잇꼬."

하여 여기 해묵은 시조 가락 한 수로써 석하 형의 고희를 축하하는
글을 마칠까 한다.

만수산(萬壽山) 만수동(萬壽洞)에 만수천(萬壽泉)이 있더이다.
그 물로 술을 빚어 만수주(萬壽酒)라 하더이다
이 잔을 잡으오시면 만수무강(萬壽無疆)하오리다

송암(松岩)은 나보다 **열** 배 낫다

성깔이 까다롭고 시비 곡직을 잘 따지는 나에게 진정으로 나를 이해해 주는 존경할 만한 벗이 몇몇 있다면, 그 중의 하나가 송암 강용식 총장일 것이다. 송암은 고등학교로 치면 나보다 2년 후배요, 나이는 나보다 1년 연상이니까 서로 보태고 빼면 장군멍군하여 스스럼없는 친구 사이가 되는 것이다. 송암은 공학 박사이고, 대학 총장으로 이번에 퇴임하게 되지만 그는 우리가 대과학자라고 치켜 세우기보다는 명망 있는 교육자요, 그보다는 탁월한 교육 행정가요, 대학 경영인으로 보고 싶다. 그뿐이랴. 송암은 교육자이기 이전에 위대한 생활인이요, 사회 봉사인이다. 이것만은 아무도 그를 따라가지 못할 것이요, 그것이 그가 지닌 장점이다. 그래서 송암은 나보다 훨씬 낫다.

내가 송암을 알게 된 지도 40년이 넘었다. 그 동안 나는 계속 이야기하는 쪽이요, 송암은 언제나 들어주는 쪽이었다고 생각한다. 그럴 때에는 송암은 나의 요설과 독설을 들어주고, 또 이에 대한 판단을 내릴 때 송암의 그 판단은 나에게 항상 준척(準尺)이 되어 주었다. 이처럼 송암은 청탁을 아울러 삼키는 너그러운 면이 있었다. 그래서 송암은 인생을 살면서 비교적 적을 만들지 않는다(최근 총장으로 재임중에 그의 행정에 대한 시비를 가리는 몇몇이 있다고 하지만……). 침묵 속에서 생각하고 행동에 옮겨서 후회없는 그런 실천의 사람이면서 자기를 거역하는 사람 앞에서 웃고 자기 적과도 악수를 할 수 있는 폭넓은 위인이다. 이런 면에서 송암은 나보다 열 배 낫다.

송암은 집안에서는 노모를 지성으로 모시는 보기 드문 효자요, 아내와 자식을 자애롭게 사랑하는 모범적인 가장이요, 사회에서는 봉사 정신이 남달리 투철한 로타리안으로 정평이 나 있다. 그래서 그를 우리는 위대한 생활인이라고 추켜 세운다. 가정에서 경제적으로 풍족하리만큼 기반을 확립하고, 사랑과 봉사를 앞세운 그의 지역 사회에서의 헌신을 '수신제가 치국평천하'라는 옛 선인의 말과 부합되는 실천과 가히 남의 추종을 허락치 않는 경지에 이른 달인(達人)이라고 친구들은 일컫는다. 이런 점에서 송암은 나보다 열 배 낫다.

수없이 많은 학교를 옮겨 다닌 나에 비하여 송암은 1964년부터 지금까지 30수 개 성상을 줄곧 뚝심 있게 한 직장에서 붙박이로 버티면서 학내 주요 보직을 두루 거침은 물론, 최근에는 8년간 학장과 총장의 자리에 올라 자기 특유의 수완으로 학과의 대폭 증설, 학부제 실시, 대학원 설치 등 대학 발전에 큰 공을 세웠을 뿐 아니라, 덕명 캠퍼스로의 이전에 온갖 심혈을 기울여 드디어 올해부터 이전에 들어가게 되었으니 이 같은 큰일을 아무나 할 수 있겠는가. 이런 점에서 송암은 나보다 열 배 낫다.

송암은 교직 생활이 바쁜 틈틈이 국제로타리 충남북지구(3680지구) 총재, 국제와이즈맨 대전클럽 회장, 충남체육회 요트협회 및 대전요트

협회 회장, 한국해양소년단 충남연맹장, 대전직할시 개발위원회 부회장, 충남대학교 공과대학 동창회장, 충남대학교 총동창회 수석 부회장, 충남대학교 총동창회장(현재), 국제기능올림픽 한국위원회 기술위원, 대한건축학회 대전충남지부 지회장, 대한건축가협회 대전충남지회장 등 각종 과학·기술 및 사회 봉사단체의 장을 손꼽을 수 없을 만큼 많이 역임하였고, 현재도 맡고 있으니 보통 사람들은 생각만 해도 머리가 어지러운 일을 묵묵히 수행하고 있음은 아무나 가능한 일이겠는가. 이런 점에서 송암은 나보다 열 배 낫다.

송암과 내가 만난 것이 10대더니 세월이 이렇게 빨라, 그와 내가 환갑이 지나고 송암은 임기를 무사히 마치고 퇴임하게 되었다. 송암은 다복한 가정에서 제자·문하생·친지들에 둘러싸여 2년 전에 수연을 베풀더니 오늘 문집 간행과 함께 영광의 자리를 맡게 되니, 인생에서 하고자 하던 일은 거의 다 이룩한 셈이다. 그런즉 이제부터는 유유자락하면서 제 2의 인생을 살기를 축원할 뿐이다.

윤동주 시인의 영전에

— 윤동주 서거 50주년 추모의 글, 일본 후쿠오카 형무소에서

윤동주 시인의 영전(靈前)에 바칩니다.

그 암울하던 시절, 잎새에 이는 바람 한 올에도 그처럼 괴로워하던 당신은 정녕 우리 모두의 가슴마다에 깊이 새겨진 위대한 민족시인이셨습니다. 북간도 화룡현 명동촌에서 태어나 당신이 이곳 후쿠오카(福岡) 형무소에서 허망하게 숨을 거둔 것은 항상 자신에게 엄격한, 순수하고 정직한 시인이란 슬픈 천명(天命)일 수밖에 없어서 입니까?

별을 보면서 추억과 사랑과 쓸쓸함과 동경과 시와 어머니를 부르던 당신처럼 오늘 우리도 별 하나마다 아프고도 감동적인 시를 떠올려 봅니다.

「자화상(自畵像)」, 「참회록(懺悔錄)」, 「별 헤는 밤」, 「간(肝)」, 「또 다른 고향(故鄕)」, 「서시(序詩)」 그리고 「쉽게 씌어진 시」까지.

산모퉁이를 돌아 외딴 우물에서 문득 자화상(自畵像)을 발견한 당신은 끊임없이 부끄러움을 고백하면서 자신을 정결하게 닦아내는 일을

시인 윤동주.

게을리하지 않았으니 그 부끄러움이 어찌 개인의 부끄러움만이겠습니까?

왕조의 욕된 유물에 낀 파란 녹을 밤이면 밤마다 손바닥으로 발바닥으로 닦아내셨지만, 이 시대에도 여전히 그 녹은 남아 아직도 우리의 모습을 제대로 비춰 볼 수 없으니, 당신의 참회는 그대로 우리에게 이어졌습니다.

아직도 우리는 하나된 조국을 이루지 못하고 있으니 얼마나 부끄러운 일입니까?

그러나 남의 나라 육첩방(六疊房)에서도 등불을 밝혀 어둠을 조금씩 내몰고 시대처럼 올 아침을 기다리던 당신이 아니십니까? 우리도 아침이 오리라는 희망을 버리지 않고, 우리 하나하나의 몸이 등불이 되어 어둠을 내몰겠습니다.

생각해 보면 당신은 전운(戰雲)이 감도는 일촉 즉발(一觸卽發)의 위태로운 시기에도 어떻게 나를 지키며 살아낼 것인지를 고심하셨으니 「간(肝)」을 읽으면서 현재 우리의 처지를 돌이켜보지 않을 수 없습니다. 강대국과의 무한 경쟁에서 살아남아야 하는 지금이야말로 우리의 간을 지키는 일이 어떻게 가능할지 가만히 눈을 감아 봅니다.

간을 뜯어 먹히는 고통 속에서도 단호하게 용궁(龍宮)의 유혹을 거부하고 끝없이 침전(沈澱)하는 프로메테우스의 모습이 떠오릅니다.

밤을 새워 어둠을 짖는 지조(志操) 높은 개가 떠오릅니다.

모가지를 드리우고 꽃처럼 피어나는 피를 어두워 가는 하늘 밑에 조용히 흘리는 행복한 예수 그리스도, 당신의 모습이 떠오릅니다.

시대의 암울함이 조국에 대한 열정을 더욱 불살랐어도 당신은 직접

윤동주 서거 50주년을 맞아 후쿠오카 형무소 앞에서 거행된 위령제에서 추도문을 올리고 있는 저자 송백헌 교수.

절규하지 않고, 그 사랑과 고통과 부끄러움을 쉬운 한 줄 시로 적어 남기셨으니 이것이 또한 시의 천명(天命)이며 기적이 아니겠습니까?

쉬 빛바래지 않고 읽을 때마다 당신이 했을 그 피의 절규, 새롭게 우리의 가슴을 치니 당신이야말로 민족(民族)의 기개(氣槪)를 일깨운 참다운 민족시인이셨습니다.

시인이여,

이 자리에 삼가 약속드리오니 당신이 위선(僞善)에 찬 의사(醫師)가 진단(診斷)하지 못하는 아픔으로 시련과 피로를 겪으면서도 결코 성내어서는 안 된다고 스스로 다독이셨던 것처럼, 당신의 후배(後輩)들인 우리도 스스로를 다독이며 욕된 구리 거울을 말갛게 닦아내겠습니다.

시인께서 남의 나라 육첩방(六疊房)에서도 눈물과 위안(慰安)으로 손을 내밀어 스스로 악수(握手)하셨던 것처럼, 우리도 적은 손을 내밀어 용서(容恕)와 화해(和解)의 악수(握手)를 나누겠습니다.

그리하여 우리 민족에게 주어진 세계사적 소명(世界史的 召命)을 기꺼이 받아들여 별을 노래하는 마음으로 모든 죽어 가는 것까지 사랑하는 문화를 일구어내겠으니 우리를 지켜봐 주소서.

이제 당신이 그토록 고뇌(苦惱)하고 사랑하던 조국(祖國)에도 봄이 찾아와 자랑처럼 풀이 무성(茂盛)하고, 당신이 끔찍이 사랑하던 이웃의 아들 딸들인 후배들이 당신의 큰 뜻을 받들고자 다짐하기 위하여 이곳에 찾아왔으니, 영령이시여 뒷일은 후배들에게 맡기시고 평안이 잠드소서.

1995년 2월 16일 윤동주 시인 서거 50주년을 맞아 한국 대학신문사는 전국에서 희망한 대학생 50여 명과 김우종, 신동한, 송백현 등의 비평가와 김수복 시인, 이애주 서울대 무용과 교수, 가수 양희은 등과 함께 일본으로 건너가 시인이 서거한 후쿠오카 형무소 앞 뜰에서 성대하고 엄숙하게 위령제를 지낸 바 있다. 이 글은 그때 고인에게 올린 추도문이다.